Gaspard des Montagnes

La tour du Levant

Castor Poche
Collection animée par
François Faucher, Martine Lang et Soazig Le Bail

À tous les miens

Une production de l'Atelier du Père Castor

HENRI POURRAT

Gaspard des Montagnes

La tour du Levant

Avant-propos de
HENRI GOUGAUD

Castor Poche Flammarion

Henri Pourrat, l'auteur, est né en 1887 au milieu des monts du Livradois, dans le Puy-de-Dôme. Il y fait ses études, puis est admis à l'Institut national agronomique de Paris. Mais une grave maladie l'empêche de quitter son Auvergne natale. Il commence à écrire et trouve sa voie dans la description des mœurs de la campagne.

Romancier, historien, biographe, mais aussi poète, Henri Pourrat se distingue notamment avec sa savoureuse et vibrante chronique de *Gaspard des Montagnes* (Prix du Figaro en 1922, Grand Prix du roman de l'Académie française en 1931), *Vent de Mars,* Prix Goncourt en 1941, et *Le Trésor des contes,* recueil de récits populaires en treize tomes. Henri Pourrat est mort le 16 juillet 1959.

Du même auteur dans Castor Poche :
Le château des sept portes, n° 485.
L'auberge de la Belle Bergère, n° 489.
Le pavillon des Amourettes, n° 519.

Henri Gougaud a accepté de nous écrire la présentation de *La tour du Levant.* Né en 1936 à Carcassonne, il abandonne des études littéraires pour « raisons politiques ». Il vient à Paris avec l'ambition démesurée de vivre des chansons qu'il a écrites (au grand désespoir de ses parents) au cours d'une longue adolescence. Il écrit pour Jean Ferrat, Serge Reggiani, Juliette Gréco. Il chante aussi dans les cabarets de la rive gauche au cours des années 60.

Puis, par hasard, il fait de la radio et se découvre conteur. La tradition orale le passionne depuis le temps de ses études. Il anime plusieurs émissions sur France Inter : avec Claude Villers : *Marche ou rêve,* seul : *Le grand parler,* avec Jacques Pradel : *Ici l'ombre, Tout finit par être vrai.* Il recueille aussi de nombreux contes du monde entier, il en fait des livres. Il écrit des romans. Maintenant il partage sa vie entre le travail et les récréations de la voix : il écrit et il raconte.

Pierre-Emmanuel Dequest, l'illustrateur, est né en 1969, à Chevreuse, dans la région parisienne.

« J'éveillais tout d'abord ma curiosité par une passion pour la géologie : les volcans d'Auvergne m'ont fourni des kilos d'échantillons. Puis vint le dessin, les rêveries au fond de la classe, et la volonté d'associer les deux, d'en faire mon métier. Je suis étudiant en dernière année aux Arts décoratifs à Paris. Je suis ravi d'illustrer ce magnifique récit d'Henri Pourrat. D'étranges promenades me reviennent en mémoire ; dans les bois, sentant des présences diffuses ravivées par le vent, j'imaginais des personnages derrière moi, foulant mes pas à quelques siècles de distance. Je me suis pris de passion pour les pays d'antan, leurs vestiges, leurs légendes... L'Auvergne possède toujours, heureusement, ses horizons porteurs de rêves. Et qui sait, dans ma famille, il y a sûrement eu un Gaspard... »

La tour du Levant :

Anne-Marie a retrouvé son fils, le ciel de Chenerailles paraît s'éclaircir, la paix s'installer durablement. Et pourtant, il est écrit qu'Anne-Marie doit souffrir encore, craindre encore pour le petit Henri... quant à son amour pour Gaspard, viendra-t-il le temps où ils pourront ne plus cacher leur cœur ?

Ce volume clôt la série de *Gaspard des Montagnes,* si belle évocation de l'Auvergne « Aux puys couleur de pierres bleues ».

Avant-propos

Nous voici parvenus au terme du voyage. La « longue histoire à cent histoires » a dévidé son écheveau, la vieille Marie qui la contait retournera bientôt au royaume des ombres.

À la nuit terrible d'Anne-Marie Grange, à cette main coupée qui scelle son destin dans Le château des Sept Portes *fait écho dans* La tour du Levant *une autre nuit terrible, celle qui embrase les Escures, celle qui ruine les vies. « Ton temps viendra ! » L'avertissement proféré par l'homme en noir dans la cour de Chenerailles prend ici tout son sens. S'entrouvre devant Anne-Marie le « chancelant royaume de la mort ». Les deux nuits en écho s'appellent et se répondent. Dans le pavillon du jardin où Gaspard la transporte à la fin du roman, Anne-Marie semble dormir. L'in-*

cendie détruit les Escures et laisse à l'aube un goût de cendres.

« Les morts viennent mordre », est-il dit dans Gaspard des Montagnes. *Mais nulle part cette morsure n'est plus âprement ressentie que dans le présent livre. Certes les bois peureux, les lieux défortunés et les chemins déserts qu'a traversés notre héros ont de tout temps favorisé ce surgissement de l'imprévisible qui caractérise le récit fantastique. Loups-garous, bêtes noires, lutins,* flammaçons, galipotes, *et* baragaugnes *viennent à point nommé rappeler aux explorateurs des ténèbres qu'il existe un véritable « savoir-vivre vis-à-vis du monde invisible », qu'on ne saurait impunément s'aventurer hors des repères familiers et que l'on peut devenir aveugle à vouloir scruter de trop près le versant caché du soleil. Mais dans* La tour du Levant, *contrairement à ce que suggère le titre, c'est vraiment comme si l'ombre envahissait la terre. Car la mort est partout inscrite, dans un bol de lait froid, dans le sable mouvant des* narses, *dans le son d'une cloche on ne sait d'où venu, dans ces ballots de sucre qui parlent. Bientôt les cavaliers fantastiques surgis d'une nuit de tempête hurleront aux croisées des chemins comme les loups hurlent à la mort. L'enfant s'avancera, confiant, une écuelle d'eau à la main, vers ce père blessé qui lui demande à boire.*

« La nuit est enceinte, dit un proverbe. Qui sait de quoi elle accouchera à l'aube ? » Cette incertitude qui colore les dernières pages du roman place le dénouement de Gaspard des Montagnes *sous le signe de l'ambiguïté. Au chevet d'Anne-Marie blessée deux pronostics s'affrontent, celui de M. Meissoux, le médecin, qui ne désespère pas de l'amener au point du jour (et alors elle serait sauvée), celui de l'abbé Boutarel qui lui donne l'extrême-onction et affirme qu'elle ne passera pas la nuit. L'homme de Dieu dans son pessimisme contredit nettement le médecin des corps. Lequel croire ? Anne-Marie est-elle vouée à la nuit éternelle ? Pourra-t-elle contempler la promesse de l'aube ?*

Entre ces deux issues possibles, Henri Pourrat ne choisit pas. Tout au contraire, il multiplie les signes qui nourrissent le doute. Le délire d'Anne-Marie alterne avec des périodes de rémission. Il mêle du reste poétiquement différents âges de la vie, celui de l'enfance insouciante, des rires et des jeux auxquels la nuit de Chenerailles a mis fin, celui de l'agonie que semble annoncer dans les propos d'Anne-Marie la vision de ces morts qui viennent la reprendre : « Ma mère et mes grands vont venir me chercher, murmura-t-elle. Quand ils seront là, tu fermeras la porte. » Et le lecteur se remémore une autre porte laissée ouverte par deux petites filles, celle par laquelle jadis est entré le malheur.

Les confidences d'Anne-Marie oscillent aussi entre ces deux extrêmes. Il y a cet appel de la vie qui met des couleurs à ses joues, de la malice dans ses yeux, il y a son amour pour Gaspard lointainement scellé par la cadenette de fer et qui soudain devient possible. Il y a le pressentiment, la certitude, devrais-je dire, de devoir suivre son enfant dans les « jardins définitifs ». Il y a cette fenêtre ouverte par laquelle Anne-Marie regarde le gris de l'aube. Le vent du matin lui arrive et lui effleure le visage. Est-ce une caresse ? Est-ce un adieu ? Tandis que Gaspard, harrassé, s'endort dans le feuillage de l'espalier, Anne-Marie s'esquive-t-elle subrepticement pour regagner ce lieu où la mort et la vie cessent d'être perçus contradictoirement ?

Ce serait balayer trop vite les tensions à l'œuvre dans ce récit, tensions fécondes liées à sa double nature et que le dénouement vient bien mettre en lumière. D'un côté il subit l'attraction des contes et de ces « cent histoires » qui sont la substance même de Gaspard. On connaît le schéma des contes merveilleux. Après avoir traversé des épreuves au fil desquelles il s'est formé, le héros retrouve sa princesse, l'épouse et monte sur le trône. Les noces sont fastueuses, le bonheur garanti et les cochons de lait se promènent tout rôtis par les rues. C'est le bonheur encore que promet la chanson chère au cœur de Pauline :

Que je fusse mariée
Mariée à mon plaisi,
Passerais la matinée
Aux côtés de mon ami.

Aussi peut-on rêver, et je l'ai fait souvent, d'un monde aux couleurs de l'enfance, d'un monde où les promesses seraient enfin tenues — Anne-Marie et Gaspard, à tout jamais unis, ne cachant plus leur cœur, égrenant les jours de leur vie comme les perles du bonheur, libres comme ces deux nuages qui montent dans le ciel à la fin du roman.

Mais d'un autre côté, comme l'a superbement montré Michel Zink, un tel dénouement serait contraire à ce qu'exige la cohérence romanesque : « Voit-on la pieuse Anne-Marie en veuve remariée s'exposant à un charivari ? Seraient-ce là les grandes mœurs ? » Anne-Marie consommant une union avec ce beau cousin que la malveillance d'Elmire lui a prêté comme amant trahirait alors la mémoire de son mari, de son enfant. Elle avouerait ainsi que leur mort la libère.*

Le roman implique donc une disparition que le conte interdit. La guérison d'Anne-Marie et son remariage sont incompatibles avec sa foi

* Professeur au Collège de France, Michel Zink est un grand amateur de Henri Pourrat. Il a écrit un article dans les *Cahiers Henri Pourrat,* d'où est extraite cette citation.

religieuse tout autant qu'avec le souci de sa propre dignité. Mais la mort d'Anne-Marie, c'est la négation même de l'esprit du conte merveilleux tel que le définit André Jolles : « Le conte merveilleux est la forme où le tragique est en même temps posé et aboli. » On voit donc à quel point l'ambiguïté qui pèse sur le dénouement est inscrite dans cette tension entre roman et conte qui fonde l'œuvre même et lui donne son sens.*

« La vie est un roman. Mais la vérité de la vie, c'est le conte. Il en est la leçon et l'emblème. Dans la vie et dans le roman, on souffre et on meurt. Mais la vérité de la souffrance et de la mort, c'est la vie et l'espoir qui sont dans le conte ». Ces quelques lignes de Michel Zink disent assez ce qui fait le prix de Gaspard des Montagnes. *La splendeur du jour qui se lève sous les yeux de Gaspard transi et ébloui évoque une autre lumière, une gloire perdue et promise. Regarde. L'heure du matin a de l'or dans la bouche. Le clocher est un doigt qui nous montre le ciel.*

Henri Gougaud.

* Spécialiste des contes et de la littérature orale, auteur de l'ouvrage *Formes simples* (Seuil, 1972) d'où est extraite la citation.

LA TOUR DU LEVANT
OU QUAND GASPARD MIT
FIN À L'HISTOIRE

PREMIÈRE VEILLÉE

Première pause

Le feu du moulin. – Anne-Marie et l'enfant au Cadran-Bleu.

Lorsque Anne-Marie s'éveilla, dit *la vieille*, elle crut qu'elle continuait son rêve.

... Ç'avait été une longue salle rouge, une sorte d'entrepôt encombré de ballots, de coffres, de bahuts. Sous les fenêtres montait le bruit d'un peuple en émotion. Un personnage qui avait une figure aigre et très rouge, aussi, couperosée – certainement son mari, certainement Robert –, les guettait d'un coin de cette salle. Quelle peur l'oppressait. Elle se sauvait, entraînant l'enfant, sans pouvoir empêcher qu'il se cognât aux coffres. Mais alors, comme il arrive dans les rêves, les coffres étaient des mulets chargés de bennes, qui se mettaient sur pied et barraient le passage. Elle essayait d'appeler Gaspard : Mon Dieu, mon Dieu, tout ce peuple s'agitant, discutant, l'empêchait de se faire entendre...

Elle était à peu près éveillée, et l'oppression et le bruit même l'accompagnaient encore. Un bruit vraiment comme d'une foule menant dans le haut des voix son brouhaha de risées et de disputes. Qu'y avait-il ?

Soudain, quelqu'un dévala l'escalier ; des poings à une porte :

— Le feu !... dans le petit grenier... après celui de l'avoine !

Le feu ! Et fallait-il qu'il fût déjà en train pour qu'en vînt ce bourdonnement dévorant...

C'était la nuit de Noël. On s'en est trop souvenu. Il faisait un vent ! un de ces vents du Midi qui arrachent les tuiles et semblent ébranler la maison. Anne-Marie avait amené l'enfant à Ambert : il avait une telle envie de voir la messe de minuit. Et les Escures étaient trop loin du bourg pour lui faire faire le chemin dans la boue, dans le noir.

— Gaspard nous conduira en ville. Nous coucherons au moulin de la place.

Elle sortit du lit doucement, le cœur battant, entrouvrit les volets. Un craquètement à mille pétillements et crépitements lui emplit les oreilles. Des fumées, qu'une rougeur éclairait d'en dessous, filaient sur le toit du hangar. Elle prit à peine le temps de regarder ; mais ensuite elle se rappela s'être dit, du premier coup d'œil : « Ils se trompent : le feu est à l'étable. » Au même instant la buanderie s'abranda. Martin et son gendre le Dragon, d'ailleurs, ont toujours soutenu que le feu avait paru tout d'un temps en trois endroits du moulin.

Les mains tremblantes, elle vêtit Henri, qui commençait de pleurer. Le passage des fumées bousculait le rougeoiement de l'incendie. Ce ronflement s'enflait. Les vantaux du portail tapèrent, rabattus comme par un coup de vent fou, et des hommes à grands chapeaux de paysans se jetèrent dans la cour. Un vieux maigre, apercevant Anne-Marie, lui cria de descendre. Il sauta sur la porte, en bas, essayant de la dégonder, sans doute.

Cela ne dura pas le temps de le raconter. De l'étable les vaches déboulèrent en meuglant, dans des tourbillons d'étincelles. Gaspard et le Dragon les poussaient, les chargeaient de jurons, de bourrades ; et ils avaient bien autant de mal à les empêcher de retourner au feu qu'ils en avaient eu à les faire sortir. Brusquement Gaspard fut près des hommes et envoya à trois pas, d'un coup d'épaule, celui qui secouait la porte. Une avalanche de fumée noya la cour. Le tocsin s'était mis à sonner dans la tour Saint-Jean.

Anne-Marie, tenant Henri par le poignet, avait rejoint Mariette. Les cheveux collés aux joues, cette pauvre Mariette errait du palier au lit sans savoir à quoi se prendre.

— Moi qui étais si contente ! J'avais tout nettoyé pour la fête, tout mis bien propre.

Elle appelait un garçon qui traversait la salle en courant, lui demandait où était son homme, où était son père.

— Qu'ils laissent tout ! Qu'ils laissent tout ! Qu'ils n'aillent pas attraper du mal !

On galopait lourdement dans les montées. Un tohu-bohu de pieds nus, de sabots, de cris, d'avertissements. Des flammes s'élançaient à travers les planches du galetas. Dans un poudroiement, des gerbes de bluettes partaient et chaviraient au vent qui roulait en tempête. De là-haut, du clocher, les coups du tocsin s'abattaient l'un sur l'autre. Mais le vacarme du feu, ce grondement d'enfer entremêlé de craquetis, s'étendait, montant dans sa rage, et prenait tout pour soi.

Anne-Marie savait Gaspard là ; elle n'avait point de peur. Il revint haletant. Sa chemise et son pantalon ruisselaient. Un vieux manteau militaire était jeté sur ses épaules. Il prit Henri dans ses bras pour le porter au Cadran-Bleu, de l'autre côté du boulevard. Mariette, toute défaite et tout affolée, rattrapait Anne-Marie sur la place, lui remettait un panier, qu'elle l'adjurait de garder avec elle.

L'hôtesse leur donna sa plus belle chambre, celle du lit à galons d'or. C'était un grand lit carré comme une boîte, et peint en gris. Les courtines de serge verte avaient des galons qui montaient, qui tournaient, qui faisaient des roses. J'aurais pris ça pour une saleté, et à présent on le cherche tant... Elle aida Anne-Marie à coucher le petit garçon. Devant la fenêtre elles dressèrent un matelas, de peur que ce flamboiement qui l'épouvantait ne l'empêchât de se rendormir.

Du cabinet, elles regardaient. Les poussées de lueur ou les montagnes de fumée, chassées par l'ouragan, battaient les architectures de l'église, s'élevaient contre les jambes de pierre, les galeries hautes, les balustrades, retombaient dans la nuit. Puis les flammes les écartaient en grandes déchirures. On voyait comme en plein jour des troupes de gens grouiller autour du moulin.

Ils déménageaient le logis en basculant tout par les fenêtres. Anne-Marie reconnut Mariette qui arrivait à la croisée avec une pile d'assiettes et la laissait choir sur le pavé. Elle eut la curiosité d'ouvrir le panier tant recommandé : même en tournant tout, impossible d'y trouver autre chose qu'un morceau de savon et des haricots de semence. Il n'y eut que ceux qui pillèrent pour savoir ce qu'ils faisaient, cette nuit-là. Et Dieu sait si l'on pilla ! On marchait sur le linge autour des murailles.

Anne-Marie ne se sentait pas en droit de quitter l'enfant, et cependant elle aurait voulu aller assister Mariette. Mais ceux qui étaient encore dans le moulin abandonnaient tout : les encadrements des fenêtres prenaient, les bords du toit tombaient en flambant ; la charpente et ses chevrons ne faisaient qu'une carcasse de braise.

... L'hôtesse se glissa dans la chambre. C'était une grosse bonne femme aux seins sur la bedaine, aux joues molles, comme en suif rouge.

— Ah ! madame, ce pauvre Martin criait : « Sauvez les meubles si vous ne pouvez pas sauver la maison ! Je ne veux pas qu'on passe le plat pour moi ! » Mais que voulez-vous sauver ? avec ce vent !

Elle se tenait là, en cornette et en camisole, les mains posées sur son ventre.

— Qu'il s'en faut voir des peines !

Des clameurs les ramenèrent aux vitres. Un mur en torchis qui penchait – « Ho ! ho ! » – s'écroula, soulevant une nuée vite attaquée par la rafale. Les hangars où le père d'Anne-Marie entreposait ses marchandises, les greniers, le moulin même, tout flambait. Les flammes volaient en énormes touffes déchiquetées dans ce vent de démence. Des voisins arrosaient leurs volets, leurs murailles. D'autres étendaient des couvertures trempées sur les toitures.

— De l'eau ! de l'eau ! de l'eau !

On se passait les cris comme on se passait les seaux dégoulinants qui n'arrivaient pas à moitié pleins. Et ces dégringolades de solives, ce vomissement de volcan.

— Gare ! gare !

Des hommes injuriaient le feu en lui montrant le poing. Un peuplier prit comme une torche. La foule recula en poussant des cris. La place et le boulevard fourmillaient de monde. Le curé, M. de Rostaing, qui était podagre et ne sortait qu'en chaise, venait de se faire porter devant le moulin par deux valets en livrée.

— Tout ce côté de la ville y passera, pauvre dame. Un garçon m'a dit que les flammèches allaient jusqu'à Cleurettes.

L'hôtesse jeta sur Anne-Marie un drôle de regard, rusé, timide, rapide, et se détournant pour se coller à la fenêtre :

— C'est un feu mis, murmura-t-elle.

Anne-Marie se sentit perdre souffle. Ces noirs nuages arrivaient sur elle, l'ensevelissaient dans leur nuit de malheurs. Elle recula, retourna près de son petit garçon. En se penchant elle le vit, les yeux tout grands comme pour la questionner.

Des tambours, s'éloignant, se rapprochant, ne cessaient de battre la générale dans les quatre quartiers de la ville.

Deuxième pause

Les bruits publics. – Visite inattendue.

Le matin vint mouillé et le vent tomba un peu. De grosses vapeurs fuyaient, sur la place, teintes de rose, traînant une odeur de suie si âcre qu'elle coupait l'haleine. Parmi les tuiles cassées et les flaques, des ouvriers envoyaient encore des seaux d'eau aux poutres charbonnées qui sifflaient. Deux pans de pisé restaient debout, cuits comme des briques. Le temps était bas : un de ces matins jaunes de décembre où les montagnes semblent proches sous leurs genêts et leurs pins.

Assis sur une mauvaise chaise, Martin, l'épaule basse, considérait son désastre.

— Je suis découragé, disait-il à Mariette qui aurait voulu l'emmener, j'aimerais autant mourir.

— Mourir, pauvre père ? Tant de travail comme nous avons ! Et s'il y a des petits enfants à élever ?

— Ha, je ne me sens pas fort. J'aimerais autant mourir.

Des ouvriers, des domestiques de maison bourgeoise, les petites gens des boutiques, qui revenaient, la soupe du matin mangée, toute une jeunesse blonde ou brune de servantes, de ravaudeuses, de blanchisseuses, tournaient par là autour, s'arrêtaient, repartaient, se montraient une meule éclatée ou quelque cruche verte au milieu des gravats. À la dérobée, on jetait l'œil sur Martin. Des vieilles gémissaient.

— Un malheur pareil, ça vous plie un homme !

— De la vie et des jours !...

Lâchant la besogne et se battant les côtes de ses bras pour se réchauffer, un de ceux qui noyaient les décombres racontait comment il avait le premier vu les flammes. Ceux de la campagne arrivaient pour la messe : les femmes toutes lourdes sous leurs capes pesantes, les hommes lents et gauches, avec leurs grandes guêtres embouées, leurs habillements roides et leurs chapeaux plus larges que leurs épaules. Ils traînaient, s'attroupaient, sans trop parler, embarrassant le passage avant de se décider à entrer dans l'église.

On s'entre-regardait.

— Un feu mis...

Une sourde fièvre chauffait les têtes. Mais on n'en disait pas bien long, ni ne le disait bien haut. Certains racontaient qu'au moment où tout craquait, alors que les flammes paraissaient devoir dévorer le quartier du Chicot, le curé avait paru sur la place ; il s'était fait soulever de sous les bras par deux hommes en habits de soldats parce qu'il fallait qu'il ne touchât pas terre, et il avait conjuré le feu. Aussitôt la flamme avait baissé. On sait bien que les prêtres ont pouvoir sur les incendies ; reste qu'ils ne les conjurent pas sans courir des risques terribles.

Il se disait que le sacristain avait passé devant le portail vers trois heures de nuit. Il faisait le tour de ville avec sa cloche :

Réveillez-vous, vous qui dormez !
Priez pour Jean Clod trépassé.

Il avait vu trois hommes collés au mur, qui ne parlaient pas et qui semblaient attendre.

— La dame des Escures couchait au moulin...

Autrefois, chez elle, à Chenerailles, elle avait eu la visite des messieurs des bois, ceux qui arrêtaient les diligences. Ils venaient se saisir d'un papier considérable, une contre-lettre qui déchargeait son oncle, Jérôme Grange, de plus de trois cent mille francs de dettes fictives. Elle avait tranché les doigts du plus maître de tous, sous la porte, si bien qu'il avait juré de lui faire crier pitié quelque jour. Et quand elle s'était mariée, son mari avait disparu dans la semaine ; et quand elle avait eu un enfant, cet enfant lui avait été ôté – elle ne l'avait retrouvé que depuis six mois. Alors ce feu, c'était la queue de la vieille histoire.

Les gendarmes enquêtaient. On les voyait se donner du mouvement. Le procureur du roi vint même parler au Dragon. Pour eux, le feu avait pris par la faute de Martin : après la messe de minuit, en souvenir du bœuf et de l'âne de la crèche, on donne toujours une ration aux bêtes ; et il avait oublié la lanterne dans la paille.

Mais les gens laissaient dire.

L'hôtesse, ayant toqué, poussa la porte ; et, rattrapant ses voiles de deuil, agitant tout l'espace, entra Mlle Elmire Chargnat.

Elle s'élançait vers Anne-Marie, l'embrassait, l'accablait d'exclamations, de protestations, de démonstrations.

Anne-Marie ne croyait pas voir ce qu'elle voyait. Elmire ! Elmire dans sa chambre. La sœur de ces Chargnat qui nous ont fait tant de mal, qui nous ont volé le papier de l'oncle que les autres n'avaient pas su découvrir. Ils sont morts, ils ont rendu leurs comptes, mais que me veut à présent cette grande fille-chèvre ?

L'entendait-elle bien ? Elmire lui offrait avec de chaudes instances de s'installer dans sa maison du Pontel. Anne-Marie arrivait à peine à dégager ses mains, à respirer, à comprendre.

Le matin restait couvert ; et dans cette chambre, où une tasse de lait chaud fumait sur la commode, l'ombre s'alourdissait encore. Malgré cela, au miroir de la cheminée, Anne-Marie se vit blêmir. Cette idée l'avait traversée : Elmire peut tout oser, elle me tient. Elle sait toute notre histoire, puisque ses frères et les messieurs ne faisaient qu'une bande. Elle sait le malheur de ma vie et que mon mari s'est trouvé être ce Robert, à qui j'avais tranché deux doigts, à Chenerailles. Elle peut nous honnir, dire à tout le monde que mon enfant est le fils d'un malfaiteur... Que me veut-elle ? Il y a eu trop de guerre entre nos familles : avec nous, elle ne saurait en être que sur la grimace.

Elmire dut sentir qu'Anne-Marie ne répondait guère à ses empressements.

— Je suppose que d'atroces calomnies ont noirci mes proches. Un jour je lèverai devant vous le voile qui couvre trop de forfaits. Mes pauvres frères ! Ils voyaient si clair – César a été le premier à parler d'une contre-lettre au respectable M. Grange –, ils étaient si bons ! Souvenez-vous de nos projets : César, puis Amédée, ils ont tous deux désiré épouser votre sœur Pauline, et quelle joie ils se faisaient de vous faire la surprise de cette contre-lettre au jour des noces !

Voilà arranger les affaires, pensait Anne-Marie. Comment a-t-elle le front de me débiter tout cela ? Et pourquoi, pourquoi, surtout ?

Elmire s'avança d'un pas pour reprendre la main d'Anne-Marie.

— Ma bonne amie, ne voyez-vous pas que les mêmes malheurs nous menacent ? Robert n'est pas mort. C'est lui qui a étranglé le pauvre Amédée, il n'y a pas six mois. Et ce feu... Nous sommes toutes deux ses victimes : unissons-nous contre ses entreprises.

Anne-Marie vivement l'arrêta, d'une main levée, l'empêcha de poursuivre. Elle avait entendu l'enfant se tourner derrière les courtines. Peut-être s'éveillait-il, tendait-il l'oreille. Sur la pointe des pieds, elle emmena Elmire jusqu'au bout du couloir. Si Robert a tué Amédée, songeait-elle, où étaient les torts ? Amédée l'avait trahi et était bien aussi avant dans le crime. Mais à présent je la comprends ! Elle croit que Robert a fait mettre le feu au moulin, et elle a peur qu'il ne le fasse mettre chez elle.

Elmire, cependant, étouffant la voix, revenait à la menace qui pesait sur leurs familles. Il faudrait aviser des mesures à prendre, se renseigner, s'avertir l'une l'autre. Anne-Marie, reprenant les choses de plus haut, dit que cet incendie n'était pas le fait de Robert.

En bas, des hommes s'affairaient et criaient. Poussant avec des perches, ils renversèrent un bout de mur branlant. Le gros vent revenait par à-coups sous le ciel chargé. Derrière les gargouilles de la tour, les montagnes, leurs quartiers de forêts, leurs hauts ravins, leurs échines de pierre, bleuissaient sombrement, comme quand il va pleuvoir.

Anne-Marie écoutait Elmire et la démêlait mieux. Elle n'est pas venue me signifier qu'elle a barre sur moi par mon secret : simplement, elle a peur de Robert et des siens.

Cet air de douceur, de calme, de jeunesse, qu'elle ne perdait que pour des moments, Anne-Marie l'avait retrouvé. Ses yeux couleur de noisette, toujours si parlants, disaient peu à peu qu'elle était moins roidie, moins lointaine. Écartant ses voiles, et comme cédant à son élan, Elmire lui ressaisit les mains.

— Venez chez moi ! Votre cousin, le bon et brave Gaspard, vous ramènera plus tard aux Escures. Je sens que je peux tout vous conter, tout vous confier. Si vous saviez, bonne amie !

Elle lui jeta les bras au cou. Anne-Marie, remuée, lui rendit son embrassade.

— Voyez, j'y vais de tout mon cœur : faisons alliance. Si nous ne devenions pas grandes amies, il arriverait des malheurs, je vous le jure. Avec vous, je serai tranquille. Je vous donnerai un petit paquet blanc. Nous nous concerterons, votre cousin, nous deux...

Elle parlait avec action, et ses mots, sa voix, son geste, sentaient la vérité, montée toute chaude du fond de l'être. En garde tantôt contre cette personne à transports et à convulsions, Anne-Marie se laissait maintenant gagner. Si l'on avait des affaires avec Robert, jamais, pourtant, elle n'accepterait l'aide d'Elmire Chargnat contre celui qui était son mari, le père de son enfant. D'ailleurs elle n'avait confiance qu'en un seul être au monde.

Ce fut un soulagement pour elle d'entendre un pas dans l'escalier. Gaspard venait les chercher, Henri et elle. Elmire reprit son allure de théâtre.

— Êtes-vous armé ? prenez garde ! On a pu tendre un guet-apens sur la route.

Il souriait, il fit semblant de pousser Anne-Marie vers la chambre.

— Dépêche. J'ai les couvertures.

Lorsqu'elle revint avec l'enfant, elle ne retrouva plus Elmire.

— J'ai pensé rêver ! Elle veut que nous soyons amies. Le croiras-tu ? cela m'a touchée, dit de

cet air-là. Je ne peux pas prendre d'elle une mauvaise idée.
— Oui, elle veut ; et quand la lune aura tourné... Ton Elmire et ses amitiés, laisse-moi ça, va.

Ils se turent, à cause de l'hôtesse qui sortait de la cuisine.
— Ce feu, demanda-t-elle très bas, lorsque Henri fut dans la voiture, toi, penses-tu, comme Elmire Chargnat, que quelqu'un a pu le mettre ?

Il fit non, de la tête, d'une façon qui devait la rassurer, mais il le fit un peu trop en hâte.

Troisième pause

L'enfant aux Escures. – Sorties d'hiver. – Le feu à la remise. – Anne-Marie tire une promesse de Gaspard.

Henri aimait qu'on lui permît d'être les soirs dans le grand lit. Il n'avait pas voulu sortir ni même se lever. Il détestait le vent. Dans le grand lit ou alors dans la petite chambre ronde où il rangeait ses bâtons ; à l'abri dans cette tour de pierre grise, au coin du château. Il montait sur un tabouret, accrochait ses doigts à la lucarne, appuyait son menton dessus. Le grain du rebord marquait sa peau – il aimait regarder ses doigts ensuite –, et à travers le branchage sans feuilles du tilleul, il contemplait le monde : la nuée aux grosses fronces s'échelonnant et plafonnant, là-bas, les oiseaux qui volent, les monts où la forêt vient finir sous des amas de roches.

Marguerite ourlait des torchons au jour de la fenêtre. Il tenait les yeux sur elle, réfléchissait.

— Marguerite ? Qu'est-ce que c'est, des boutons couleur de flamme ? « Il avait un habit noir avec des boutons couleur de flamme... »

Louise, l'autre servante, avait parlé des messieurs des bois. Ils banquetaient sous le couvert, la nuit. Il arrivait qu'on tombât sur eux. Une fois, une vieille, tout éperdue, n'avait su que leur demander ce qu'ils faisaient.

— Pour le savoir, il faut en être, pour en être, il faut s'en mettre.

— Couleur de flamme, c'est comme une pomme d'orange. Mais n'allez pas parler des messieurs à votre maman, vous ne devriez même pas y penser. On ne doit penser de mal de personne.

— Louise a dit qu'après le moulin de la place, les messieurs mettraient peut-être le feu chez nous.

Marguerite ne répondit rien. Elle savait par sa mère que c'était jadis une verrerie, ici, et plus anciennement un château : du temps des verriers on était réveillé par un homme tout de rouge qui tapait à la porte et demandait le maître des Escures. Cet homme rouge était comme le signe qu'il y aurait le feu, un jour. Mais elle ne répéterait pas cela à l'enfant.

— Quand ma mère viendra, nous lui ferons raconter la verrerie. Il y avait tant d'ouvriers qu'on tuait peut-être douze cochons...

Il fallut qu'elle parlât des fours qui flambaient, des marchands qui passaient, des charrois, des fêtes. Et puis, comme il la questionnait encore, elle parla malgré soi de l'homme rouge. Alors, il suivit sans doute son idée là-dessus, parti dans des songeries : vraiment il avait dans les yeux quelque chose qui n'était pas de ce monde. Elle se disait que ceux qui sont ainsi que lui difficiles à comprendre dans leurs paroles, d'air triste, de figure pâle, avec des regards lents, passent pour voir ce que ne voient pas les autres. Ces grands yeux jaunes, vaguement luisants, qu'il arrête devant soi... Si j'avais plus de hardiesse, je lui demanderais bien s'il a vu quelque chose. Mais j'ai toujours eu la honte du monde, même de ce petit.

Lorsque Anne-Marie vint, dès le premier pas, elle devina ces pensées dans l'air de la chambre. Elle-même, à retrouver ainsi l'enfant, sentit comme autrefois que tels objets autour de lui – une boîte peinte, le chandelier, les mouchettes – étaient ses véritables compagnons, plus que les personnes. La veille, tandis qu'elle lui parlait, un panier au bras, elle l'avait vu changer de figure. Quelle patience, quel amour elle avait dû y mettre : enfin il avait confié que ce panier était devenu tout à coup sous ses yeux la gueule d'une bête, une bête tournée vers lui pour l'engloutir.

Mais il me l'a dit, j'ai eu sa confiance. Il y a en lui une cache de silence et de secret ; son regard vous arrive du fond d'une ombre, comme de la poche d'un souterrain. Si je pouvais toujours tout lui faire dire. Avec quels êtres s'est-il trouvé ? Que lui a-t-on appris dans les années où je ne l'avais pas ?

Elle lui donna un morceau de canevas, des laines de couleur.

— Quand nous irons à Ambert, nous achèterons du sucre candi. Ta tante Pauline en était si gourmande ! Chez l'apothicaire elle demandait « Des morceaux avec de la ficelle » parce que ceux-là ont plus de goût.

Le tombereau, après un cahot, roula dans la cour. Le Nanne dételait ses vaches. Puis le père rentra ; il mit son cheval à l'écurie, revint, chaussa ses sabots ; l'un, l'autre sonnèrent sur les dalles.

— Allons, toi, te reculeras-tu ? disait-il au chien.

Anne-Marie savait que d'ici l'enfant suivait le train de la maison, comme les malades qu'un ennui rend attentifs ; mais lui, c'était dans sa nature, ce guet, cette crainte.

Grange monta lentement, soufflant dans ses joues.

— Eh bien, notre homme ?

— Il se lèvera demain, dit Anne-Marie.

— Il faudrait lui nourrir le sang. Donne-lui un

œuf en carcasse. Tu sais comment ça se prépare, Henri ? On prend un œuf, on le met couver ; ce qui sort, on le nourrit six mois, on saigne, on plume, on vide, on trousse, on fait cuire, on jette les pattes et on le mange.

Il riait.

— Eh bien, oui, un poulet. Tu ne comprends pas ?

Il se tourna vers Anne-Marie, ne parla plus que de la fabrique à papier, de ses affaires d'Ambert.

— Martin ne reconstruit pas : la ville achète pour agrandir la place. Quant à l'enquête, elle est close : c'est bien la lanterne qui a mis le feu.

Une certitude officielle. La mère d'Henri avait ce même regard fixe, arrêté sur un tourment, qu'il lui avait vu dans la voiture. Autour des Escures les bruits de la campagne prenaient leur voix du soir. Les balais remuaient lointainement dans les pâtures désertes, pleines de vent sombre.

Cette fin de décembre continuait d'être douce.

— Nous allons sortir. Gaspard dit qu'il faut que tu sortes. Des fleurs ? reprenait sa mère en le chaussant : nous trouverons peut-être des pâquerettes. À la Noël les bergers n'ont pas eu d'autre bouquet pour l'Enfant Jésus. Mais il les a touchées d'un doigt, et le bout des pauvres feuilles blanches est devenu tout rose !

Les pieds des moutons avaient marqué comme d'une grêle la sente défoncée. Des taupinières pointaient parmi l'herbe couleur de chanvre, et un arbre avait encore, en rond, sous lui, ses feuilles violettes. De quelque métairie venait le bruit du blé qu'on bat, celui des fléaux, deux par deux.

À la fourche des chemins, une douzaine de troncs, noirs de mouillure, attendaient qu'on les chargeât. De là on voyait la pierraille et les vieilles tuiles du bourg, la route dévalante de Clermont. Elle remontait des côtes désolées, aux bords mangés de genièvres, de touffes de bouleaux, de bois de pins débandés allant rejoindre ceux qui se massaient sur les hauteurs. Au loin s'étendait on ne savait quelle attente.

De l'endroit qu'Henri préférait, on avait le Mont-Thialei devant soi. D'entre les nuages errants, il se haussait comme une grande chose bleue et brumeuse. Une forêt noire toute levée, des cassures de rochers, des creux de pelouses, des villages coiffés de chaumes, étaient peints sur son flanc. Là, sous les balcons de planches, de vieux hommes courbés devant leur lucarne fabriquaient des fuseaux, des sébiles, des tasses. Au-dessus d'eux pendait un canton de sapins et de loups. Il fallait relever la tête pour voir, apparue dans les brumes, la tête chauve du mont.

Quand on avait regardé cela on se sentait, même ici, dans un pays perdu. Il tardait à Henri d'être assis près du feu, au fond de la salle close.

Ils étaient allés jusqu'à la route. Parut un

cavalier en habit bleu d'uniforme. Grange, baissant son chapeau en visière, pour répondre à la question d'Henri s'arrêta près de la banquette.

— Ça m'a passé d'être jeune et d'y voir clair, mon petit, et ça passera à d'autres avant que ça me revienne.

Le cavalier trottait, lancé, relancé.

— C'est un officier des cuirassiers de Condé ; ou plutôt d'Angoulême : il a le col et les parements aurore.

Henri buvait des yeux ce capitaine au cheval noir, son uniforme, son sabre, ce sabre magnifique, surtout.

L'officier, agacé sans doute d'être un objet de curiosité, mit sa bête au galop. Sans leur donner un regard, il passa assez près d'eux. Henri sentit que sa mère lui serrait l'épaule.

Dans le chemin, elle marchait plus vite. Tout excité, la tête remplie de l'habit bleu et aurore, du cheval et du sabre, il devait faire trois pas en courant pour demeurer à sa hauteur. Les nuages obscurs de quatre heures s'abaissaient encore sur les cornes des montagnes.

À peine furent-ils rentrés qu'il fallut allumer. Grange cherchait ses lunettes.

— Petit, j'ai dû les laisser à l'entrepôt.

Comme Anne-Marie ressortait du cellier, portant un pot de laitage, elle vit par la fenêtre passer Gaspard. On ne l'attendait pas. Elle posa vite sur la table le pot qui lui tremblait dans la main.

— Tu es venu ?

Gaspard n'eut pas le temps de répondre. Henri rouvrait la porte, hors d'haleine :

— Il y a le feu dans la remise.

Grange se précipita, suffoqué, essayant de courir.

— Enfermez-vous ici, le petit et toi ! cria Gaspard, et il empoigna les deux seilles.

... Du porche de la remise, comme il ressortait, il s'entendit appeler. Anne-Marie se penchait à la lucarne de la tour. Son visage faisait lueur dans l'ombre, le beau front, le petit nez droit, les joues pâles.

— Viens, va ! Vous pouvez descendre tous deux.

Elle avançait sous le frêne pleureur, accompagnée par l'enfant.

— Ce n'était rien ?

— Viens voir, Henri. On ne se laisse pas surmonter par la peur sans savoir d'abord ce qu'il y a pour faire peur.

Il se retourna vers elle :

— Des échalas de châtaignier qu'on a rentrés mouillés : dans ce fond, ils luisent comme du phosphore.

Sous le porche, ils se heurtèrent à Grange.

— Sacré bougre d'éberlué, de visionnaire !

Par bonheur, Gaspard était là pour lui tirer des mains l'enfant, qu'Anne-Marie reprit, embrassa, remit en ordre.

— Vous donner des peurs pareilles ! Je le guérirai, moi, de ces visions !

Ils revinrent, Grange marmonnant encore. Elle s'assit, le petit sur ses genoux, lui fit boire une écuellée de lait chaud, lui fit dire sa prière ; mais encore gonflé de sanglots, il ne voulut dire que celle de Marguerite :

— *Si je trépasse, je recommande mon âme, – Si je m'endors, je recommande mon corps, – Les anges sont autour de mon lit, – Les évangélistes aux quatre piliers, – La Sainte Vierge vers la tête...*

Elle ne redescendit qu'un moment après, ayant attendu qu'il fût endormi. Grange chaussa ses lunettes.

— Plaisirs de la vieillesse ! fit-il en essayant de rire.

Et il attira une gazette qui traînait sur la table.

— Il ne faut pas le rudoyer. Voyez-vous, père, ce n'est pas un enfant comme les autres.

— Allons, coupa-t-il, je ne voulais pas le battre. On me connaît – il brandissait la main –, lève haut, tombe doucement !

Mais ce : « Il y a le feu dans la remise », ainsi dit d'une voix blanche, le laissait désagréablement remué. Ce petit semblait parler dans une vision. Non, pas comme les autres, certainement. Un soir, repartant de la ville et passant devant le cimetière – il ne savait même pas ce que c'était qu'un cimetière –, il avait lâché la main de sa mère dans la voiture : il voyait de jolis enfants parmi les rosiers et les croix, il voulait aller les rejoindre.

— Il a connu trop de misère, dit Gaspard, laissez-le se reprendre à la vie.

Anne-Marie lui envoya un regard de remerciement. Le dos rond sur son tabouret, il faisait doucement sauter entre ses mains le vieux canon de fusil qui servait de soufflet. Pauvre Anne-Marie, pauvre beau cœur aimant, songeait-il. Parce qu'il est fils d'un scélérat, elle l'aime davantage, comme s'il était infirme.

— Il n'est pas fort, dit-elle, mais je crois qu'il prend le désir d'être fort. Il a une douzaine de bâtons, et il les veut près de lui quand il se couche. Ce courbe, tout argenté, que tu lui as coupé, il le nomme son sabre.

Elle parut hésiter, puis conta leur rencontre de la route.

— Quand il a vu que nous le regardions, ce capitaine a lancé son cheval...

Elle épiait Gaspard, mais on ne voyait qu'un pan de sa joue, de son menton, qui rougeoyait comme les jarres de cuivre du bahut.

— Pour ça, enchaîna Grange, il a le goût des armes.

Vieux cuir, vieille bête ! Gaspard lui aurait tapé dessus avec plaisir. C'était dire que l'enfant tenait de Robert à qui l'on connaissait bien ce goût-là. (Peut-être parce qu'il est sans vrai nerf : pour pouvoir croire à soi, il lui faut une lame dans la main.)

Anne-Marie se taisait comme si elle avait

reçu un coup. Repliant la gazette Grange se rétablit sur sa chaise, et parut se faire fort de ce silence.

— Il faut voir les choses, pauvre petite. Le sang ne se perd pas. Plus tôt, plus tard, tout revient, dans les familles, tout a son retour, et jusqu'à la chance. Ceux qui s'ivrognent, ceux qui courent, ceux qui dissipent, ils reparaissent dans les maisons. Une minute, laisse-moi dire. Tu as parlé d'un vœu que tu fis, le jour où on l'a enlevé : que si jamais on le retrouvait on le ferait prêtre. Eh bien, je crois que c'est un bon vœu.

— On ne peut pas forcer la vocation. Je donnerais tout pour le voir prêtre un jour, mais jamais je ne voudrais le contraindre.

Elle se dit, pensait Gaspard, que tant de grands-pères sont heureux d'avoir un petit-fils, de songer qu'il leur succédera ! Et elle voit que Grange tient cet enfant pour suspect.

Marguerite rentra ; devinant qu'on causait, la timide, la craintive, elle alla éplucher des raves à l'écart, près de la bassière. La Louise revint de verser le petit-lait aux cochons. Elle prit un pot, un pilon, s'occupa dans un coin, elle aussi.

— Oui, murmura Anne-Marie, un prêtre. Mais je serais contente si je pouvais seulement lui apprendre à ne jamais perdre la présence de Dieu.

C'est son fils à elle, la vraie et la vaillante, Anne-Marie des grandes mœurs, mais c'est aussi le fils de l'autre. Essayez de lire dans ces yeux d'innocent ou de chouette, et dites-moi ce qu'il est bien. On ne va pas contre le sang. Le grand-père et la mère peuvent avoir leurs projets : demain, qu'en sera-t-il ?

Il enfonça son chapeau, posa le canon de fusil sur le landier, se leva.

Au moins ce qu'elle dit, elle, au rebours de Grange, cela change l'air.

Elle l'accompagna jusqu'au portail. Elle aurait voulu lui demander si rien de particulier ne l'avait amené, ce soir ?

Il la sentait en peine, et plus en peine qu'au temps où l'enfant était à retrouver. Voilà cette tour qui joint sa chambre. Les branches des sureaux et des pruniers remuent. Le pays à l'entour est plein de vent, et d'histoires et de bruits. Elle, tantôt, là-haut, penchant la tête – elle l'a petite et bien façonnée, cela lui donne l'air grand –, elle semblait une reine des chansons. Qu'elle puisse être en repos, à présent ! Elle a eu assez de croix dans sa vie. À qui viendrait en lui voulant du mal, je saurais vite faire un sort.

— Écoute, dit-elle, la main sur le loquet : il faut que tu me promettes...

Il se tourna vers elle. Elle était là, entre la tour et le tilleul. Il la vit comme aux anciens jours, une jeune fille, dans sa robe-fourreau noire. Ses tresses en couronne luisaient faiblement. Il ne savait pas s'il voyait son regard, ou bien s'il éprouvait qu'elle le regardait ; mais il devinait tout le courage d'âme qui brillait dans ses yeux châtains.

Il respira sa fraîcheur à un remous du vent, et le cœur lui sauta.

— Promets-moi. Je voudrais que tu prennes l'enfant, quand tu le peux, que tu en fasses ton vrai cousin, un homme de droiture.

La rumeur des grands bois arrivait du fond du pays, apportant peut-être le trot d'un cavalier sur la route.

Il fit signe que la promesse était faite.

Quatrième pause

Gaspard et Mlle Elmire. – Gaspard et les Verdier. – Gaspard et Jeuselou. – Gaspard et ses idées.

Ce premier de l'an, quelle journée de courses et de trottes.

Il débouchait de derrière l'église, il se trouva nez à nez avec Mlle Chargnat, que M. Regouyat embrassait en lui présentant ses vœux. Elle l'accrocha au passage, le fit entrer chez son défunt frère, et dans le corridor lui tendit la joue.

— Il ne faut pas aller contre les usages, n'est-ce pas ? !

Mille façons distinguées, un envol de voiles, un flot de paroles. Elle le poussa dans une pièce étroite, à solives, à rayons de bois peint, qui sentait les paperasses et la pipe. Et elle vantait la bonne distribution de cette maison, étalait ses moyens, parlait de ses domaines, de ses bois, de ses valeurs. À quoi cela va-t-il, se demandait Gaspard. À me donner dans la vue ? Voilà ses pauvres frères, maintenant. Qu'elle les laisse où ils sont. Je les connaissais un peu trop.

L'air qu'il respirait là le gênait, l'air de la maison, grosse cuisine bourgeoise, grosse amabilité poisseuse, grosse façon matoise de penser à ses profits et de mener sa politique. Comme si M. César, gras et glacé, ou l'épais Amédée, rotant le vin blanc, étaient encore là pour alourdir l'heure.

— Ç'aurait été un honneur, et un bonheur pour eux d'être de vos amis. Mais si je désire vos amitiés, je ne le fais pas que pour déférer aux vœux de mes chers morts !

Elle le força à s'asseoir. Va toujours. Il l'écoutait en homme qui laisse couler l'eau. Son deuil ne l'avantage pas : il plombe encore ce teint gris qu'elle a, il la vieillit... Elle lissait d'un doigt le bord de sa collerette, elle disposait sa tête sur son cou. D'une bouche sucrée, elle reprit, voulant faire la jeunette :

— Vous me croyez donc bien méchante que vous n'avez pas osé venir à la maison ? Je vous avais donné un rendez-vous, pourtant !

Il fallait qu'ils causassent. Elle avait eu ces jours derniers quelques nouvelles. L'autre été, on avait publié par là que Robert était mort. Il l'était si peu qu'il venait de reparaître chez lui, près de Brioude.

— Eh bien, ne pensez-vous pas que nous avons une justice à exercer sur lui ?... Attendez, je veux vous faire goûter mon eau de noix.

Voilà qu'elle parle français : elle entend se venger de Robert. Sur les bonnes dispositions de ses frères, elle n'a parlé que par bienséance : elle sait bien qu'elle ne m'en contera pas là-dessus, ni même qu'elle ne me fera croire à ses regrets douloureux. Ses frères, elle essayait de les rendre ennemis l'un de l'autre. Mais tout cela ne fait rien : Robert a mis le pied sur eux, il a triomphé de la famille : elle veut se venger.

Elmire revint, remplit deux petits verres.

— Laissez, laissez, mon eau de noix ne vous empoisonnera pas. D'ailleurs je trinque, je m'empoisonnerais aussi... Oui, j'aime mieux m'entretenir avec vous qu'avec votre cousine. Elle est trop sainte. Une personne d'un tel mérite ! Quand nous aurions, vous et moi, des mesures à prendre, elle s'embarrasserait de scrupules qui arrêteraient tout.

Il n'allait guère à Gaspard que cette créature se mêlât d'affaires qui touchaient Anne-Marie. Elle pouvait pourtant les aider.

Elmire disait être sûre que Robert était dans le pays.

Sur ce point, on cogna du heurtoir à la porte.

— Aujourd'hui, nous serions sans cesse dérangés. Revenez bientôt : il importe que nous nous concertions.

De cette alliance, il voulut raisonner avec Pauline et son mari. Pauline l'agaça. Pour être mariée depuis six mois, elle semblait considérer sa sœur comme une vieille fille un peu naïve.

— Anne-Marie pour cet enfant devrait... Si Anne-Marie s'y prenait mieux...

À califourchon sur sa chaise, Valentin l'admirait avec bonne humeur. Il fut toujours le meilleur des époux, jamais chagrin, jamais tracassant, trouvant tout bon sans sauce. De sa vie il ne mangea une grive sans lever les deux ailes et les poser dans l'assiette de sa Pauline. Là, quand elle se montait trop.

— Mais Gaspard, tu connais bien ma sœur, il n'y a pas plus opiniâtre, il l'arrêtait d'un coup de tête.

— Allons, allons, Petit-Cœur : qu'est-ce que Dieu ?

C'était sa façon à lui de rappeler au premier point du catéchisme et à la raison une jeune femme trop vive.

Regarde-le : le voilà marié, bien mis – quel beau pantalon vert pistache à plis amples –, heureux, plus occupé du jeu qu'il mène avec Pauline que de ce qui peut se passer aux Escures. Ils sont ensemble, ils ont trouvé cette compagnie qu'on cherche tant, car on ne peut accepter d'être seul en ce monde. Alors ils choisissent de penser que Robert est mort, qu'il n'arrivera rien.

Gaspard chauffait dans sa paume un petit verre de marc. Sur un guéridon, il y avait une écuelle d'argent. Henri était venu, on lui avait fait boire du lait chaud. Robert... Henri... Une peau de lait restait collée au bord de l'écuelle. Ce petit est dégoûté et Anne-Marie lui passe tout. Trop dorloté, trop pouleté. Pourrait-on bien en faire un garçon ?

Cette écuelle donnait à Gaspard le sentiment d'une vie à Anne-Marie et à l'enfant : une vie à eux deux, dans leur chambre, dans la tour ; et lui, il n'y entrerait pas.

Il détourna les yeux, les porta vers les vitres. Elles découpaient un grand morceau de campagne, des bosses de terrain, avec leurs gros arbres, les héritages... Et tout cela portant son histoire : les domaines, les familles, les procès, les événements.

Valentin Verdier, surprenant son regard, crut que Gaspard songeait à ce qui se disait dans ces campagnes. Un bâtiment avait failli brûler à Cunlhat l'avant-veille. Les vieux assuraient que des feux prendraient l'un sur l'autre, comme en l'an six, alors qu'une ferme flambait presque chaque nuit et que les hommes faisaient des patrouilles avec des fusils et des fourches. Il devrait arrêter ce bourdonnement, empêcher les têtes de se monter. Valentin lui rappelait ce qu'il avait entrepris, depuis trois ans, comment il avait changé la face du canton.

— Bon. Es-tu sûr que ça tourne pour le mieux, à la fin du compte ? Nous avons tant fait que le Conseil d'État a attribué aux paysans les parcelles usurpées sur les communaux. À présent, je le vois : ce sont les communaux qui retiennent les petites gens dans la commune. Sans eux, ils ne peuvent pas tenir de bêtes.

— Que vas-tu chercher ? Tout le monde est content de ce que tu as obtenu.

Gaspard levait une épaule. Qui sait quelque chose ? Il sentait étrangement que ces affaires qu'il avait menées n'étaient pas son affaire à lui, la vraie sienne.

En sortant des Escures par la porte du haut, il aperçut Jeuselou qui venait d'en partir. Et Marguerite...

— C'est que je t'ai embrassée sans y penser, dans toutes ces politesses !

— Que tu es tourmentant...

Jeuselou prit la tête de la petite comme pour la cacher contre soi. Elle se dégagea, vite, mais fit gauchement à son prétendu un baiser sur la joue. En se détachant de lui, elle se trouva devant Gaspard et devint rouge comme le feu.

Ces deux, ils devaient faire leurs noces dans l'été, après les gros travaux. Anne-Marie avait demandé à Marguerite de rester près d'Henri jusqu'à ce mariage.

C'est vrai que la petite est bien dévouée, gentille, un peu sauvage, toute bonne. Elle est semée de rousseurs, comme lui ; mais elle a l'allure douce et tendre des blondes. Et quand on regarde ses yeux bleus, à facettes et à étoiles comme de la neige fraîche, on croit n'avoir jamais vu d'yeux bleus auparavant.

Gaspard dit ce que la civilité demandait.

— On n'est pas sauvée parce qu'on est mariée, soupira-t-elle avec une sagesse soucieuse, la joue encore envahie de rose.

— Voilà sept ans et plus que je l'ai prise en idée, fit Jeuselou dans le chemin.

Il frottait ses mouffles rousses, tapait ses mains comme pour se réchauffer, non sans une pointe d'embarras.

— Marié, pas marié, ça ne fait pas comprendre cette vie...

Gaspard dit cela sans relever le nez, en bourrant sa pipe. Ils marchaient coude à coude. Le gel avait fendillé la boue ; on aurait cru qu'elle était semée de milliers d'aiguilles.

— Pour moi aussi, confia Jeuselou, tout un temps j'ai pensé au mot d'ici : il n'y comprend pas plus qu'un chien à la messe. Peut-être que nous voyons rouler le monde comme un chien regarde dire la messe, sans rien y comprendre. J'ai calculé, calculé, et puis, lâche tout, Jeuselou ! Tu ne peux pas être l'aigle.

Ainsi qu'aux dimanches, un ennui, un désœuvrement traînait sur la campagne. Les paysans retournaient du bourg, dans leurs habits des fêtes, les habits à manger la viande, comme on dit : les femmes, les jeunes, qui pensent à un mari, à monter d'un rang, à se faire honneur d'un garde-habit comme il y en a un chez la cousine riche ; les vieilles, qui se contentent de suivre les vieilles rubriques, et ce matin, elles ont tâché de se lever avant leurs voisines pour que leurs vaches aient la fleur de l'eau à la fontaine ; les hommes, que deux ou trois gouttes n'ont pas mis en joie parce qu'ils savent tout ce qui reste à faire pour payer leur taille, et leur cense, et le vivre de leur maisonnée. Le long des prés, ils s'en vont contre le vent, contre le froid de la morte-saison, ils tournent leurs braves figures rouges ou brunes, de pesante simplicité, de finesse, d'honnêteté soupçonneuse, saluent d'un mot. On leur répond, on les dépasse. Ils font leur temps de vie. Le matin avant la soupe, ils fendront les souches devant l'escalier branlant ; ils iront fagoter, ils cureront l'étable, ils panseront les vaches. Et pourquoi tout ça ? Pourquoi y a-t-il quelque chose ?

La journée a passé. J'ai fini de leur servir de patène. Gaspard revient d'Ambert sur son Grand-Blanc. Des carrioles dansantes le croisent. Passe le coucou de Mlle Chargnat, que mène un domestique assis sur le brancard.

Gaspard se voit plus tard, quasi bourgeois, rentrant ainsi les soirs, jetant les guides à sa descente de voiture. J'aurai une femme ; je lui demanderai qui est venu, je donnerai les ordres pour le lendemain. Et pour quoi faire, pour quoi faire ?

Alors ? Se dire comme Jeuselou qu'on ne peut pas être l'aigle ? S'il se l'est dit, simplement parce qu'il y a Marguerite, qu'il sait pour qui faire ce qu'il fait ?

Trouver une compagnie. Mais celui qui se trompe ? Celle qui épouse un indigne et qui croit que sa vie est engagée, pourtant. Plus d'avenir, alors, tout gâché, tout perdu ? Je ne sais pas comment je suis bâti, mais je ne croirai jamais qu'il n'y a pas une façon de se retourner, de retrouver l'espérance. De reprendre la vie, d'où qu'on parte.

Ha, des idées idiotes. Des idées qu'on n'a pas. Je n'aime pas ces jours de fête. Qu'est-ce qu'il y a pour me travailler l'esprit ? Ou Robert n'ose plus rien tenter contre ma cousine, ou il prétend encore lui faire avoir des peines. Mais je suis là, derrière elle, avec elle. J'abats la main sur Robert. Elle ne pourra pas toujours m'arrêter le bras comme dans les temps.

Cinquième pause

Henri à La Belle Bergère. *– La Perrine sait que Robert est mort.*

— N'aie pas peur, avance encore.

Gaspard approcha sa bouche de la ruche. À la bouffée d'haleine, deux ou trois abeilles sortirent du petit porche de paille sur la planche.

— Ça va, tu viendras les voir au printemps quand elles ressortiront tout de bon. Il faut toujours leur parler. Ô les belles, ô les gentilles ! mais vous êtes chargées comme de petites ânesses ! Elles s'habitueront à toi. Elles ne piquent que ceux qui ont de mauvaises idées en tête.

Il époussetait ses grosses guêtres bleues. Il remit à sa place le morceau de tuile qui protégeait l'ouverture de la ruche. Henri le regardait faire d'un peu loin.

— Allons, suis-moi à *La Belle Bergère.*

Du tournant, cela sentait la paille, les bêtes fumantes, le civet de lièvre ou la daube. Il y avait toujours à voir, dans ce grand château bruyant, étalant sa rangée de fenêtres sous son enseigne de couleur. Là, parmi les claquements de fouets, les remuements de vaisselle, le tintamarre des grelots, des cors de postillons, des chaînes roulant dans les muids qu'on rince, on rencontrait des hommes qui prenaient tout d'un air délibéré. Ils tapaient de leur bouteille sur les tables et buvaient du vin chaud. Ils trinquaient avec des militaires à plastron d'écarlate. Serait-il possible de parler comme eux, et surtout de s'arrêter comme eux, debout contre la muraille, une main renversée devant la braguette ?

Un grand voiturier, remontant son pantalon, clignait de l'œil à Gaspard.

— Dis donc, tu n'as pas entendu dire ?...

Il y avait des nouvelles mystérieuses. Il y avait des surprises : un jour, une calèche et deux dames à voiles verts ; un autre, un général et son état-major.

Henri repensa au capitaine en habit bleu.

— Aurore, est-ce que c'est la même chose que couleur de flamme ?

Gaspard tâchait qu'il s'expliquât. Il faudrait lui parler et le faire parler, arriver à l'amitié ; mais on ne sait jamais si son cœur vous répond.

— Ton grand-père a dit : « Des cuirassiers du duc d'Angoulême ? Son corps est en garnison à Mulhouse. Ce n'est pas là, Mulhouse. »

L'enfant était encore tout plein de cet uniforme, de ce sabre, de ce cheval noir. Gaspard voulait prendre cela au plus ordinaire.

— L'hiver il arrive qu'on voie davantage de cavaliers. Sur bien des routes les voitures ne rouleraient pas, à cause des boues.

Il parla d'autre chose, de muletiers du Vivarais qui avaient passé l'avant-veille. Henri les avait vus poussant leur file de mulets à larges bennes : leurs chapeaux relevés par-devant leur donnaient un air de voleurs. De cols en cols, ils avaient traversé les déserts, où marquent seuls une cabane et un grand amas de pierres surmonté d'une croix. Sur un sentier fin comme un fil, qui mord, à des lieues, une croupe de roches râpées et de bruyères, leur convoi chemine vers le midi. Henri aurait voulu chevaucher, plus tard, avec des pistolets, dans les monts solitaires de l'Ermitage. Il se disait, parce que Gaspard le lui avait dit, que puisqu'il ressemblait à sa tante Pauline, il aimait voyager et n'avait peur de rien. Il osa demander au cousin de l'emmener à Ambert un jour.

Ambert,
Bâti par un sauvage au pied d'un sapin vert,

dit Gaspard pour dire quelque chose et continuer à part soi ses réflexions.

Henri, maintenant, voulait l'histoire du sapin et du sauvage.

Brusquement, il revit cette figure d'homme qu'ils avaient rencontré au bois sous un sapin, et sa mère était devenue toute blanche. Au soir tombant, l'avant-veille.

En revenant, ils rencontrèrent la Perrine, la mère de Marguerite. Elle allait chez le panseur de bêtes, tirant sa vache par la corde.

— Ah ! pauvre Gaspard, la Ribande est malade : si tu savais un remède !... Bonjour, m'ami. Alors, aujourd'hui, on n'a pas sa langue ?

Henri ne sut que lui sourire et tira vers un buisson en longeant le fossé. L'air était sombre, tranquille. Des crécelles de pies se répondaient vers les lisières. Les prés bâtards, les buges d'ajoncs gris et d'eau grise, s'étendaient sans un troupeau, sans une âme. Vers Toutée, chevauchant une crête, le grand chemin s'enfonçait dans les bois.

La Perrine avait suivi le petit de la vue.

— Tu lui fais faire un bout de promenade ? Vois-tu – elle baissa encore le ton –, il est trop fin, il n'est pas pour vivre.

— Il n'y a que les imbéciles qui restent ?

— Tu sais bien, quand un enfant est fine tête...

Elle avait cette habitude de parler en chuchotant, sans finir ses phrases ; ou alors de façon débridée, comme sous le coup de l'indignation ; mais toujours en mystère. Elle demeurait à présent dans la maisonnette qui lui venait de chez elle, au-dessous de la Rousse. Jamais Anne-Marie n'avait pu lui faire dire combien elle y tenait de chèvres. « Ha, pas beaucoup, allez ! » ou bien : « Assez pour faire quelques chevretons. Je vous en porterai un... »

Elle serrait les lèvres, l'œil encore vers la haie où le petit, s'escrimant de son couteau, essayait de couper une pousse de frêne. Gaspard sentait qu'elle voulait amener autre chose. Quand elle le rencontrait, c'était rare qu'elle ne se mît pas sur les affaires de Mme Anne-Marie. Elle l'avait accueillie au moulin de Martial, lorsque Jeuselou avait trouvé la pauvre dame en forêt, blessée par Robert, trois jours après l'affreux mariage, et elle l'avait encore cachée tout un hiver par la suite. Elle était dans les secrets et l'amitié de la famille Grange, elle ne laissait pas tomber cela.

— Il est trop fin, reprit-elle, il ne veut pas devenir vieux. Pour moi, il sait ce que nous savons, moi et toi, et qu'on ne sait pas dans le pays. Il a deviné qui est son père, et tout... Mais, dis, s'il vivait, est-ce qu'il serait pour en voir, ou pour en faire voir ? Le bon Dieu le ramasserait, tu crois que ce serait une mauvaise chose ?

— Taisez-vous ! Ah ! on l'a vite donné au bon Dieu ! Et sa mère, qu'est-ce qu'elle en dirait ?

— Elle devrait dire : pauvre petit, en partant de ce monde, tu as laissé bien des peines ! Pour la famille, il vaudrait mieux le savoir mort comme son père. Si, si, je te le dis que Robert est mort !

De ses yeux qui lisaient les figures, de vrais yeux de basilic, Gaspard l'envisageait... Hâlée comme une nèfle, avec un peu de goitre, elle secouait sa vieille face à plis et à lippes ; et elle avançait le cou pour appuyer ses dires. Parfois elle se tournait, faisant mine d'en avoir assez conté, de repartir, emmenant sa vache. Elle s'assura pourtant que le petit ne pourrait l'entendre, et donnant un coup de menton :

— La preuve que Robert est mort, c'est qu'il revient. L'autre jour, ils étaient au bois, le petit,

Mme Anne-Marie. Tout par un coup, ils l'ont vu, le petit l'a raconté à Marguerite. Sa mère s'est arrêtée, blanche comme une cire d'église. Quand elle lui a demandé ce qu'il voulait, le monsieur a dit : « Maintenant, j'ai besoin de tout. »

Comme le monsieur du Grand-Vimal, que la fille du métayer avait vu apparaître dans le salon de compagnie ; comme d'autres, des domaines, qui avaient fait un peu trop parler d'eux avant leur mort.

Sixième pause

On mène Henri chez le médecin. – Singuliers comportements d'Anne-Marie. – Rapport étrange fait par Perrine.

Ce même soir, dès qu'il fut aux Escures, Gaspard comptait voir Marguerite. Mais Anne-Marie le prit à part. Elle lui demandait de conduire le lendemain l'enfant à Fournols. Le docteur Meissoux avait fait dire qu'il les attendrait dans l'après-midi. Et elle se sentait souffrante.

— Tu l'y mèneras bien, toi, avec ma sœur.

Elle ajoutait qu'elle préférait voir cela s'ajuster ainsi : leur médecin d'Ambert aurait pu être blessé ; là, ce serait comme si Pauline avait agi de soi-même.

— Alors, que Valentin les accompagne.
— Je ne serai tranquille que si tu y vas.

Elle ne voulait pas faire reculer le rendez-vous par le médecin. La nouvelle lune amènerait peut-être un temps sale et pourri, les chemins seraient difficiles. Ou alors le froid reviendrait, on ne pourrait plus laisser l'enfant sortir. Trop de raisons.

Elle raccompagna Gaspard jusqu'au portail. Entendait-elle l'empêcher de parler à qui que ce fût des Escures ? Peut-être seulement lui demander loin de tous s'il croyait, vraiment, s'il pouvait lui jurer que le feu du moulin n'avait pas été mis ?

Eh non, il n'avait pas été mis. De la lanterne le feu avait pris à la paille et couru le long des lambourdes.

Gaspard ne fut pas peu surpris de la voir décontenancée par cette assurance. Toute la soirée, il repensa à l'air d'Anne-Marie après cela, à l'espèce de déception qui avait passé dans ses yeux.

Le docteur Meissoux était en passe d'acquérir une grande réputation. Chauve, avec des cheveux noirs massés à la nuque, il avait une figure pleine, brune, grêlée comme une morille, et des yeux très bons, très vifs qu'on n'oubliait plus. Dans sa redingote de futaine gris-de-loup, toute tachée, il portait sur soi une odeur de drogues.

Il palpa l'enfant, l'ausculta, dit qu'il fallait le

vêtir de laine et lui faire manger beaucoup de poisson – une marotte à lui, il avait acheté les étangs de trois communes. Après quoi il parla un peu à Pauline et n'ordonna aucun remède.

Gaspard le remarqua : Anne-Marie les attendait dans l'allée avec une espèce de fièvre. On te le ramène, ce petit ! Cependant, elle ne parut pas comprendre ce qu'avait dit M. Meissoux. Pauline dut tout répéter comme si Anne-Marie avait eu d'abord l'idée à autre chose, à d'autres soucis. Et pour oublier ceux-là, elle s'inquiétait à présent de ce poisson : ce devenait une affaire : où en trouver, comment en avoir ?

C'était un mardi. Le mercredi, de bonne heure, Valentin Verdier vint prier Gaspard de l'aider à marquer les arbres.

— Tu amèneras l'enfant, ces sorties lui feront du bien.

De fait, on passa là-haut de bonnes heures de mouvement, de grand air. Le soir, Henri sentait la mousse, les champignons, les écorces. Gaspard lui avait expliqué comment sont bâtis tous les nids : ceux des geais, ceux des huppes, ceux des écureuils.

— Tu ne m'aurais pas fait manger ma soupe le matin de la Saint-Joseph ! Il faut jeûner ce jour-là pour trouver des nids. Je t'apprendrai. On voit à quels arbres il y en a. Ça se sent !

Le jeudi, même commerce.

Au moment de se séparer, chez les Verdier, Valentin demanda à Gaspard s'il ne pourrait pas lui donner la soirée du lendemain, encore.

— Je voudrais faire ouvrir un chemin vers Balance. Tu m'aiderais à marquer le tracé...

Gaspard regarda le bout de ses souliers, releva les yeux sur Valentin. Ils se taisaient tous deux. Puis ils passèrent ensemble de la cuisine dans la salle.

— C'est Anne-Marie qui a voulu que tu me demandes ?

— Je ne devais rien t'en dire. Mais le temps est doux, elle voudrait bien te voir promener ce petit.

— Écoute, il y a quelque chose, ou alors, quoi ? Hier, j'arrivais : elle était à coudre derrière la fenêtre et elle se parlait à soi-même. C'est bien la première fois que j'entends Anne-Marie parler seule. Et tout en trouble, l'œil fixe, du rouge aux joues. Qu'est-ce que ça veut dire ? Elle se fait des montagnes d'un rien, elle s'embrouille dans ses besognes.

— Il n'en faut guère pour brouiller la tête d'une femme.

Valentin l'avait dit pour Pauline qui entrait, venant les retrouver. Elle fit mine de prendre un cahier de musique sur l'épinette et de le lui envoyer à la figure.

— Une femme telle qu'Anne-Marie, non, coupa Gaspard.

Ils s'assirent. L'horloge au cadran enfumé battait le temps dans un coin. Ce bout de la salle s'assombrissait, là où se mêlait au noir le relent des placards à confitures, sous les poutrelles dépeintes. De sorte qu'il leur sembla y tenir un conciliabule.

Pauline savait que sa sœur était allée deux matins de suite à la cure et y était restée fort longtemps. Elle qui n'avait pas accompagné Henri à Fournols parce qu'elle ne pouvait sortir !

Le mardi, Elmire s'était présentée aux Escures, en visite. Anne-Marie, qui s'était écriée à cette annonce, l'avait reçue d'un air de contrainte, d'absence, un air d'être sur des charbons. Elle l'avait à peine fait asseoir.

Elmire était revenue horriblement blessée. La Poule-Courte ne tarissait pas sur ses plaintes.

— Moi qui avais la bêtise de proposer une amitié à cette Anne-Marie ! Elle m'a presque balayée de la maison ! J'étais trop sotte aussi. Me voilà payée pour savoir me conduire.

La Poule-Courte, enragée de se mêler de tout, était allée la veille aux Escures négocier un rapprochement. Mais un peu avant trois heures, Anne-Marie avait montré une espèce d'inquiétude à se défaire d'elle.

— Elle ne me donnait ni temps ni patience.

— Que ma sœur n'ait pas cajolé Elmire ; qu'au bout d'un peu de temps elle ait eu assez de la Poule-Courte, qui sent la graisse fondue, et son caquetage vous étourdit la tête, passe. Seulement, seulement...

Valentin avait cru qu'Anne-Marie s'était laissé tracasser par les bruits qui couraient sur

Robert reparu. Pauline assura que ce n'était pas de la peur.

— Elle était ailleurs quand je lui parlais, distraite, concentrée, comme tout occupée d'une question qui se poserait pour elle.

Ils s'apercevaient qu'Anne-Marie s'était arrangée pour les écarter, ces derniers après-dîners ; et l'enfant même, et le grand-père aussi. Vingt choses maintenant leur donnaient à penser.

Gaspard ne disait pas un mot. Il avait promis de ramener le petit à cinq heures, et il se mit debout, se secoua. Pour l'adieu, il avait la voix embrouillée d'un homme qu'on réveille dans le noir.

Cette nuit-là, il n'est pas certain qu'il se soit couché. Son frère Benoni et la Fanchon, sa belle-sœur, l'entendirent monter, descendre, tracasser par la maison, ouvrir, fermer les portes. À minuit il alla boire un verre d'eau à la fontaine.

En tout cas, vers le fin jour, il passa son fusil en bandoulière et prit la porte. Sans s'arrêter aux Escures, il gagna les étangs. Là, il s'attarda, quêtant avec Chopine. Il s'agenouilla même, au bord du chemin, comme pour renouer son lacet, mais il examinait des marques de pas dans la boue. Ensuite, par le bois, il descendit vers la Rousse.

Chez la Perrine, il entra en voisin et demanda du feu.

Les mains sur la ceinture, elle attendit qu'il eût tiré trois, quatre fois sur la flamme et jeté la brindille dans les cendres.

— Tu t'es manqué pour ta chasse. C'est le vent de la traverse. Il va encore pleuvoir.

— On ne tient pas le temps.

La vieille enfonça sous son haut bonnet une mèche grise.

— Dis, et Mme Anne-Marie ?

— Eh bien ?

— Eh bien, est-ce que tu sais ?

— Je saurai s'il vous plaît que je sache.

— Ce que je te dis, garde-le. Voilà trois jours que ça dure. Hier, je sors sur le midi avec mes chèvres, dans l'idée d'aller voir la Marguerite. Au bord du bois une honte me vient. Tu iras encore ennuyer ce monde. Reste là : quand ta petite sortira, tu lui feras signe. J'avais vu arriver la Poule-Courte. Je tricotais ; je laisse passer peut-être trois heures...

Oui, se disait Gaspard, et les chèvres prenaient leur vie dans le bois.

— La Poule-Courte repart. Mme Anne-Marie sort. Elle descend vers l'étang, passe le regard partout, tire une clef de sa poche, entre dans le petit moulin, celui du domaine, où l'on ne va que des moments pour faire moudre. D'où j'étais, je voyais tout. Je ne m'étais pas montrée parce qu'elle aurait peut-être été contrariée à cause de mes chèvres. Elles n'abîment rien, pauvre Gaspard ! Elles ne mangent que le genêt, la ronce, elles nettoient le bois de M. Grange...

La Perrine baissait le ton d'une manière décente, ou le haussait, tout emportée. Alors elle levait les mains de chaque côté de ses vieilles rides jaunes ; on voyait luire son alliance, mince comme un fil.

— Je vais pour joindre Mme Anne-Marie. Près du moulin, oh ! mais, mon sang n'a fait qu'un tour. Pense ! J'étais là devant, depuis des temps, des temps : et le moulin fermé, bouclé, pas d'autre porte. Eh bien, arrivée à cette porte, j'y entends une voix. Une voix à donner froid, serrée, tranchante. Mme Anne-Marie répondait, la voix reprenait. Ho ! pauvre petit, je ne peux pas te dire cette peur !

— Ma cousine parlait seule.

— J'ai rêvé, peut-être ? C'est vrai, vrai comme voilà mes deux sabots. La peur m'enlève, je prends ma course jusqu'aux Escures. Quand ma petite a vu cette figure renversée... Et alors, écoute, je lui conte tout : elle et la Louise se regardent, elles finissent par me dire que le Nanne est dans le même cas. Qu'il a aussi entendu la voix parler à la dame et qu'il n'y a personne dans le moulin. Comprends-tu ?

— Oui... Je comprends.

— Trois soirs de suite, à trois heures. Des dames sont venues la voir : ta cousine les a priées de ne pas lui donner tant de leurs moments et d'autres politesses ; mais elle ne vivait pas. Sitôt ces personnes congédiées, elle s'est échappée, avec défense expresse aux filles de sortir avant son retour. Mais elles n'approcheraient pas du moulin pour tout l'argent qui entrerait dans la maison.

Gaspard s'adossait à la muraille. Sa pipe s'était éteinte. Un brouillard sur les yeux, il voyait entre lui et la cheminée un entassement de fagots, les genêts noirs, aplatis comme des ailes, leurs racines couleur de pain bis. Sans savoir qu'il l'avait prise, il déchirait une de ces racines ; sa main saignait.

Il tressauta : la porte s'ouvrait lentement. Le vent l'avait poussée, la traverse qui soufflait sur les prés vides où quatre gros cerisiers s'espaçaient. Il y avait là-bas une petite montagne de buissons et de pins.

La vieille lui mettait sa main sur la manche. Il n'avait pas entendu ce qu'elle lui avait dit ; il ne savait pas ce qui l'indignait, mais elle levait le coude comme pour envoyer le poing au travers de l'air.

— Tu ne me crois pas, peut-être ? Tu ne veux rien croire, toi ?

D'un haussement d'épaules, il se débarrassa de l'histoire et de tout. Il demanda un verre d'eau. Il ne pouvait avaler et il lui semblait se déplacer dans un air épais comme du plomb. Une odeur de pomme, mariée à une autre de vieillerie, venue sans doute de ce tampon de chiffons qui remplaçait un carreau, l'écœurait.

— La couleur te change partout. Tu es sorti de trop bonne heure sans rien prendre : le mauvais air t'aura attaqué l'estomac. Assieds-toi, tu mangeras un bout de fromage. Si j'avais du vin...

Il se laissa servir. Pour l'amitié. C'était bon de rester un moment dans la maisonnette, près de la vieille bonne femme. Avant de repartir pour le monde, et la bataille, et la misère que ce sera.

Tout est petit, pauvre, ancien, ici, poli par les mains, embruni et rendu luisant par la fumée qui pique les yeux. Tout est de bois ou de terre ; ou de grosse pierre. Des glanes d'oignons pendent, un cabas, deux bottes d'herbes de médecine. Ce n'est pas haut sous la claie aux chevretons ; ce n'est pas large, de la maie entre ses bancs jusqu'au lit affaissé sous sa courtepointe dans son placard de planches. Mais nous serions deux : elle avec la cruche, le balai, moi, ma hache, ma faux, ma pioche. Comme j'aurais goût au travail. Et je sais qu'elle m'aiderait bien.

Elle dormirait là. Nous nous réveillerions ensemble. De la porte, sous l'arbre, on comprend à voir le matin blanc que le temps tourne au beau. Nous mènerions notre journée ensemble, notre vie ensemble. Mais cela ne sera jamais. Je ne l'aurai jamais pour dormir près de moi, du moins jusqu'à l'heure de la mort. Je vais penser à une vie de bonheur et je sais que le vrai temps de vie est fini.

DEUXIÈME VEILLÉE

Première pause

Le capitaine au Cadran-Bleu. – *Préparatifs de duel. – L'incartade relevée.*

Gaspard et l'hôte s'écartèrent de la porte pour un officier qui rentrait, son sabre sous le bras : un grand homme sec, dans les quarante-cinq, cinquante ans.

— Un baron, un monsieur de. Il s'est arrêté ici pour faire des recherches dans les registres de curés sur les alliances de sa famille.

— Un peu puant, hein ?

— Oh ! il cause. Il a servi en Espagne. À propos de l'incendie, je lui parlais du Dragon : il m'a dit qu'ils avaient peut-être fait le coup de pistolet ensemble.

— Oui, peut-être.

Un demi-quart d'heure après, Gaspard revint

avec le Dragon et le lieutenant Rouvet, de l'ex-garde. Ils entrèrent dans la grande salle, peinte de pigeons verts et bleus, de feuillages. Des particuliers de la ville y faisaient un piquet, tout en parlant du déblaiement du moulin auquel on voyait travailler sur la place.

— Qu'est-ce que c'est que cet autre ? marmonnait Rouvet. Un baron, à ce qu'on m'a dit ? Quelque garde du corps qui a pris du galon en léchant les pantoufles de Louis XVIII ?

Ils allèrent s'asseoir à la table voisine, demandèrent du vin blanc. L'officier avait devant lui sa demi-tasse, son carafon de cognac. Sans vouloir savoir qui pouvait être là, il ne s'intéressait qu'au spectacle du dehors : les ouvriers piochant les décombres, un roulier achevant d'arrimer son chargement et donnant un tour de garrot à la liure.

Gaspard s'était tourné de ce même côté du jour : il semblait tout occupé à se tirer une épine de l'ongle.

Soudain, le Dragon fut si surpris qu'il faillit le tirer par la veste. L'épingle dont il venait de se servir, comme il l'aurait fichée dans une pelote, Gaspard l'avait piquée dans la main gantée de l'officier, tout droit dans le petit doigt.

L'officier n'avait pas bronché. Il eut pourtant le sentiment que quelque chose s'était passé sur sa gauche. Il tourna très légèrement la tête et, d'un air de hauteur, jeta un coup d'œil par-dessus son épaule. Gaspard l'envisageait sans battre des paupières. Il y eut ainsi un engagement de regards. Les yeux de Gaspard se portèrent sur l'épingle toujours plantée dans le gant, puis revinrent droit au capitaine. Eux seuls parlaient dans sa face : une façon de lancer la lumière, qui riait, qui défiait, qui poussait on ne savait quoi de terrible.

La figure aigre de l'officier, basanée, mais allumée par en dessous d'un sang âcre, devenait grise comme de la cendre. Ce fut une scène si singulière que Rouvet et le Dragon la suivirent la bouche entrouverte. Puis le Dragon dut comprendre : Robert ! le personnage aux doigts tranchés, qui s'est fait épouser par Anne-Marie.

Robert, cependant, avec un incroyable effort, prit sa tasse. Il la vida lentement, passa d'une jambe sur l'autre. Une espèce de sourire lui vint. À son tour il les défiait, les provoquait du regard.

— Et puis ? Je sais bien que vous n'irez pas chercher le commissaire de police.

Tout cela avait fait si peu de train que les joueurs de piquet étaient sortis sans rien remarquer. L'hôte chantonnait dans la cuisine. Un enfant vint acheter des chaussons aux pommes.

— C'est trois pour un sou. Bise-moi, tu en auras un par-dessus.

— Vous avez quelque chose à me dire ? fit enfin Robert. Si vous êtes homme à venir faire un tour, je ne serai pas fâché de la rencontre.

— Voilà une satisfaction que vous auriez pu vous donner plus tôt. Mais ça va : je me battrai avec vous. De peur, ajouta Gaspard de fort près, que la justice ne s'occupe trop d'un homme dont telle personne porte le nom.

— Cette personne l'a porté et le porte encore, dit Robert, en versant un peu de cognac dans sa tasse, et il y trempa un morceau de sucre. Peut-être estimez-vous qu'elle eût fait meilleur ménage avec vous-même. En attendant, oui, elle porte mon nom. Vous me direz que ce n'est plus pour longtemps, mais vous n'en savez rien.

— C'est trop parler, dit Gaspard, sortons d'ici.

Rouvet avait tiré à part le Dragon et essayait de lui faire expliquer ce qui se passait.

— D'ailleurs, reprit Robert, une personne d'un tel mérite ne saurait en aucun cas être à vous. Car, ou bien je vous expédie, ou bien vous m'expédiez. Et, alors, je sais, la connaissant, que jamais ma veuve ne vous épousera.

Gaspard respirait lourdement, comme un taureau. La honte le brûlait. Une honte plus insupportable que si cet autre l'avait dépouillé, mis tout nu. Mais brusquement cette idée l'aborda : il cherche à m'exaspérer ; pourquoi veut-il me faire perdre le nord ? Du coup, à sa façon de traîner la voix, d'observer la salle, il devina que Robert préparait quelque tour.

— Laissez vos mains sur la table. Rouvet se contentera de ce que je lui dirai, que j'accepte de me battre avec vous. Il vous servira de témoin, n'est-ce pas, lieutenant Rouvet ?

Rouvet se rapprocha, la mine sombre. Il accepta d'un coup de tête.

— Eh bien, dit Gaspard, je vous prie de désarmer votre client. Retirez-lui les pistolets qu'il a sous son habit.

— Je te voyais venir : tu me lâchais le coup dans le ventre, tu sautais par la fenêtre. Et ton cheval peut-être tout sellé à l'écurie... Ce n'est pas si bête, ce déguisement qui te permet de porter des armes.

Le Dragon s'était saisi du sabre et s'était rendu chez Ronzier qui devait en avoir un tout pareil.

De plus en plus sombre, Rouvet toisait la salle à grands pas. Il attira Gaspard, le poussa contre la muraille.

— Qu'est-ce que c'est que ce pâtissier ? Me le donnes-tu comme bon ?

— Vous verrez, on se battra dur.

Rouvet, après l'avoir soupesé de son petit œil vert, donnait des conseils à son client. Le Dragon revint avec deux sabres. Il connaissait un bon endroit, un pré enclos d'arbres, derrière la ferme de la Calandre.

— Oh ! fit Robert, pas si vite. J'ai un petit rendez-vous. Dans une allée du cimetière. M'accompagnera qui voudra, d'ailleurs.

Et on ne le contraindrait pas à se battre

avant ce rendez-vous-là. On ne pourrait que l'assassiner.

— Mais je vous préviens que je crierais haut !

Redressé maintenant, relevant vers eux son nez court, il les menaçait visiblement d'ameuter les gens, pour se proclamer l'époux d'Anne-Marie Grange.

Gaspard... Le Dragon a dit ensuite ne l'avoir jamais vu ainsi. Ce silence pénible durait. Chopine, couchée sous la table, se prit tout à coup à se gratter, en battant le plancher précipitamment.

— Enfin, demanda Rouvet prêt à la colère, pour quelle heure est-ce ?

— Emportez ces sabres, fit Gaspard, mais comme quelqu'un qui revient d'un autre monde, nous ne nous battrons pas.

Les amis l'écoutaient sans croire l'entendre. Rouvet voulut parler.

— Il n'y aura pas de duel. Je sais que tout est réglé... Nous ne nous battrons pas, non.

Robert se versa un autre doigt de cognac. À des lieues d'eux, de tout cela. Il prit la soucoupe et envoya un peu de café qui restait sur les guêtres de Gaspard. Comme s'il ne daignait plus s'apercevoir de sa présence.

Rouvet, les bras croisés, les oreilles dressées, les yeux sur eux, se hérissait. Le Dragon sentait la sueur lui couler dans le dos.

Leur étonnement même réveilla Gaspard, à la fin. À peine s'ils virent comment, il se saisit de Robert, l'empoigna au collet, le planta tout debout.

— Essayez de crier ! Vous ne crierez pas longtemps. Riche idée que vous avez eue de cette incartade. Je vais vous la renfoncer dans les côtes !

Tout son sang le portait. Il tenait Robert par le cou : on entendait craqueter les os.

— Un duel ? Mais après le rendez-vous, pour qu'elle soit là, prête à vous couvrir de son corps, n'est-ce pas ? Quelle comédie ! Voulez-vous que je vous force à ne plus parader ? Voulez-vous que j'arrache votre habit à coups de fouet de poste ?

Dans sa rage il le secouait comme pour l'enflammer on secoue un brandon.

— Ne me brutalisez pas, râlait Robert.

— Et vous irez droit ! Et où je dirai. Et comme je dirai ! Sinon rien au monde ne m'empêche de vous coller par terre et de vous écraser la figure.

Il le souleva de six pouces encore, puis l'appliqua sur la chaise.

— Voilà ! je vais vous parler. Si vous manquez l'heure du rendez-vous, tant pis. Ce ne sera d'ailleurs pas vous qui vous y montrerez tantôt.

Deuxième pause

Au cimetière. – Arrangements de famille. – Violence de Gaspard.

Il sentait sous ses doigts des gâteaux de mousse. Un souffle de vent se levait dans les pointes d'arbres et ne remuait qu'ensuite le branchage. Quelque chose dégringola, rebondit devant lui, un cône de sapin.

Il ne se rappelait pas comment il était venu là, à l'endroit juste, sur la tombe du cousin prêtre. Il s'apercevait qu'il y était, assis au bord de la dalle qui versait dans la terre.

On a élevé une croix de fer contre le mur ; et sur ses bras terminés par des piques mal forgées, on a gravé en tout petits caractères une inscription. Mais est-ce une tombe, puisque quand ils l'eurent assassiné, ils brûlèrent son corps ? Cette question le fatiguait. Rien n'arrivait bien jusqu'à lui ; et il se ballait de tout, comme aux soirs où vraiment on n'en peut plus, assis près d'un feu de bois vert, après les journées en selle de marches et de contremarches.

Anne-Marie arriverait par cette place jonchée d'aiguilles où étaient les monuments des curés d'Ambert, au milieu du champ d'orties sèches, d'épines-vinettes, de croix branlantes. Il y avait une question qu'il aurait terriblement voulu lui poser. Par fierté, il ne la poserait pas.

Les franges des gros vieux épicéas pendaient par grappes au bout des branches balançantes. Le lichen jaune d'or d'un sarcophage à volutes tirait l'œil. Un rendez-vous bien choisi. Personne ici, en semaine. Si quelqu'un s'y montre, d'aventure, il ne sera pas surpris de voir Anne-Marie Grange – on la nomme toujours ainsi, son mariage n'a guère compté. On sait que quand elle est trop en peine elle vient prier sur la tombe de son cousin le missionnaire.

La grille n'avait pas grincé. Il vit soudainement devant lui Anne-Marie mortellement pâle.

Il ne comprit pas d'abord ce qu'elle lui demandait, d'une voix qui tremblait en dessous.

— Ah ! j'aurais pu le nettoyer, certainement. Je savais où l'attendre...

Quoi ? qu'il promît de ne pas tuer ?

— Mais je ne veux pas tuer, dit-il. Quand j'ai su que tu le rencontrais, que vous vous entreteniez, j'ai tout vu d'avance. Le forcer à se battre ? tu arrivais pour l'empêcher, et tu aurais plutôt crié à la face de tout le monde qu'il était ton mari... Non ! si vous vous entendez, qu'est-ce que j'ai à dire, moi ?

Elle tenait sur lui des yeux suppliants. Elle se mit à grelotter sans pouvoir réfléchir.

Ils avançaient un peu, parmi les tables de lave, les colonnes tronquées, les ifs noirs, qui laissaient voir des branches rousses dans leur épaisseur, d'autres arbres, grossièrement taillés en fuseau, pareils à des genièvres. L'étrange jardin. Le vent passait, au-dessus des épicéas ; mais dans ces coins humides, un air obscur dormait entre les pierres sculptées et les verdures amères. Bizarre lieu de refuge, à l'écart, dans la plaine. Par-dessus le feston de tuiles des murailles basses, les montagnes formaient de tous côtés l'assemblée, dans leur bleu sombre de la morte-saison.

Elle ne demandait rien. Il lui expliqua en quatre paroles pourquoi il était là, à la place de l'autre.

— Tu t'es entendue avec lui : bon. Mais moi, pour la famille, je veux savoir quelle existence il mènera, de jour en jour, de façon à nous garantir tous contre ses entreprises. S'il bouge, il y mettra sa vie.

Gaspard entendait bien lui attacher le licou. Le Dragon, sa femme, son beau-père, s'installeraient dans le moulin qui joignait le petit château, près de Brioude. Il songea d'ailleurs que la prison les avait brisés, Robert et Gilbert. Robert au premier accroc, la tête lui tourne. Gilbert, tout ce qu'il demande, c'est manger son pain, son fromage, coucher entre deux draps, et pas d'histoire. Gaspard tâcherait d'avoir des indications par Gervais, le tailleur du bourg – le gaillard devait être entré dans les affaires des Chargnat contre les messieurs.

— Je souhaiterais même que Robert bougeât. Il y en a une... Elle ne peut pas le dénoncer, parce que ce serait découvrir ses frères à elle. Mais si elle le savait en campagne, elle s'arrangerait pour l'attirer dans quelque traquenard. Nous n'aurions qu'à laisser faire Elmire.

Il disait cela, sachant bien qu'Anne-Marie se croirait obligée en conscience d'avertir Robert. Se savoir guetté par Elmire Chargnat contribuerait à le tenir en repos. Gaspard voyait tout maintenant, comment tout agencer.

Ils s'enfonçaient pas par pas dans l'allée. Il semblait à Gaspard qu'ici, dans ce lieu nouveau, Anne-Marie était plus loin de lui, des Escures et du bourg. Le bruit de la Dore en crue roulait faiblement d'un bout à l'autre de la plaine, dans l'enceinte des montagnes.

— Tu as songé, reprit-il, que votre bien, et même celui des Verdier peut passer à cet homme ? L'enfant est votre héritier à tous. Vois-tu ce que tu fais ? Si tu reprends Robert aux Escures, il n'a plus qu'à se débarrasser de vous pour devenir maître des terres et des valeurs, en qualité de tuteur de l'enfant ?

Les pieds lourds, un froid sur les tempes, il fit encore un pas ou deux. Robert et Gilbert n'ont plus un sou, ils sortent des prisons d'Espagne. Va-t-elle leur donner de l'argent ? L'argent du domaine, et je l'ai refait de mes peines, moi ! Le voir aller à ces hommes, je ne le supporterai point.

Elle n'a pas protesté tantôt, lorsque j'ai dit : Si tu le reprends aux Escures... Serait-elle vraiment pour le reprendre ?

Il mourait d'envie de le demander. Le gosier barré, il n'avalait qu'avec un effort.

— Mais, en attendant, de quoi comptent-ils vivre ?

Anne-Marie dit qu'en effet Robert lui avait déclaré ne rien avoir. Puisqu'elle faisait exploiter leurs bois, elle leur remettrait l'argent des coupes.

Ils revenaient vers la grille. Et Grange ? songeait Gaspard. Accueillera-t-il Robert aux Escures ? Un homme comme lui, tout d'une pièce sur le chapitre de la probité, acceptera-t-il jamais pareil gendre ? Ah, le temps use tout. L'affaire de l'héritage s'est réglée à sa satisfaction ; il mettra la canaillerie au compte des Chargnat défunts. Les gens ont des cervelles de veau où les choses mollissent. Il suffit que les années passent : les crimes de Robert ont pris couleur de politique.

« Il était pour le roi... »

Un coup de vent fit pleuvoir des aiguilles mortes. Anne-Marie porta la main à son cou, et, pour chasser une brindille, le dégagea de la guimpe. Gaspard revit la cicatrice du couteau de chasse.

C'était à l'Arbre Blanc. Il a voulu l'égorger. Il a trempé dans l'assassinat du cousin prêtre, il a volé, il a tué ; et rien n'arrête cette déraisonnée parce qu'elle s'est laissée marier sans savoir par son imbécile de père. Alors ? elle et cet homme de crime, ensemble, vivant ensemble aux Escures ?

— Enfin, tu lui as montré qu'il pouvait tout avoir, l'enfant et les biens. Y as-tu pensé ? Tu vas peut-être procurer la mort de ton père et celle de ta sœur, la tienne...

Elle leva la main pour demander grâce. Tout était si difficile. Elle avait fait ce qu'elle avait cru qu'il fallait faire. Allait-il la rejeter dans le tourment ?

Mais Gaspard entendait s'acharner contre elle. Qu'elle souffre, tant pis : je souffre assez, elle peut bien souffrir !

Elle se tournait vers lui. Ne voulait-il donc plus se souvenir de leur amitié ?

Elle avait pensé à faire un testament, disait-elle. Robert était prévenu : jamais, quoi qu'il arrivât, l'enfant ne lui serait remis. Elle marquerait pourquoi, s'il le fallait ; et Valentin serait chargé de veiller à ces volontés-là. Plutôt encore voir l'enfant perdre l'honneur de son nom que de le voir perdre son âme.

L'enfant ! elle ne songeait qu'à lui ! Gaspard, arrêté au bord de l'allée, suffoquait de colère. Il s'aperçut qu'elle le regardait, et qu'elle changeait de visage, le souffle mort, toute blanche. Ils étaient seuls dans ce jardin sans raison d'être, avec ces tombes de familles dont personne ne se souciait plus. Cette lame de pierre-là, aux grosses lettres gauches, à demi brodée d'une lèpre, ces arbres noirs hérissés, ces enfonçures, ces rosiers griffus, aux fruits rouges quasi pourris, il voyait tout cela, mais la vue lui dansait. Il se sentait comme fou d'empoigner ce cou nu et de le serrer jusqu'à broyer les os.

Ou bien la prendre, elle, entre deux bras, et l'emporter n'importe où, loin des gens.

Il marcha sur elle pour se faire un passage.

Sans bouger, blanche et tremblante, elle avança seulement la main.

— Jure-moi que tu ne tueras pas.

Elle s'attendait à une explosion. Mais non. Il prit un air buté, presque honteux.

— Eh bien... il hésita : dis-moi tout, dis-moi ce que tu lui as promis.

Elle dit qu'à l'automne son mari pourrait paraître de fois à autre. Et plus tard, si tout montrait qu'il allait droit... il reviendrait.

La face de Gaspard était comme un bloc de pierre rougie au feu. Sous la roulière, la poitrine se soulevait par secousses.

— S'il combinait le mal, dit-elle lentement, il s'empêtrerait dans le mal même. Dieu m'aiderait.

Elle vit que les yeux de Gaspard se fonçaient encore, ainsi qu'il lui arrivait dans la fureur. Tout d'un coup il se mit à parler avec une sorte de sourde violence. Comment avait-elle bien pu ne lui rien dire ? Ne plus tenir compte aucun de lui, son cousin proche. Elle aurait tout décidé selon son idée à elle, il ne serait pas allé contre. Mais il lui en voudrait toujours de s'être tue ainsi.

Il se laissait emporter, outré, fou de colère. Puis il baissa la voix, comme s'il traitait d'une chose indifférente. Il gardait cependant un air de force et de sauvagerie qui la faisait transir.

S'empêcherait-elle de lui mettre la main sur la bouche ? Ah ! ne pouvait-il comprendre ? C'était à lui surtout qu'elle ne devait pas demander conseil. Et elle n'avait même pas le droit de lui dire cela. Une lassitude l'écrasait.

— Écoute, en me mariant, j'ai juré assistance à cet homme. Indigne ou non, il est le père de mon enfant... Et celui qui se repent, comment ne pas lui laisser chance de revenir ? À tout moment, un être doit pouvoir changer, se racheter, faire son salut.

Ah ! se dit-il : être toujours à même de repartir, de vivre : il faudrait que ce nous fût donné ; je l'ai senti : c'était un matin, près d'un bois, je ne sais plus où. Mais le goût de vivre, je ne l'ai plus au cœur. La voilà à un pas de moi, contre l'if. Le vent remue son gros manteau bleu. Et c'est fini. Elle ne sera plus avec moi, jamais.

Dire que j'ai dû ruser avec elle, ruser pour la faire, sans qu'elle s'en doutât, agir sur l'autre. C'est avec lui qu'elle s'est entendue. Dans ma vie, il n'y avait que cela qui valût, cette entente. Comment a-t-elle pu trahir ainsi les anciens jours ?

— Tu restes ? demanda-t-il. Alors, tu remonteras seule ; j'ai des affaires. Tu ne risques plus rien de lui maintenant : tu as acheté assez cher ses bonnes grâces.

Elle le questionnait d'un regard ardent, désolé : lui signifiait-il qu'il entendait tout à fait s'écarter d'elle ? Elle fit un mouvement, sembla vouloir se réfugier près de lui, pour lui demander secours contre la vie, contre le monde, contre lui-même.

Mais il avait passé. Il tournait le coin de l'allée. Elle ne le vit plus.

Troisième pause

La rentrée d'Anne-Marie. – Anne-Marie dans la chambre du galetas. – Les idées de la nuit.

Ils étaient assis en face l'un de l'autre, les pieds de l'enfant contre ceux de Marguerite sur la chaufferette. Il se penchait sur ses genoux, et elle tricotait malaisément, soulevant son ouvrage, de peur qu'il ne se mît les yeux dans les broches. La porte fermée, le rideau tiré, le lumignon allumé, il y avait plaisir à se tenir dans la chambre ronde.

Mais Mme Anne-Marie aurait dû être rentrée de la ville.

— C'est que je ne sais plus d'histoires. Voulez-vous que je vous dise la Passion ?

Le mauvais temps battait les grands arbres autour de la maison et tenait toute la campagne, de bois en bois, de carrefour en carrefour. Là-haut dans le galetas, le vent avait un drôle de ronronnement gémissant.

Marguerite récitait, partie sur un ton solennel :

« vers le mont Calvaire, dans la boue et dans

le sable, et les femmes de Jérusalem en pleurs aussi toutes... »

Hochant la tête, elle marquait une cadence. Son regard passait par-dessus celui d'Henri, puis se rabaissait et cherchait le sien comme pour lui faire sentir la compassion de certains mots.

« Nous avons vu un pauvre criminel qui vient de passer sans que personne l'assiste, ils sont tous pour le trahir. – Ha, ce sera peut-être mon fils, je ne l'ai pas vu de trois jours. La Sainte Vierge, si sage et si sainte, en quitta le grand chemin et prit un petit sentier... »

Le mont Calvaire devait être fait comme le puy de Loire, au-dessus de Grandrif. De derrière la maison, sur les toitures chargées de pierres, descendaient les bruits brouillés que le vent de la nuit brasse dans les arbres. Marguerite avait la mine de quelqu'un qui prête l'oreille, et achevait en la précipitant sa récitation.

« Si vous trouvez quelqu'un qui dise cette oraison, quand ses péchés seraient grands comme le sable de la mer, le paradis ne lui sera pas refusé. »

Elle se leva, Mme Anne-Marie arrivait, qui avait encore son manteau, ses brodequins – d'ordinaire elle les quittait toujours avant de monter – et avec quelque chose d'égaré sur toute sa personne.

— Tu ferais mieux de voir s'il a les pieds chauds. Quelles espèces de prières lui apprends-tu ? D'abord, crois-tu que nous soyons faits pour tant pratiquer la sainteté, ma pauvre Marguerite ?

Elle tâtait les pieds d'Henri ; du dos de la main, touchait son front, ses joues. Elle l'embrassa, le retint contre soi. Elle entendait son propre cœur qui battait, qui battait. La tour, était-ce enfin sa retraite, où retrouver, sinon la paix, du moins l'espoir d'une paix, seule avec son petit garçon, à l'abri du monde ?

Sur la minuit – et pourtant il lui semblait être éveillée depuis longtemps –, elle arriva à comprendre que l'idée qui l'obsédait – ils étaient trois, il y avait du chiffre trois, là-dedans – n'était rien qu'une vision informe, un nœud de cauchemars.

Pour se débarrasser de cela, elle mit les pieds par terre, alla regarder Henri qui dormait. Un volet du galetas tournait sur ses gonds, en grinçant comme une brouette, et cognait la muraille. À présent elle était bien éveillée, mais c'était pour reprendre ses peines. Autant auraient valu les obsessions de tantôt. J'ai cela tellement dans la tête... Si je pouvais parler à quelqu'un. Mais je suis seule comme au milieu d'un bois.

En nattant ses cheveux, avant de se mettre au lit, elle avait tâché de penser aux provisions qu'il fallait faire pour le carême : du riz, des châtaignes, des harengs. Il y avait des chandelles au grenier... Elle essayait d'être à tout cela encore, voyait les chandelles pendues en grappe à une poutre. – Quel bruit faisait ce volet sur la cour ! – Les ruches donneraient assez de miel, pas besoin de cassonade. – Je vais aller arrêter le volet, il réveillerait Henri.

Lorsque ce fut fait, il lui sembla que Marguerite remuait dans sa chambre. Elle hésita devant la porte, se décida à soulever la clenche.

— C'est vous, madame ? Vous m'avez fait peur.

— Je t'ai fait peur tous ces jours-ci, pauvre petite, avec mes promenades. Va, c'est fini ; mais ce n'est pas fini pour moi, au contraire.

Elle s'assit près du lit, arrangeant distraitement d'une main le couvre-pied d'indienne. Oh ! oui, quelqu'un à qui elle pût dire ses raisons. Et cette petite s'était montrée si fort mon amie, jadis, dans sa détresse.

Alors, Anne-Marie se mit à raconter comment son mari s'était présenté à elle dans le bois. Elle n'avait pas eu peur : elle avait compris d'abord ce qu'il demandait. Leur débat avait duré plus de trois jours. Il donnait sa parole de changer, de ne plus rien faire qui choquât la droiture.

« Vous êtes ma femme : vous devez vivre près de moi avec mon fils. Vous me rejetez au mal si vous ne le faites pas. Voilà comme il m'a parlé. Et dis, Marguerite, quelqu'un a-t-il le droit de me faire un reproche ? »

Le sang lui monta à la face, tout comme là-bas lorsqu'elle avait entendu Robert :

« Vous aimez mieux vivre ici d'amitié avec votre beau cousin, et vous vous croyez honnête femme parce que vous n'êtes pas sa maîtresse ! »

C'était alors qu'elle était entrée en doute sur soi. Elle avait dit qu'elle donnerait sa réponse le lendemain, et il avait deviné que ce serait oui.

Elle avança la main, touchant machinalement les robes de Marguerite, pendues dans cette soupente de planches, comme les femmes de l'homme à la barbe bleue dans le cabinet noir. Mieux aurait valu mourir que d'être en pareil tourment. Si l'on ne mourait qu'une fois !

Elle se perdait dans cette pensée, les yeux sur la chandelle qu'elle avait posée à terre. À côté, elle sentait toute la maison endormie : le galetas, ses bouquets de sureau sec, son monceau de linge attendant la lessive ; les chambres dans leur remugle de couettes et d'arnica ; les aîtres, telle montée de trois marches, les salles du bas, leurs arrière-cabinets, un corridor... Parmi cela, les ennuis, les affaires, les soucis d'entre le père et Pauline, tant d'heures à nous. Notre maison. Et j'ai promis d'y recevoir cet homme. Lui qui sort de prison, il serait là, chez nous, où il n'y a jamais eu qu'honnêteté. Comment ai-je pu promettre que dans un an j'accepterai de le reprendre ?

Gaspard ne restera pas dans le pays et il aura raison. Mais que ferons-nous ? Mon père n'est plus le même homme. J'allais juste demander à Gaspard de venir toiser le foin : j'ai peur que la provision ne s'épuise avant qu'on puisse lâcher les vaches. Et qui taillera nos arbres ? Il y faut toujours la même main, comme il faut se faire soigner toujours par le même médecin qui connaît votre tempérament.

Marguerite s'était levée pour lui mettre une de ses robes sur les épaules. Elle ne peut pas retrouver son calme, se disait-elle, la voilà à se tracasser de cent choses ; mais c'est qu'elle a trop de peine, elle a trop de peine.

Anne-Marie secouait la tête, comme si ses nattes la gênaient, et serrait les bras contre soi sous la robe.

— Sais-tu, quand je suis rentrée ce soir après avoir promis... Je devrais me taire, je dirais de mauvaises choses. Il y avait en moi un fond de colère contre la Providence. J'ai entendu cette récitation en arrivant : Quand ses péchés seraient grands comme les sables de la mer... Une colère m'a prise. C'est Dieu seul qui peut pardonner ainsi. Est-ce qu'il me demande d'être une sainte ?

Elle, elle avait toujours eu le goût de la vengeance. Lorsqu'elle avait appris que la Fanchon avait laissé voler l'enfant, elle ne s'était pas fait faute de la haïr, voire de désirer la tuer. Et à Chenerailles, lorsque Robert avait passé la main sous la porte, le goût de se venger l'avait emportée, et il lui avait fallu décharger sur cette main un coup de couteau.

Si elle avait su ce qu'elle faisait, cette nuit-là ! Si elle avait su ce qu'elle faisait, le matin, ici, où, pour pleurer son saoul, elle était allée pleurer dans la buanderie, avant qu'on la menât se marier à l'église !

— Marguerite, toi qui me vois à toute heure du jour, dis-moi en conscience, as-tu senti que j'étais en faute ?

Elle tremblait. Elle la regardait dans le fond des yeux comme si son destin dépendait de la réponse. Marguerite, couverte aussi d'une robe en guise de mante, essayait de la calmer.

— Toi, est-ce que tu n'aurais pas promis ? C'était forcé, on doit bien comprendre que c'était forcé. Il faut que mes cousins continuent de venir aux Escures. Gaspard comme les autres. Si je l'écartais, quel air cela aurait-il ? Cet homme aurait eu raison de supposer, alors... Tu l'expliqueras à mon cousin.

Le cœur lui grossit, les larmes lui vinrent. Elle enroulait une de ses nattes à son poignet, et se tenait près de la fenêtre, le visage en feu, frissonnante de froid. Gaspard quitterait Saint-Amand, elle le savait. Mais comment veux-tu qu'ils se rencontrent ici en plein soleil, lui et Robert ?

— Madame Anne-Marie, nous brûlons de la chandelle. Il faut retourner dans votre chambre.

Anne-Marie n'entendait pas. Accotée à la fenêtre, elle contemplait le démènement des têtes d'ormeaux, de tilleuls, la campagne, le noir de la nuit. Elle se remit à parler à mi-voix, très vite.

— En rêve, je ne suis qu'à Champétières ou à Chenerailles, jamais aux Escures. Sans doute parce que je n'ai eu que ces jours d'autrefois. Je me rappelle. Comme tout cela est passé. C'était au fond du verger, sous le prunier plein de rayons. J'avais un ami qui travaillait près de moi, j'avais ses yeux qui me riaient. Maintenant, je serai seule tous les jours de ma vie.

Toujours elle revenait à ce qu'avait dit Robert. Elle avait cru assez faire en gardant l'alliance à son doigt. Elle ne s'était pas défiée de ses songes... Comme je suis devenue ! J'aime mieux avoir honte et me faire du mal en m'occupant de Gaspard que de ne pas m'en occuper.

Elle parlait encore plus vite que tantôt, de sorte que Marguerite ne pouvait plus la comprendre. Une quinte de toux lui vint qui l'épuisa. Puis une fatigue telle qu'elle crut qu'elle allait mourir. Marguerite l'avait étendue sur le lit ; elle lui mouillait la figure d'un peu d'eau, lui frottait les bras, les épaules. Si je mourais, songeait Anne-Marie, que deviendrait cet enfant ? J'ai cru que je ne l'aimais plus, ce soir, Gaspard voudrait-il le prendre en charge ? Il a trop de dureté. Certainement, je ne vivrai pas, à cause de leur dureté à tous, ils ne me laisseront pas vivre.

Elle frottait elle-même ses bras, pour aider Marguerite. Mais tout tournait. Cette chambre aussi l'embrouillait avec sa cloison de bois mal raccommodée, sa poutre toute fendue. Elle ne savait plus où elle était ; une idée la travaillait, d'après le souvenir d'une promesse que Gaspard autrefois lui avait faite. Il devait lui fabriquer un coffre où entreraient tous les bois du pays : mais tous les bois, depuis le noyer jusqu'à l'épine noire des buissons. Puis il était parti soldat. Elle ne le laisserait pas repartir qu'elle n'eût ce coffre dans sa chambre.

— S'il en oublie un seul, le mélèze, le genièvre, il faudra qu'il recommence ! Il y a le néflier, j'ai vu un néflier dans le bas du verger, au château du Lac. Que j'aimais aller là ! L'azerolier qui porte des pommettes, jaunes en dedans. Comptons, toutes deux : l'alisier, le houx, le sorbier, le bouleau, le sureau noir et l'autre ; l'alisier – je l'ai dit ! – allons, aide-moi, allons plus vite. Tu verras qu'il partira si nous laissons faire !

Marguerite commençait de s'effrayer, voyant bien qu'elle délirait un peu.

— Venez, madame Anne-Marie. Demain nous ferons promettre à votre cousin.

Elle essayait de la tirer vers la porte. Anne-Marie, toute parcourue de tressaillements, semblait céder, se relever ; puis elle retombait sur le lit, repartait de plus belle pour le pays de son cauchemar. La vilaine heure, dans cette chambre haute, où le vent ronflait, comme autour de quelque cabane perdue dans les bourrasques, au haut d'une montagne. Marguerite se demandait si elle devait aller chercher Grange.

— Madame, je crois que le petit Henri s'est

réveillé et qu'il pleure. Il s'épouvantera s'il se voit seul.

Anne-Marie consentit enfin à la suivre, tout agitée et murmurante encore. La peur de mourir, la peur de voir partir Gaspard, se mêlant dans son esprit, pesaient sur elle, confondues avec des images de dalles penchantes, d'allées fuyant entre des arbres obscurs. Elle alla au lit d'Henri, resta là devant, l'espace d'un pater. Marguerite l'entendit qui disait :

— Dieu règle tout. Sans cette pensée, que deviendrait-on ?

Quatrième pause

Gaspard et ses affaires. – La salade au lard. – Pauline va parler à Gaspard.

Janvier s'en fut, avec toujours du vent, un temps noir, turbulent, désagréable. Février vint sans froidures. On commença de voir que les jours allongeaient. Certains soirs couverts, la tranche rouge d'un vergne abattu, les plaies jaunes des arbres ébranchés, ou de la haie taillée à coups de serpe marquaient dans le crépuscule. Comme aussi les plaques noires du feu avec le gris des cendres, aux talus de ronces.

Gaspard n'avait plus paru. On le disait dans les bois, bûchant avec les bûcherons.

Selon Grange, trois officiers suisses du régiment de Salis, qui avaient tenu garnison à Clermont, lui offraient de s'associer à eux. Ils y établiraient une fabrique de pâtes de Gênes, vermicelles et macaronis dont les pharmaciens avaient le débit pour les personnes faibles de l'estomac. Des Piémontais sous leurs ordres, connaissant la partie, formeraient des ouvriers. Il y avait de l'argent à faire en manufacturant les blés durs de Limagne.

Tout le monde rêvait de devenir industriel pour faire fortune. Mais cette idée de fabriquer des pâtes pour les pharmaciens mettait Gaspard à contre-poil. On mange du pain, disait-il.

Il trouverait autre chose, il ne resterait pas ici à traîner les jambes. Il arrive, par moments, dans la vie, qu'on se sente le cœur mort au fond de la poitrine. Le mieux est d'aller voir dans un autre endroit s'il n'y a plus moyen de reprendre goût au pain et de trouver le vin bon.

Il avait ses projets. Déjà l'alouette chantait « Cinq sous de mieux ! » parce qu'on peut faire la journée plus longue en mars et gagner davantage. Les autres années, il aimait ce premier temps clair, encore sans bruits de mouches, sans cris d'oiseaux. La campagne reste couleur d'étoupe, couleur d'écorce, couleur des choses. Pas de feuilles aux branches, des minous, seulement. Mais la lumière est si neuve, l'air est si vif, si léger, qu'on voit tout, qu'on est partout.

Cela ne lui disait plus rien, maintenant. De

trop de points, il voyait les Escures, avec leur air de paix, derrière les hauts branchages. Il les regardait d'un long regard noir et il ne se sentait pas bon.

Son ami Plampougnis irait travailler en Limagne, dès que pointerait le vrai beau temps. De Clermont à Issoire, sur les plans de M. Adrien Mitton, se bâtissaient plusieurs châteaux. On aurait besoin de bois de charpente. Et Plampougnis lui avait parlé d'une certaine forêt près de Murols, qu'on aurait à bon compte, parce que d'exploitation difficile. S'il avait l'audace d'entreprendre l'affaire, il pourrait augmenter beaucoup son état.

L'audace, oui, et il y avait autre chose pour le pousser. Ici tout lui donnait une impatience. Plampougnis n'avait pas tenu sa langue devant sa femme ; aussitôt la Lucie avait tâché de savoir si vraiment Gaspard comptait acheter ce bois.

— Alors ? vous allez dire comme le marin : Adieu à tout ce qu'on aime !

Il n'avait pas fait mine d'entendre.

Pauline aussi aurait voulu le faire parler. Toutes ces femmes ! Il devinait leurs propos sur lui. Rien que cela l'aurait fait sauter par la fenêtre, plutôt que de rester dans leur air. Valentin et Pauline se promenaient souvent à cheval dans les quartiers où il travaillait. S'il les rencontrait, il les saluait de quelques paroles de bonne humeur, comme on fait, et passait vite, avec ses hommes.

Une fois, pourtant, ils le trouvèrent seul, menant un chargement de sapins. C'était en haut d'une montée, et ses chevaux, recrus, fumaient, les sabots écartés dans les ornières et l'herbe rude. Il venait de resserrer la mécanique, il laissait souffler les bêtes devant la grande vue, avant la descente.

Il fut pris. Tout de suite Pauline lui demanda pourquoi on ne le voyait plus aux Escures. Il s'était engagé pourtant à emmener Henri les après-dîners.

— Quand nous ne serons plus dans les petits jours. Et puis, dit-il, si c'était un enfant qui ne fît de façons ni avec le vent ni avec le soleil ! Mais c'est comme le rouge-gorge, ça craint le froid et la chaleur.

Quelle drôle de chose, songeait-il : Henri ressemble à cette Pauline : seulement elle, vive, rieuse, intrépide, avec cet air qui plaît ; lui, d'un autre tempérament, plus nerveux ou bilieux, une espèce de biscuit manqué, un emplâtre. Depuis que j'ai dévisagé Robert, je ne peux plus songer à ce visage étroit de l'enfant, à ces grands yeux jaunes enfoncés qui ne lui servent de rien.

Cependant Pauline s'était mise sur la résolution déplorable de sa sœur. On n'avait pas encore parlé au père. Comment le prendrait-il ?

Si ça lui plaît, à moi aussi, faillit dire Gaspard. Il laissa démarrer ses chevaux comme par inattention, puis, en hâte :

— Du moment que ta sœur a pu s'entendre

avec l'autre... Sur ce pied-là, elle sera sûrement plus tranquille.

Et il courut pour rattraper les bêtes.

Pauline, poussant son alezan, resta à sa hauteur.

— Mais cet homme aux Escures ! Gaspard, comment peux-tu le prendre si doucement ?

Il lui envoya un tel regard qu'elle se tut. Elle s'était pourtant juré de le mettre hors des gonds lorsqu'elle le rencontrerait.

Un autre jour, il revenait de Balance, un renard en bandoulière. Il tomba sur Henri et sa mère au sortir du bois des Fayes. Henri touchait d'un doigt le museau de la bête, ses dents rougies, avec le désir visible de demander pourquoi elles étaient rouges.

En face de cet enfant muet, secret, craintif, Gaspard se sentait la gorge bridée. S'il avait pu trouver le mot de l'adieu. Mais il se tenait à côté d'Anne-Marie et il n'arrivait pas à repartir.

Ils parlaient du temps. Un papillon couleur de primevère sortit des genêts, voleta sur le chemin.

— Mme Combe m'a dit qu'à Paris les élégantes guettent le premier papillon pour prendre sa couleur ; et elles décident par lui du jaune ou du mauve qui sera à la mode...

Enfin Gaspard se souvint que le petit aurait voulu manger, par curiosité, d'une salade de pissenlits au lard.

— Suis-moi à *La Belle Bergère*. Je t'en ferai une pour ton quatre heures.

Il les mena dans le pré. Son couteau à la main, il allait courbé le long de la haie, là où l'herbe est plus verte. Une fleur de pulmonaire, du rouge tourne au bleu, dans sa rosette de feuilles tachetées. Il fait presque doux ; ce soir un crapaud chantera goutte à goutte. C'est mars, l'entrée de la belle saison, l'étendue ouverte au bout des prés, devant un autre bleu de la montagne. Mais ces prés, ces chemins, ce bois des Fourches, que me fait tout cela ?

Il revint vers eux, les mains rouges, portant ces pissenlits lavés dans l'eau de la rase, une eau qui sent encore la neige.

Anne-Marie aurait voulu pouvoir lui demander s'il était vrai qu'il eût acheté un bois dans les Monts d'Or ? Mais elle le voyait si peu d'humeur à entrer en vrai propos. À ses coups d'œil assenés court, à sa façon de serrer les mâchoires, on le sentait intraitable, un de ces hommes qu'on ne réduit pas. Il voulait allumer un feu là dehors. On aurait goûté sur l'herbe. Elle fut forcée de dire qu'Henri prendrait froid, assis par terre.

— Oui, même sur ton manteau. Dans l'atelier nous serions si bien.

Il bourrait le poêle de copeaux. Et, s'apercevant qu'il se taisait depuis un grand moment, il se hâtait d'expliquer :

— Tu vois, on fait chauffer le saladier, les assiettes, le vinaigre. On met le lard à fondre en guise d'huile...

Comme Henri avait désiré cette salade ! Mais après trois bouchées, il n'y allait plus que du bout des dents. Le lard se figeait ; ce n'était pas très bon.

— Il y a des pierres...

— Eh bien, laisse. Je n'y regardais guère, à ton âge. Je mangeais comme le feu.

Il sembla à Gaspard qu'il venait de jouer un rôle, celui de l'homme de la campagne qui tâche de régaler le cousin de la ville, un peu dégoûté d'avance. Anne-Marie souriait pauvrement, s'excusait du regard.

— Il n'a pas beaucoup d'appétit.

Celui qui n'a pas d'appétit, à quoi se prendra-t-il dans le monde ? Et ce n'est pas en le mignardant qu'on va lui en donner. Elle en fera un freluquet, le fils d'un monsieur.

— Allons, laisse ces pissenlits, dit-il en reculant sa chaise. Tu apprendras plus tard à n'être pas difficile. Manger ce qu'on trouve, s'arranger de ce qui tombe. Et la première des choses à savoir, c'est qu'on n'a droit à rien.

Aussitôt il rougit violemment. Comme si ce petit n'avait pas eu assez de misère, alors qu'il vivait avec un vieux fou dans les bois ! Sa mère ne faisait que bien de le dorloter, sans doute. Le chaud à la joue encore, il n'aurait pas relevé les yeux sur Anne-Marie. Elle se hâta de le prendre sur son embarras pour lui demander de les mener à la métairie de Valentin le jour où l'on referait le bornage.

Deux minutes après, comme ils traversaient le verger, allant rejoindre l'enfant près de la Fanchon :

— Tu n'as pas besoin de moi, dit-il. Plus de risques, maintenant. Puisque tu as passé un traité avec qui de droit...

Ha ! il ne s'agissait pas de ces risques : elle écartait cela de la main. Elle tournait le visage vers lui pour qu'il y lût ce qu'il était défendu de lui dire : la confiance, la timidité, le reproche, et toujours dans cette douceur... Il y a des figures qui vous suivent, qui ne vous quitteront pas, jusqu'à la mort.

— Je ne veux pas te perdre, dit-elle légèrement, comme elle eût dit une chose toute simple et gentille.

Seulement sa voix était basse ; et, sur le dernier mot, elle faillit manquer.

Pauline n'admettait pas, n'admettrait pas qu'on vît un jour Robert aux Escures. Le père en aurait une attaque. En tout cas, elle savait bien que Valentin ne tendrait jamais la main à cet homme.

Sa sœur était folle. On devait l'empêcher d'achever son malheur. Il fallait absolument conférer avec Gaspard. Si Gaspard agissait sur Anne-Marie, on ajusterait tout. Et le dernier dimanche ne l'avait-il pas accusée devant Valentin avec une rancune furieuse ?

— Quand vous avez fait l'impossible pour tout régler, et que vous voyez la folie d'une femme renverser votre ouvrage ! Rien d'étonnant, alors, à ce qu'un ennui vous mette la tête à l'envers.

Cela voulait-il dire qu'il allait partir pour Murols ? Il en avait parlé comme d'une chose arrêtée :

— J'en tordrai, de l'ouvrage !

Cependant la vente n'était pas passée encore.

Pauline était intervenue là-dessus. Elle avait essayé de lui faire comprendre que puisque Anne-Marie allait à sa perte, on se devait en conscience de l'arrêter.

— Je t'assure qu'elle-même se demande... Si tu lui parlais, tu emporterais tout. Tu n'as pas idée du tourment où elle est à présent !

— Ta sœur a ses ennuis : elle l'a voulu. J'aurai peut-être les miens demain. Chacun sait l'heure qu'il est à son horloge.

Pauline avait bien vu que ses poings tremblaient. Il les avait enfoncés dans ses poches.

En se levant le surlendemain, elle se jura qu'elle le remettrait là-dessus. Dans la journée, elle le manqua trois fois. Enfin, à la nuit tombée, Benoni lui dit qu'il devait être dans le champ au-dessus de la chènevière. Elle décida d'y aller tout de suite. Il ne pourrait pas se fâcher : elle lui apportait un message.

Elle prit à travers champs. La terre des labours et le fumier de mouton épars sur les prairies sentaient fort. Un petit feu rougeoyait sur la crête. Elle aperçut Gaspard vers les pins et la lune basse. Il courait, une poignée de paille allumée à la main. Il la jeta par terre et du bout de la fourche se mit à poser sur elle des fanes, des pelotes de chiendent, qu'il soulevait, secouait un peu. Du côté qui n'était pas au vent, la fumée commençait de se dérouler en grosses torsades grasses.

Essoufflée ou émue, Pauline lui disait que s'il devait partir, il lui fallait auparavant voir Elmire Chargnat. Elmire avait à lui confier des choses d'importance.

Il continuait à fourrager, faisant sortir d'entre les fumées des languettes de flamme, et il haussait les épaules.

— Bien sûr, Gaspard, elle est une ceci, une cela. Mais elle doit savoir du nouveau sur Robert.

Pauline ajoutait qu'il n'y avait certainement pas plaisir à fréquenter cette fantasque ; elle se disputait avec ses servantes, se permettait des excentricités à l'occasion. Restait qu'Anne-Marie avait cent fois tort de ne pas la ménager.

— Moi, vois-tu, je ne me mêle plus de rien. Votre Elmire...

— Je sais : elle ne peut pas dénoncer Robert, ce serait découvrir sa famille ; mais elle peut faire courir des lettres anonymes.

À la clarté du feu, Gaspard prit Pauline dans son regard. Voilà donc ! Je croyais qu'elle travaillait pour sa sœur : c'est pour Valentin. Ce ne serait pas très agréable à Valentin de voir son beau-frère reconnu publiquement pour un scélérat. Il s'agit bien d'Anne-Marie !...

Les flammes sautaient d'un coup, en coques déchirées, d'entre les lentes colonnes d'une fumée jaunâtre. Les yeux cuisaient, il recula d'un pas. Une onde s'élevait en tremblant qui semblait emporter la lune.

— Raisonne ma sœur, lorsque tu l'amèneras à notre métairie pour le bornage. Tu dois l'amener avec Henri, je crois.

— Je dois si tu veux.

— Mais si tu pars pour Murols...

— ...

— Vois Elmire d'abord. Il faut que tu t'entendes avec elle pour tenir Robert...

Des dents de la fourche il éparpillait un écheveau de braise qui tombait en poudre, et se réduisait à rien.

— Elle voudrait te parler dans son domaine de la plaine. Elle préfère t'entretenir seule à seul. Dimanche soir, cela t'irait-il ?

Cinquième pause

Gaspard au domaine des Chargnat. – Propos et offres d'Elmire. – Les secrets desseins de Robert. – Politique de Gaspard.

Il y alla sur le Grand-Blanc. Se souvenant du goût d'Elmire pour la toilette, il avait pris sa blouse fanée, ses grosses bottes suiffées.

L'hiver semblait revenu. Dans la plaine, les avenues de chênes allaient se perdre vers le bleu détrempé de quelque côte lointaine et basse. Deux feuilles couleur d'amadou grelottaient seules aux ramilles. Les autres, dans le fossé, faisaient refluer par places un gros courant d'eau trouble contre leur amas serré comme les pages d'un registre. « Ils laissent gâter le chemin. » Le derrière du domaine paraissait délabré, il y avait là des cailloux de rivière en tas, des troncs, dont le bois jaune, sous l'écorce tombée, était creusé de signes et de rainures. Deux poules s'envolèrent, passant au travers d'une haie aux trous mal bouchés d'épines. Une girouette grinçait tristement.

Il faut croire que sa tête est trop pleine d'histoires pour qu'elle puisse seulement gouverner son bien. Une de celles qui aiment entrer dans tout et se mêler de tout pour occuper d'elles tout le monde.

L'entrevue l'embêtait carrément et il n'était pas disposé à penser grand-chose de la demoiselle Chargnat. Elle se montra, comme il attachait le cheval à un poteau du hangar. Les civilités faites, il la suivit. Il y aura du fruit, observa-t-il en longeant les espaliers. Là-dessus, il se dit qu'aujourd'hui du moins il avait la visière nette. Un temps durant, il ne voyait pas ce qu'il voyait.

Il restait cependant préoccupé d'apprendre ce que lui voulait Elmire. Il s'attendait à quelque surprise désagréable.

À l'étage de la maison de maître, elle le fit entrer dans un petit salon-parloir, bas de plafond. Du feu y était allumé comme pour un personnage. La vieille blouse avait fait pincer le nez de la demoiselle. Elle, ha bougre ! dans son deuil, elle relevait sa toilette d'une collerette découpée, d'une écharpe ; et tant de ruches de crêpe, de rubans, de pampilles ! Fallait-il qu'elle eût l'imagination bouillonnante pour s'habiller de la sorte !

Pas plus tôt assise, elle l'attaqua sur Robert. Forçant les couleurs du portrait, elle faisait du monsieur un monstre de nature. Féroce, faux, impitoyable. Oui, peut-être, se disait Gaspard, mais c'est parce qu'il est vaniteux, toujours occupé d'un effet à produire : voilà sur quoi tout roule chez lui.

À sa contenance, à un haussement de sourcil de rien, Elmire dut comprendre qu'il rabattait bien la moitié de ses dires. Elle se fit attentive, de façon à ne rien perdre des mouvements de

Gaspard et marqua par un silence l'importance de ce qui allait suivre.

— Je sais qu'il se propose de faire empoisonner votre cousine.

Gaspard n'avait pas bronché. Il lui semblait qu'Anne-Marie ne pouvait pas mourir. Et ma foi, si jamais elle voyait de près ce que valait l'autre, serait-ce un si grand mal ?

— Vous n'ajoutez pas foi à mes sincères confidences ! Fiez-vous à moi, je vous en conjure. Il y a en cet homme, sans même qu'il le sache, une fureur de vengeance. Il ne l'oubliera jamais : il a juré de faire un jour crier pitié à Anne-Marie Grange !

Elle articula cela d'une telle manière qu'elle effaroucha Gaspard. Redressée, s'appuyant des deux bras au sofa et poussant les ongles, elle semblait enfoncer dans le capitonnage sa conviction qu'il en irait ainsi.

Tout dans ce salon était agaçant par un certain air de prétention : le tableau de petites perles qui faisait voir une pastoure d'opéra, et, à côté du pot garni d'allumettes en papier, les flambeaux aux cires jaunies, semées de chiures de mouches, qui n'étaient là que pour la parade.

— En punissant ce criminel, vous, le vengeur de la vertueuse famille Grange, vous préviendrez les attentats les plus déplorables. De quel cœur je vous aiderai dans votre noble tâche ! Il n'est rien, croyez-le, que vous ne puissiez demander à la malheureuse Elmire.

D'un mouvement gracieux sur le sofa, elle se rapprocha de sa chaise et lui tendit une main qu'il toucha respectueusement.

Ensuite elle se targuait de ses relations, se faisant fort de tout aplanir si jamais la justice voulait intervenir entre Gaspard et cet homme. Elle avait pris un ton plus enjoué pour parler de ce qu'elle nommait « notre conjuration pour le bien ». Quelle femme ne serait fière de seconder Gaspard dans ses entreprises. Il pouvait, lui, compter sur tous les dévouements.

— Vous avez tellement le mien, que mon cœur me dit mériter aussi une part du vôtre. J'ai à venger mes pauvres frères, et prendre cette vengeance de concert avec vous me donnera une double joie.

Ses frères, oui, songeait Gaspard. Pénétrée comme elle l'est de l'importance que son argent lui donne, elle a été enchantée d'en hériter. Je les ai menés raide, ses chers frères, et elle n'a pas l'air de trop m'en vouloir. Seulement, elle doit se venger, cela se doit ! Quelle farce que ces sentiments de convention, qu'on éprouve parce que c'est l'usage.

Lui voyant un visage détendu, Elmire s'anima. Son teint, blafard et humide d'ordinaire, rosit. Ses yeux, un peu gros et ressortants, étaient devenus si brillants, qu'elle parut changée du tout au tout.

— Il faut que nous soyons associés. Si mes frères ont eu des secrets, vous les saurez. Il n'y a rien, rien de ce dont je dispose qui ne puisse être vôtre !

Les bûches sifflaient. Un tison tomba des genêts, roula jusque sur la foyère. Gaspard se précipita, arrangea tout minutieusement, revint s'asseoir en reculant un peu sa chaise.

Elmire s'était débarrassée de son écharpe. Elle la froissa en boule, la bourra dans l'angle du sofa.

— Écoutez, je ne veux pas qu'on se moque de vous ! Votre cousine s'entend avec son Robert : elle lui a donné des rendez-vous, je le sais !

Elle allait, elle allait furieusement, en débitant et en débitant. Gaspard sentait venir la minute où il se lèverait. Et il la ferait taire, quand il devrait lui enfoncer son écharpe dans la bouche.

— Mais enfin, mademoiselle, à quoi cela va-t-il ? Que proposez-vous qu'on fasse ?

— Rien, ricana-t-elle, oh ! rien. C'est Robert qui fera. Je le sais, il empoisonnera votre cousine. Et vous, vous demandez ce qu'il faut faire ?

— Comment savez-vous qu'il empoisonnera Anne-Marie Grange ?

— Je dis ce que je sais. Il empoisonnera la mère parce qu'il est intéressé d'honneur à sa vengeance. Et il liera l'enfant par des liens si forts que cet enfant ne pourra jamais les rompre. Celui-là non plus, vous ne le connaissez pas. Imaginez-vous bien par où il a passé ? Sa mère verra tout trop tard. Ah ! si elle avait su répondre à mes empressements ! J'allais à elle de toute mon âme. Mais c'est fini... Je disais, l'enfant. Eh bien, Robert n'a qu'un désir : le pervertir. Parce qu'il ne cessera jamais de la haïr, elle, d'avoir le désir de la rabaisser, et l'enfant lui servira à cela. Il ne supporterait pas la supériorité d'Anne-Marie Grange. Alors il a trouvé : l'enfant à pervertir – ce ne sera pas bien difficile –, de façon à le voir bafouer plus tard toutes les idées, tous les sentiments de la mère ; et que Robert puisse rire un jour avec lui de la bêtise de votre cousine.

De telles imaginations faisaient mal à Gaspard. Le pis c'est qu'elle doit bien voir. Le Robert humilié d'après le *Cadran-Bleu* peut avoir cette pensée dans la tête. Quant aux projets d'empoisonnement, cette fille les invente. L'autre ne saurait vouloir assassiner Anne-Marie d'abord et la rabaisser ensuite.

Elmire alla tirer une bûche du coffre à bois. Il la lui prit des mains, la disposa dans la cheminée pour se donner le temps de réfléchir. Plus qu'il n'avait fait jusqu'alors, il sentait qu'Elmire n'avait pas de bonne volonté pour Anne-Marie. Mais pour la tenir en bride comment s'y prendre ?

— Voyez, mademoiselle : pour les raisons que vous pouvez comprendre, nous ne devons désirer qu'une chose : que tout demeure enterré. Si quelques vieilles histoires revenaient, cela ne sonnerait pas bien dans le monde. Seulement, celui qui se mettrait jamais sur le chemin de ma cousine, je le déplanterais, Robert ou un autre.

Bien qu'il ne fît pas le moindre geste, ainsi ramassé sur sa chaise, le front baissé, l'épaule en avant, il paraissait formidable.

Elmire se réinstalla sur le sofa en faisant gémir les ressorts. Elle reprit son écharpe, s'en drapa, se mit à contempler de biais par la fenêtre le brouillis d'une chênaie qui laissait deviner les bords de la rivière. Un ciel gris s'étirait à l'horizon, avec ses longs bancs luisants comme du cuivre. Cambrant le pied, Elmire agitait le bout de son escarpin.

Avec beaucoup de fausse chaleur, il fut finalement convenu qu'on se ferait savoir l'un à l'autre ce qu'on pourrait apprendre sur « cet homme ». Remerciements, compliments, considérations sur l'avenir.

Pour mettre au jeu et aussi pour ramener Elmire, Gaspard lui fit des confidences. Il lui dit comment il s'y était pris pour tenir Robert : par l'argent.

Il expliquait que Valentin Verdier avait pourvu à tout. En échange d'une pension, Robert avait dû remettre les titres de créances qu'il assurait avoir sur certaines personnes.

— Il y en a sur vos frères, je crois. Nous pourrons reparler de tout cela par la suite. Valentin n'a rien voulu débrouiller. Il le cachera même à

Grange qui entendrait peut-être les mettre en recouvrement.

« Te voilà avertie. Ce n'est plus Robert qui te tient, c'est nous. Nous avons de quoi répondre aussitôt à tout méchant tour. Tu aimes trop l'argent pour ne pas faire tes réflexions.

Ensemble ils battirent la campagne sur Grange, ses maladresses, ses fougues. Elmire revint doucement aux papiers remis par Robert. Gaspard, évitant de donner des précisions, se retrancha sur son ignorance. Il essaya de la promener sur les renseignements qu'elle pouvait avoir et les particuliers dont elle les tirait. Mais il comprenait qu'elle ne s'entortillerait pas la langue. La singulière créature. – La Perrine dit d'elle : « On ne peut pas la comprendre : elle ne s'aime pas elle-même. »

Et la singulière entrevue. Il respirait sans plaisir cette odeur de feu de bois, et de rat, de moisi. Les dindons gloussaient et grattaient dans les feuilles mortes, sous la fenêtre. Ces après-dîners de dimanche, la campagne est vide, sans même une fumée qui traîne, lointainement. Un gros buisson s'endort, et au bout de la plaine rousse, un rayon ennuyé éclaire pour une minute Arlanc-Bourg et Arlanc-Ville, tout petits sur la côte.

C'est le domaine des Chargnat. On vit. On mène ainsi une comédie de ruses et de pièges. Et puis ? Qu'a-t-on de tout cela ? Nous avons mené un triste jeu ce soir.

Sixième pause

À l'Arbre-Blanc. – Le bornage. – Devant les Monts d'Or.

La carriole penchait, quand une roue s'enfonçait dans les mottes poussiéreuses, entassées pour les combler dans les creux du chemin. On longeait des pacages dont les fonds étaient tout de touffes bleuâtres. De mauvais pacages froids, mouchetés d'un jaune pâle là où les jeannettes étaient en fleur ; et ailleurs, là où c'étaient les soucis d'eau, d'un jaune éclatant comme l'or. L'air était presque doux. Un ruisseau roulait en clapotant. Dès qu'on passait, il s'y abattait des grenouilles.

On retrouvait les bois. Gaspard montrait les parcelles de belle venue. Partout les pignoles s'entrouvraient aux premières tiédeurs et cela faisait, en plus lent, comme le pétillement d'un feu. Deux graines blondes tournoyantes s'en allaient dans un souffle d'air.

— Tu vois, le pin laisse ses enfants partir à l'aventure, tandis que le père sapin les sème près de lui.

Puis Gaspard reprenait :

— Ces sapins-ci, des monts du Livradois, seraient moins sujets à se piquer que ceux des monts du Forez. Encore faut-il les luner, les couper au bon moment de la lune.

Mais tout ce qu'il disait prenait un air faux,

dit pour boucher du vide. Parce qu'Henri faisait trop sa tête de fils de monsieur, sans doute. Robert a toujours la mine de s'ennuyer ou de se moquer. Le petit s'en tient à l'ennui, et il s'y tient raide.

Ils arrivaient à l'Arbre-Blanc. Anne-Marie se demanda si Gaspard n'avait pas fait exprès de passer par là pour lui rappeler les choses ? C'était à ce gros sapin qu'elle avait été liée et blessée d'un coup de couteau et laissée pour morte. Après un regard encore sur Gaspard elle se sentit allégée, joyeuse : comme il se raidissait...

Des particularités de l'arbre la frappèrent : un nœud énorme, empâté de suif, deux racines qui ressortaient d'une place sèche. Le jour de sa blessure elle avait dû remarquer cela, mais elle s'en apercevait seulement à cette heure.

— Arrêtc, jc vcux rcvoir un peu.

Elle avait parlé avec une espèce de gaieté. Il répondit assez durement que cela les mettrait en retard.

— Tu me ramèneras ?

— Pas de sitôt. Je pars lundi.

Il partait. Elle le savait d'avance. Mais si elle le voulait elle pourrait encore l'arrêter, en lui racontant l'histoire d'un de ces derniers jours.

La Louise récurait un pot de lait avec des orties devant le portail. Elle avait reparu, tout extraordinaire.

— Ho ! Madame, qu'est-ce qu'il faut entendre ! Il vient de passer un mendiant, un crasseux, tout en poil, on lui voyait courir les poux derrière les oreilles, et des gros. Il me toise :

— C'est pour la dame que tu t'échines ? Si j'étais que de toi, avec une pincée de farine blanche dans sa soupe. j'en serais tôt débarrassée.

— Moi, saboulée, j'ai fini par dire :

— Si elle ne meurt que de cette mort, elle vivra encore cent ans après moi !

Anne-Marie lui avait défendu d'en parler à personne. Ce n'était rien : le mot en l'air d'un mauvais homme à la tête perdue. Et, s'était-elle dit, Robert n'est pas derrière. Elle avait trop senti qu'il désirait non pas sa mort, mais de revenir près d'elle. Alors elle s'était aperçu qu'elle détestait son mari depuis qu'elle avait promis de l'accueillir aux Escures.

Il avait voulu l'égorger un jour. Variable comme il l'était, il pouvait le vouloir de nouveau. Elle aurait dû mettre Gaspard au fait.

— Et maintenant, regarde comme tu pourras me laisser ici et n'avoir pas de crainte.

En bordure du bois, Valentin faisait planter les bornes. Le voisin, M. Regouyat l'aîné, se trouvait là, les pouces aux entournures. Il avait demandé qu'Henri vînt assister au bornage. Il fallait qu'il pût se le rappeler dans soixante ans et retrouver les limites. D'un coup de pioche, le métayer cassait franc, en deux, quelque caillou bien net, il enterrait les morceaux de chaque côté de la borne.

— Tu vois, mon petit, ce sont les témoins ; ils assurent contre un déplacement.

On arrosait le tout d'un verre de vin, pour plus de solennité.

D'un peu loin, une troupe de gamins en sabots observait ce monde. Ils reculèrent, les sauvages, lorsque Anne-Marie alla vers eux, tenant Henri par la main, puis ils tournèrent le dos et se sauvèrent dans le bois. Je le voudrais comme eux, songeait Gaspard, remuant, criant, détalant, prêt dc tout son cœur à dénicher les pies à coups de pierres ou à mordre dans quelque tranche de milliard portée à deux mains devant sa bouche. Il le voyait tirer vers la métairie : ce petit gardait un goût pour les coins d'ombre de ces masures où rancit un relent de cave à fromages ; peut-être en souvenir des endroits sans jour où il se réfugiait du temps de sa misère. Avec cela il ne peut plus se passer des délicatesses qu'il a une fois connues. Malade, lui ? Il veut être mignardé. Les médecins n'ont pas encore inventé cette maladie-là.

Pauline s'arrangea pour emmener Gaspard à vingt pas de là, derrière un jardin de noisetiers, de choux. Elle s'inquiétait : que savait Marguerite, qui lui avait donné la hardiesse, à clle si peu hardie, d'arrêter Gaspard sur le chemin :

— Ne partez pas, il y en a qui seraient trop contents.

— Soit content qui voudra, avait-il répondu ; la semaine qui vient, je partirai.

Pauline s'assit sur la murette pour faire entendre qu'elle voulait causer à l'aise.

— Tu as parlé à Anne-Marie ?

— Je lui ai fait parler par l'Arbre-Blanc.

— Souviens-toi de ton mari, du paquet de cordes et du couteau. Si elle ne veut pas entendre ce français, ce n'est pas ce que je pourrais dire qui lui changerait le cœur.

Pauline chassa une abeille qui bourdonnait devant son frais visage et, se remettant, demanda des nouvelles de la visite à Elmire.

Gaspard, d'un coup de tête, renvoya cela au diable.

— Mais qu'avait-elle à te dire de Robert ? Cette chose d'importance ?

— Elle a surtout peur qu'il ne la fasse contribuer, comme il a fait jadis aux acquéreurs de biens nationaux. Nous la tiendrons par là, et elle nous aidera à le tenir aussi.

C'était une permission de partir qu'il se donnait. Et pourtant, il aurait aimé avoir plus de confiance en tous ceux qu'il laissait autour de sa cousine. Ah ! et puis tant pis, à la fin ! Puisque Anne-Marie tenait à faire la bêtise, elle lui verrait porter son fruit un jour. Si tu plantes un prunier, ne me demande pas d'empêcher qu'il porte des prunes.

— Sais-tu, Gaspard, j'ai peur qu'Elmire ne nous joue un tour. Quelqu'un l'a vue, le lendemain...

C'était la Poule-Courte. Pauline ne le disait pas, parce que Gaspard n'ajouterait pas foi aux propos de cette vieille toupie. Elmire en avait fait sa confidente. Ces personnes à histoires et manigances se sentent de loin les unes les autres. Par la Poule-Courte, Pauline savait donc qu'Elmire était comme enragée contre Anne-Marie.

— Il faut qu'elle ait fait boire un philtre à son cousin !

Mlle Chargnat avait assez bonne opinion de soi pour comprendre que Gaspard aurait été ravi de la suivre en toutes ses volontés, s'il était demeuré lui-même. Mais Anne-Marie Grange s'était emparée de lui par magie et par ruse.

— C'est une Chargnat, fit Gaspard. Rappelle-toi l'Amédée : par moments, un vrai détraquement de cervelle. Empêche-la de venir aux Escures.

Il surveillait le bornage, qui s'achevait. M. Regouyat, le chapeau à la reculette, ses breloques dansant sur son ventre, sommait le petit Henri de bien garder cela en mémoire. Gaspard le vit lever la main et arriva juste à temps pour attraper le poignet au vol.

Souvent, lors d'un bornage, on fait aux enfants la surprise d'une gifle magistrale ; c'est pour leur imprimer le souvenir dans la tête.

Anne-Marie ramenait l'enfant contre sa robe et s'en voulait d'avoir oublié cette coutume barbare. Valentin l'ignorait, lui. Si Gaspard n'avait pas été présent...

À un endroit où le chemin tourne, il fallut arrêter la voiture. Henri voulait regarder les Monts d'Or. Par-delà les descentes, la plaine, l'autre versant de côtes reculées, se levaient leurs flèches lointaines, faites des mêmes vapeurs que le ciel. Un amas de nuées, gonflées comme des ballots de plumes, passait en glissant au fond du soir. Le soleil s'en allait au-dessus, sur de grandes jambes qui perçaient d'entre leurs masses, et un rayon plus bleu que les autres se promenait avec lenteur.

De la pointe du fouet, Gaspard dut désigner les cimes : celle de l'Angle et celle de Servielle, avec leurs coulures de neige ; le puy Ferrand et le puy du Barbier, la Banne d'Ordanche. Il parlait des passages : celui de la Croix-Morand, qui veut son homme tous les ans, celui de la Croix-Robert...

Il se tut brusquement. Puis, vite :

— C'est tout pays pauvre. On y fait un peu de seigle, de blé noir. Il faut voir les garçons tailler l'herbe, là où une bique même n'aurait pas pied. Ils ont des ceintures de cuir larges d'un travers de main ; par l'anneau, ils s'attachent à un pieu et ils vont promener la faux sur des pentes, où pour le moindre souffle, ensuite, leur foin s'éparpille à la venvole.

Des monts décharnés où l'on ne trouve que quelques sapins écorcés par la foudre. – Elle y tape souvent sans y être dangereuse et jamais ne tombe sur le village des bains.

Voilà que je fais le docteur, pensa-t-il. Il n'arrivait jamais à parler à cet enfant. À côté de lui il se trouvait en malaise, comme s'il eût été assis trop près de quelqu'un qui eût du mal sur la peau. Ce qu'avait dit Elmire Chargnat lui demeurait dans l'idée et l'embarrassait.

Anne-Marie le questionnait pour Henri, qui ouvrait les yeux sur ces monts, bleus comme la nue, et pendant en précipices. Il y a là-bas des pics où s'enroulent les brouillards, des orgues noirs, des cascades de cent pieds, chassant une fumée où se prend l'arc-en-ciel.

Le Grand-Blanc faisait crier son harnachement et tapait du bout du sabot sur un caillou.

— Nous repartons ?

— Et ton bois, de quel côté ?

Vers le Chambon, au-dessus du lac. Les charrois seraient malaisés. Tant mieux. J'ai besoin de me tanner le cuir. S'éveiller au fond des bois, dans la loge, quand les oiseaux crient, sauter sur pied, vite empoigner la hache, travailler à plein corps, et manger à plein corps, et dormir à plein corps. S'il n'y a pas de chemin, je m'en ouvrirai à la cognée ; et s'il faut taper dans le tas, basculer les rochers, jeter bas les arbres, tout déblayer et tout abattre, je suis encore bon pour faire tout.

Mais maintenant me lever d'auprès de ce petit et trouver un autre pays où je puisse avoir ma salive.

Il avait dû prendre un certain air, il s'en aperçut à la façon d'Henri.

— Viens-y dans une quinzaine. Il y aura plein

de fleurs : des tachetées, des rouges, ah ! qu'elles sont belles ; d'autres en grosses coques d'un incarnat noircissant...

Comme s'il était déjà là-bas, vint sur lui le sentiment d'une solitude. On va s'asseoir à l'écart, après la besogne. Du campement une fumée bleue se sauve à travers les feuillages. Je suis seul devant la tranquillité du soir. Le soleil est rentré beau, signe de beau temps, et les nuages peints de couleurs voyagent au-dessus des montagnes de chez moi. J'ai devant moi le pays, la vie du monde. Alors je m'aperçois que j'en suis à détester ma vie...

Je sais ce que j'aurais voulu : aplanir le chemin pour Anne-Marie. Il s'est semé trop de haine à son entour : un jour cela lèvera comme des ronces. Mais elle ne m'a pas laissé passer avec la hache.

Là-haut, il y a des vallées : la prairie y est comme une pelouse, et des fontaines partout, entre d'épais bouquets de fayards et de coudres. On voit de grandes plantes aux feuilles marquetées, on y respire l'odeur de la fraise sauvage, et celle du foin vert, celle de la résine. Dieu sait si l'on est bien à la fraîcheur du jour. Et moi, j'aurais fait le monde pareil à une de ces vallées devant elle. Si seulement elle me l'avait demandé, je me sentais debout et fort comme le fer.

TROISIÈME VEILLÉE

Première pause

Le jour des abeilles. – Anne-Marie et ses entours. – Le médecin vient aux Escures.

Un vendredi soir, à Ambert, Lucie vit Elmire Chargnat entrer chez elle comme une furie. Quels cris, aussitôt, quelle violence de paroles et de gestes. Anne-Marie Grange avait dit à son cousin des choses affreuses : que Mlle Chargnat sentait l'échauffé comme une épaule de mouton ! D'autres horreurs encore que l'hôtesse du *Cadran-Bleu* avait répétées à une dame.

Une scène à croire qu'Elmire allait se jeter sur Lucie et lui arracher les yeux. Elle parut au moment de sortir sur la place et d'ameuter les gens en criant que le gendre de Grange avait volé, arrêté sur les grands chemins, assassiné !

Ainsi transportée de rage, on aurait dit d'une figure de spectre : elle faisait peur. Le même soir, elle dut faire venir le médecin, qui la saigna au pied : on le sut par la Poule-Courte.

Lucie vint donc rapporter cela aux Escures. Ses souliers craquaient comme ceux d'un abbé, et elle avait son air, toujours, de marcher sur des épines. Anne-Marie l'écouta, pelotonnant sa laine, devant un écheveau passé au dossier d'une chaise. Eh bien, non, elle ne ferait pas un pas vers une réconciliation. Elle ne saurait pas y aller assez chaudement.

Il ne restait à Lucie qu'à aller trouver Pauline. Pauline fut aussitôt aux cent coups.

— Vois-tu, l'idée que Robert pourra s'installer aux Escures fait à Valentin l'effet d'un couteau au travers du corps. Qu'est-ce que ce sera, si cette Chargnat fait éclater un scandale !

Elle sauta sur son châle, sur son chapeau vert. Lucie allait revenir aux Escures avec elle. À elles deux elles raisonneraient Anne-Marie.

Elles la trouvèrent sous les noisetiers. On levait le miel des abeilles. Jeuselou était là, avec le masque et les outils de Gaspard. Il avait allumé des graines de foin, dans un pot, et il attendait que la fumée eût étourdi les essaims. Elle sortait en grosses boules et bouffait autour des planches à ruches. Le soleil mêlé de rais d'ombre la prenait en travers et lui donnait une blancheur qui éblouissait les yeux.

Henri avait accompagné sa tante et Lucie jusque passé la remise.

— Il a peur des abeilles, leur chuchota Anne-Marie. Il se laissait pourtant habituer par Gaspard. Il y avait dans l'herbe un panier de pissenlits et de doucettes. Elle y jeta le couteau ébréché qu'elle tenait à la main et dit à mi-voix à Jeuselou :

— Il paraît qu'Elmire a pris une colère contre moi. Mais, elle ne s'emballera pas, Gaspard lui a passé la bride.

— Tu ne veux donc pas comprendre qu'elle est folle ? Quand elle se met sur les outrages qu'elle a reçus de toi, elle n'a plus sa tête.

Pauline était lancée. Elle prédisait des catastrophes. On n'avait même pas encore osé parler de Robert au père ! Il recevrait un bien autre coup si le déshonneur public éclatait comme une bombe.

Appuyée aux noisetiers, Anne-Marie ne répondait point. Un frémissement de ses épaules agitait par instants les branches en fleur et faisait descendre des chatons une poudre fine comme du soufre.

Pauline se croyait bien en colère contre elle ; et au même moment, le cœur remué, elle sentit la montée des larmes.

— Surtout, ma sœur, ne va pas croire que c'est l'idée de Valentin qui me pousse. Pour l'amour de toi ou pour l'amour d'Henri, il supporterait tout.

Anne-Marie serrait les lèvres. À cause de la fumée, elle se déplaça un peu.

— Oui, Henri serait déshonoré devant le monde.

Elle aspira l'air d'une façon entrecoupée.

— Ça n'y changerait pas grand-chose. Je vois bien qu'on ne l'aime guère.

Ses yeux grossirent et rougirent. Mais elle se reprit :

— Elmire, une comédienne. Enfin si vous y tenez, Lucie peut lui dire que je n'ai jamais tenu les propos qu'on me prête.

— Fais-lui une visite, au moins. Tu la lui dois. Non ?

C'était non.

Sa sœur et Lucie parties, elle travailla plus encore que d'habitude, aida Marguerite à transporter le miel sur une table de pierre, dans l'entrepôt. Elles avaient décidé qu'elles le mettraient en jarres là même. Mais cette double visite l'avait impatientée, fatiguée. Elle le comprit le soir en s'apercevant qu'elle avait oublié sous le porche les rayons d'une ruche ; et les abeilles en avaient repris la moitié en moins de deux heures.

— Je ne suis plus bonne à rien. Toute affaire me tourne la tête.

Peu à peu, elle avait imaginé ce que ce pourrait être si Elmire parlait. Elle en eut le cœur serré au point que la fièvre la prit, le soir.

Pauline vint le lendemain et se fâcha, voulant qu'elle fît appeler M. Meissoux.

— Est-ce que tu ne peux pas te faire soigner ? Est-ce que tu n'en as pas les moyens ?

De tels propos mettaient Anne-Marie à bout de nerfs. Le médecin pour un peu de fièvre ! Si l'on devait se gouverner ainsi ! Les pauvres gens, alors ?

Elle batailla là-dessus avec Pauline, qui finit par lui dire que quand on a ces idées-là, on va dans un couvent.

— Et puis le médecin viendrait, on te saurait malade, Elmire n'aurait plus à se froisser de ne pas recevoir ta visite.

La lune de Pâques avait amené des arrière-froidures, mais Anne-Marie ne voulut pas garder la chambre. Par ces après-midi aigres où la bise malmenait les baguettes rougies du gros tilleul, elle descendait coudre dans la petite salle. Henri regardait l'almanach. Elle ne se pressait pas de lui montrer ses lettres : les leçons duraient un quart d'heure ; puis elle l'envoyait jouer ou aider le Nanne qui taillait des branches à ramer les pois.

— Mon père veut que je lui apprenne à lire, disait-elle à Marguerite ; c'est pour lui voir prendre la prêtrise. Certainement j'ai fait vœu d'en faire un prêtre : mais d'abord qu'il devienne fort ; et adroit, courageux. Avais-tu remarqué comme Gaspard savait l'éveiller ?

Pauline n'avait pas voulu qu'on l'envoyât à l'école, chez la Myon Groisne. Depuis la semaine dernière, après certains propos d'Elmire, il aurait fallu au contraire qu'on l'y envoyât, qu'il s'y montrât, tout pareil aux enfants du bourg. Elles ne me laisseront jamais la paix. Il faudrait les suivre en tout, ne voir que ceux, celles qui leur plaisent. J'ai pourtant assez d'âge pour me conduire. Quel besoin de se mêler de la vie des personnes. Ces dames ont-elles assez parlé et déparlé lorsque Gaspard est parti.

— Comment fera-t-elle cette année pour lever le miel ? – Et pour pêcher les étangs ? – Son cousin menait tout aux Escures ! Elle sera forcée de s'en tirer avec ses domestiques. Les autres y sont bien forcées !

On vous aime, mais avec une certaine satisfaction quand des contrariétés vous arrivent.

Et n'est-ce rien que de s'attendre à voir Robert se présenter ici vers la mi-septembre ? Verrai-je cela, vraiment ?

Elle songeait à son père qu'elle avait à mettre au fait. Quand il rentrait d'Ambert, les soirs, il s'asseyait, plein d'affaires et d'importance. On le sentait, comme il disait, remonté sur sa bête. Le retour de Robert, les craintes de scandale, jamais il ne voudrait bien prendre tout cela.

Anne-Marie se penchait, essuyait la vitre, cherchait dans la nue bleuâtre aux pâles éclairages quel était le vent. Un coq sautait sur la barre des volets, regardait de côté dans la salle.

Elle se levait. Marguerite, la devançant, courait chercher à la cuisine son pot de tisane d'orge. Une petite fièvre la consumait. Elle mettait son fichu, mais n'aurait pas toléré qu'on fît du feu.

— Prendre ses aises ! Il y en a qui n'ont pas leurs aises !

Un homme, le matin, avait dit que la diligence n'avait pu passer aux Pradeaux. Il devait neiger dans les Monts d'Or. Gaspard tient de notre côté, où les hommes prennent des douleurs quand vient l'âge. Dieu sait comment il s'arrange. Il dort au milieu des bois dans une cahute, sur des sacs de feuilles...

La nuit approchait. Rappeler Henri, donner le grain aux poules. Ainsi la vie se passe et ce n'est que cela. L'an dernier je pensais que si jamais j'avais mon petit garçon, tout irait bien. Et je l'ai. Il est là et voilà où j'en suis.

Pauline parla à son père. Ils firent venir M. Meissoux.

La Perrine survint comme il repartait.

— Alors, pauvre dame ? Moi qui ai encore dit mon chapelet pour vous ! Je ne comprends pas le bon Dieu.

Elle parlait des maladies qui couraient, conseillait les remèdes d'herbes, car ceux-là vont chercher le mal par la racine. Le bossu avait des secrets pour guérir.

— Si vous vouliez que je lui demande ?

Mais tout cela n'était que pour amener le malheur de sa vache, crevée la veille. Sans vache, arriverait-elle à vivre ?

Ta mère est bonne femme, avait envie de dire

Anne-Marie à Marguerite, mais comme elle me fatigue.

À la Perrine succédèrent Pauline et Lucie, Pauline essoufflée, rose, contente. Elle avait tout arrangé avec la Machine Infernale, c'était ainsi qu'elle surnommait Elmire, en riant.

— « Écoutez, m'a-t-elle dit, nous pourrions nous voir comme autrefois... » Enfin, elle a été très bien. Elle m'a entretenue du goût qu'elle aurait à t'être bonne à quelque chose, c'était à l'embrasser. Elle viendra ici de demain en huit.

— Mais qu'elle ne me parle ni de Robert, ni de l'enfant. Ni de Gaspard.

Et tout de suite Anne-Marie demanda à Lucie des nouvelles de Plampougnis. Il travaillait vers Champeix. Un dimanche il était allé à Murols, voir le fameux bois.

— Gaspard rien ne l'arrête, même en pays si pénible. Mon mari lui a dit : Vas-y plus doucement, au moins !

— Ha, j'en ai promis à mon corps !

Plampougnis, lui, faisait du beau travail. Ces châteaux le changeaient d'Ambert où les bourgeois ne vous prenaient qu'en journées, fournissant le bois, les clous et tout. Mais quand il reviendrait, il saurait bien changer cela, et faire comme les patrons des villes... Ainsi de suite.

Lucie croit, se disait Anne-Marie, que Plampougnis a eu ces idées, et c'est Gaspard qui les lui a soufflées. Qu'elle est aise de jouer à la dame, d'entrer dans mes affaires avec Pauline. Elle joue à la vie, comme tout le monde. Moi, j'ai eu le malheur de voir ce que la vie pourrait être.

Sur la porte, Lucie se souvint que Gaspard viendrait d'ici peu chercher ses affaires.

Mais on ne le vit pas dans les jours qui suivirent. C'était avril. L'herbe courte luisait au vent. Gris de fleurs, les cerisiers ressemblaient de loin à des fumées. Des nuages suivaient les forêts sur les hautes pentes d'un bleu sourd de velours. Cependant il faisait plus tiède. Un soir on entendit le coucou et des roulements de tonnerre.

Anne-Marie n'en allait pas mieux pour cela ; et Grange ne supportait pas que sa fille fût malade. Il serait entré en fougue quand il la voyait dîner d'un œuf à la coque.

Il fit revenir M. Meissoux, qui ne rédigea pas d'ordonnance.

— Mais, enfin, docteur, vous ne lui marquez pas un remède ?

M. Meissoux s'assoit brusquement, tire son calepin :

— Pour combien en voulez-vous ? Pour six francs ? Pour douze ?... Votre fille a besoin de tranquillité et non pas de drogues !

Il promit que la malade irait mieux, avec la belle saison, alla voir les étangs, fit parler Grange. Grange se plaignait que sa fille fût opiniâtre.

— Si je vous disais que nous nous disputons ? Pendant que j'étais aux Iles, elle s'est habituée à mener le domaine, et elle voudrait tout faire toujours comme faisait son cousin.

M. Meissoux dit que lorsque les boues le permettraient, il faudrait organiser pour elle et pour l'enfant un petit voyage.

— Ho, elle ne se plaît qu'ici. Aller dépenser de l'argent sur les routes et laisser pendant ce temps la maison rouler comme elle pourra, je ne pense pas que ça lui chante beaucoup.

Deuxième pause

Le mont des cerises. – La chèvre endormie. – Le retour avec Jeuselou.

Le mardi où Elmire devait venir, Anne-Marie dit à Marguerite qu'on dînerait un peu plus tôt.

— Tu m'emmèneras Henri tout de suite après chez ta mère ; et vous ne reviendrez que le soir.

Est-ce, se demandait-elle, parce que j'ai toujours en idée Robert vivant ici ? Mais je ne peux plus sentir les gens à manières, ceux qui ne remuent pas un doigt sans penser à l'idée qu'ils vont vous donner d'eux. Si c'était possible, j'irais habiter une petite maison comme celle de la Perrine, dans la montagne, auprès d'une fontaine.

Elle savait qu'Henri était un sauvage, comme elle, qu'il aimait ce coin écarté, ces étroites terrasses soutenues de murettes, ces têtes de rochers sous les églantiers, ces sentiers dorés qui vont tourner à l'avancée de la colline. C'était le mont des cerises pour lui, à cause de ces gros arbres luisants, pleins de geais bleus, pleins de vent dans leur feuille.

De pierres couleur de feu et gâchée en terre, la maison portait un auvent et, sous le petit galetas, des planches où mettre sécher les noix et les prunes. Il y avait un cep à la muraille, et une cabane pour les chèvres et un guichet pour les poules. Dans la salle toute basse, toute brune, toute bonne, depuis le banc massif qui boite sur la terre battue, jusqu'au loquet qu'on tire par une ficelle les choses étaient façonnées dans le fayard ou dans le sapin de la montagne, comme chez ces ermites dont parle la *Vie des saints.* Et moi je fais toujours ce rêve d'un coin de campagne où tout serait simple, vrai, ne suivant que son cœur.

... La Perrine commença par aller à son armoire et revint fourrer une poignée de noisettes dans la poche du petit.

On s'assit à l'ombre. À côté de la porte quatre pierres chaussaient une motte verte : là fleurissait un pied de couronne impériale, rapporté des Escures, mais bien plus beau que ceux des Escures, avec ses lanières pointues et ses cloches d'un roux de cuivre rouge. Marguerite et sa mère, l'une tricotant, l'autre filant, demandaient à Henri s'il était bien, s'il n'avait pas froid ?

— Alors, la dame a la visite de l'Elmire ? Qu'est-ce que cette sorcière va trafiquer chez vous ? Si le bon Dieu n'avait pas fait le diable, celle-là le ferait.

La Perrine tenait sa quenouille bien droite, enfoncée sous le lien de son tablier et rattachée par un cordon à son corsage. Sans cesse elle mouillait son pouce. Le fuseau tournoyant montait, descendait et remontait. Comment pouvait-il s'élever ainsi ?

— Si encore Gaspard était resté au bourg...

Elles continuèrent de parler à voix très basse. Marguerite dit :

— Je pense à elle et je ne peux pas manger, les soirs.

Enfin la Perrine lâcha ses chèvres. Henri aimait ces bêtes et le grand-père n'en voulait pas aux Escures.

— Bœuf à barbe, c'est mort des arbres.

On alla derrière les montagnes, grimpant vers des bouquets de pins en mousses sèches, en pignoles rongées des écureuils. Des mésanges volaient, d'un bouleau tout moucheté de pousses claires à un alisier chargé de boutons pareils à des tulipes d'argent à peine verdissantes. Les petits gradins de colza faisaient une lumière dont on ne pouvait retirer la vue. Il en soufflait un goût de printemps, un peu mol, qui tenait de la primevère et du chou. Cela s'accompagnait d'un gros bourdon d'abeilles, sous cette nue d'un blanc de cire, qu'un peu de ciel veinait au loin.

Henri trouva un bâton sous la haie. Mais la Perrine le lui fit laisser, de peur que quelque mauvaise personne ne l'eût posé exprès en y mettant un sort. Alors Marguerite coupa une jolie canne, la pela, la para.

— Il suffit qu'elle soit de noisetier : si petit soit le coup, le serpent que vous touchez demeure mort sur place.

Ce fut là, sur un terre-plein à l'aspect du midi que, tenant en main sa baguette, il arriva au pommier en fleur. Penché, écailleux, comme une vieille chose, l'arbre arrondissait et abattait de toutes parts ses branches pour en faire un bouquet merveilleux tourné vers la lumière. Qu'il était beau ! Parmi la feuille pointant à peine, quelle abondance de grains rouges, et d'un rouge si frais, si vif, ouverts çà et là en douces rosaces, mais plus éclatants en boutons, ho, d'un tel rouge, que l'œil, pour cette joie, y revenait toujours.

La Perrine tira un gros verre de sa poche, appela une des biquettes. C'était bon, ce lait qui moussait. On pouvait se mettre dans l'herbe ; elle n'était pas encore plus haute que la cheville. Le cœur vous manquait un peu à l'odeur du pommier, pourtant si légère. Ou plutôt c'était l'air même qui avait pris sa sève d'avril. De cette terrasse, on l'avait large jusqu'aux monts allongés et voilés, la grande chose, là-bas, d'un bleu pâle qui est celui des violettes de loup.

Il pouvait être quatre heures ; mais il n'y

avait plus d'heures sous ce ciel blanc où l'on ne voyait pas cheminer le soleil.

— Tenez, pauvre mère, il me tarde de savoir comment je trouverai Mme Anne-Marie.

Marguerite était pieds nus, comme un ange. Elle avait repris une vieille coiffe à elle. Henri la voyait toute changée, redevenue la fille de cette maison. En comptant ses mailles, elle écoutait ce que lui chuchotait sa mère.

— Surtout n'attends pas qu'il revienne aux Escures. Vous serez pris dans les affaires, Jeuselou et toi : que deviendrait ton mariage ?

Et Marguerite tombait dans une de ces songeries qui vous emmènent loin de tout. Henri se souvint de l'avoir vue ainsi un soir : et voyant arriver Jeuselou, elle paraissait ne pas oser s'avancer vers lui. Elle avait murmuré :

— Le cœur me brûle...

Elle ne se réveilla que lorsqu'on rencontra le bossu Gervais dans le chemin.

— Tu n'as pas laissé ton petit monsieur aux Escures pour le montrer à la demoiselle Chargnat ?

Elle rougit. Ce fut sa mère qui sut répondre.

— Voyez-moi ce renard, qui sait tout !... On avait promis au petit du lait de mes chèvres pour son quatre heures. La demoiselle n'a pas tant besoin de le voir.

— Ce petit, faisait le bossu en reculant son chapeau et en s'essuyant le front, il faudrait lui fortifier l'estomac, lui enseigner à la façon des anciens Romains les lois de la santé en même temps que les principes de la vertu. On dit que la mère aussi est malade ?

— Il se dit assez de choses. Vent de bouche ne coûte guère.

On causait. Le bossu passait pour un jacobin, c'est-à-dire qu'il était contre les gros. Mais la Perrine s'était aperçu que Mme Anne-Marie ne lui en savait pas mauvais gré, parce qu'on avait traité Gaspard de jacobin, dans un temps.

— La dame n'a pas tout vu. Rappelez-vous ce que je vous dis. Comment a-t-elle pu laisser partir son cousin, qui l'a tant de fois tirée de peine. Est-ce qu'il ne va pas revenir, le Gaspard ?

— C'est parce que tu portes le paquet que tu sais toutes les nouvelles ?

— Vous voulez parler de ma bosse, pauvre Perrine ? Oui, il y en a là-dedans. Touche-là, té, Marguerite, pour avoir du bonheur.

Mais Marguerite allait à la recherche du petit. Lorsqu'elle revint avec lui, ce fut pour retrouver le bossu toujours prêchant et sa mère tout en train.

— Ce pèlerin ! Il vous ferait rire quand vous auriez la mort entre les dents. Venez là, pauvre m'ami, vous avez l'air tout endormi ce soir ? Moi, je voudrais vous voir courant, sautant comme mes chèvres !

— Ah ! vos chèvres ?

Le bossu tomba à genoux, attrapa une des biques par le jarret, la coucha par terre ; et frappant du poing tout autour, il prononçait des mots de grimoire. La bête ouvrait de grands yeux jaunes : on se demandait quelle créature à longue face brute vous regardait ainsi, d'un autre pays. Elle restait là, sur l'herbe, tombée en sommeil.

La Perrine s'ébahissait, et ne savait comment le prendre, car elle craignait qu'après cette sorcellerie sa bête ne vînt à tarir.

— Eh bien, vous qui les disiez si réveillées ?

Le bossu se mit à faire la chèvre sur le pré, courant à quatre pattes, avec des bêlements chevrotés, des béguètements, des grimaces. Il rentrait le front pour donner des coups de corne à Marguerite, qui s'écarta, gênée, toute rouge. Et la Perrine se pâmait de rire, en criant après lui.

Henri revint souvent boire du lait de chèvre. Un soir, Jeuselou les raccompagna. Dans les endroits où le chemin n'est pas large, Marguerite et Jeuselou se touchaient à l'épaule. Il y avait une fraîcheur dans le soir, un grand calme. Une lumière emplissait le ciel jusque dans les hauteurs, et la soirée paraissait plus étendue qu'à l'ordinaire.

Henri musait d'une haie à l'autre. Il revint à l'esprit de Marguerite qu'un jour il avait demandé si c'était vrai qu'elle se marierait avec Jeuselou. Puis, sans attendre la réponse de sa mère, il avait fait signe que non. Cela oppressait un peu Marguerite d'y songer.

Du linge qui battait mollement à des cordes

envoya une bouffée de lessive fraîche. La porte d'une ferme soufflait une bonne vapeur de soupe d'herbes, cerfeuil, laitue, oseille. Quand seraient-ils ainsi chez eux, avec leur vie à eux, leur maison, leur jardin ? Jeuselou lui avait paru, ce soir, distrait, contrariant, tourmentant, comme quand il songeait à quelque chose qui sonnait un mauvais son. Il lui avait fait dire les nouvelles de Mme Anne-Marie. Mais vraiment la dame allait mieux : elle sortait, ou elle cousait dans le petit pavillon du potager quand le temps était beau. Après la visite de la demoiselle Chargnat, elle avait confié à Marguerite qu'elle se sentait délivrée, tout s'étant passé comme elle pouvait le demander.

Si j'étais à même d'aider Mme Anne-Marie, moi !... Mais je ne sais ni malice, ni tour. Je suis bête, je crains les raisons, comme une fille de campagne qui aime sa vache et qui ne comprend pas le monde.

Du haut d'une montée, elle vit le bossu, un peu loin devant eux. Avec sa bosse, il semblait qu'il allât la tête enfoncée dans les épaules, comme sous le coup d'une peur ; il allait vers les grands bois qui faisaient sombre derrière les Escures. On dirait que le petit Henri le suit ; on dirait que nous le suivons nous-mêmes. Les bois m'ont toujours donné de la crainte : d'entre tous ces sapins, de tant de caches sous tant d'arbres noirs, on se demande ce qui viendra à sortir. Pourquoi faut-il que nous ayons été engagés dans l'histoire de Mme Anne-Marie et des messieurs ? Il ne se peut pas que le monsieur revienne bonnement, qu'il soit là avec elle, avec Gaspard, avec nous tous. Ils ont trop cherché le crime ; le crime ne les lâchera point. Il les poussera qui sait où, nous avec eux, mon petit bon ami et moi.

Troisième pause

Apparition de Gaspard. – Pratiques du bossu. – Gaspard et ses compagnons.

En retournant du catéchisme, les gamins de la Rousse et de la Souderie s'arrêtèrent au portail. Le plus hardi avança vers la cour. Mais ils avisèrent Marguerite dans le pré ; et ils coururent en troupc, avec un terrible tapage de sabots, pour crier tous ensemble que Gaspard était revenu, qu'il venait d'arriver sur son Grand-Blanc !

Elle n'en dit rien à Mme Anne-Marie, et s'arrangea pour aller au bourg après le dîner, la vaisselle faite.

Sitôt le bois des Fourches passé, elle eut la surprise de le voir, travaillant un lopin, à l'écart, au haut des prés verts. En sabots, sans gilet ni veste, il bêchait. Il menait la besogne d'un train tranquille, et elle semblait lui fuir au-devant. Il ne fit la pause que lorsque Marguerite fut tout à côté de lui. Alors il croisa les mains sur la poignée de la bêche.

— Comme tu vois... Mais je fais mes paquets ce soir et je repars demain.

— Vous passerez bien aux Escures ?

— Ne dis à personne que je suis ici.

Il aperçut un fil de chiendent, se baissa, le tira et le mit dans sa poche.

— Mais ce champ, ce n'est pas à vous ?

À la vieille Toupine. À peine l'avait-elle su là qu'elle était venue : personne ne voulait planter ses pommes de terre !

— S'il avait fallu tout entendre... C'était plutôt fait de retourner le carré.

Du nez de son sabot, il nettoyait le fer de la bêche.

— Allons, la besogne ne se fera pas toute seule.

Il s'y remit, la menant vite. Marguerite demeura là une minute encore ; et son air de retenue, d'embarras, paraissait plus marqué que d'habitude.

Il bêchait. M. Meissoux lui avait dit que quand il était trop en souci d'un malade, il descendait au jardin et donnait une façon à quelque carreau de légumes. Oui, le travail allège. Tout retrouver ici, sentir les Escures derrière ce bois, l'avait alourdi, entêté comme s'il avait dormi dans le foin.

Il bêchait, il bêchait. Une autre année, j'aurais été content de travailler en grand air, au haut de tous ces prés. Les alouettes sont partout ce soir. Il y a déjà des pensées bleues, blanches, violettes, par bandes dans l'herbe : c'est bien aussi avancé qu'à Murols ou Saint-Nectaire.

Au-dessus de la montagne du nord, des nuages arrêtés luisaient dans un ciel blanc comme du beurre de mars. Le temps tiendrait encore le lendemain pour le laisser repartir.

Il n'avait pas vu revenir Marguerite. Au retour du bourg elle tenait à lui dire qu'elle n'avait pas parlé. Jeuselou cependant savait qu'il était là.

Elle ne s'en allait pas. Elle avait le même air que tantôt. Gaspard ne voulait pas y prêter attention.

— Vous devriez demeurer, dit-elle enfin.

Elle continuait d'hésiter, comme si elle avait encore à dire, travaillée par une sorte d'inquiétude.

— Chacun sait ses affaires. Ne me parle pas de celles des Escures. Je n'ai plus à m'en mêler, moi. Quand te maries-tu ?

Elle devint toute rose, mais rose comme une bruyère sous le premier rayon. Avant de repartir, elle voulait lui faire promettre qu'il reviendrait au moins pour la noce.

Sur la route, pensant encore à ce qui s'était passé ces temps derniers, Marguerite demeurait embarrassée, soucieuse, interdite.

Presque chaque jour elle avait emmené Henri chez elle. Il aimait tourner autour des chèvres, guetter un gros lézard sur une roche, s'arrêter entre les trois pierres brutes qui font l'entrée d'une de ces caves de terre pratiquées sous les terrasses. Il revenait demander une histoire. La mère commençait par dire :

— Vous me prendriez bien pour une corne !

Puis elle cédait et récitait de sa voix de cérémonie le conte du *Corps sans âme,* ou la *Bête de sept Têtes,* ou les *Bras d'Argent,* ou *Jean de l'Ourse.*

Et presque chaque jour, le Gervais passait, s'arrêtait pour une causette. Il aurait voulu raconter des histoires, lui aussi.

— Mais fais bien attention de dire celles qu'il faut devant les enfants !

Malgré sa façon de le malmener en paroles, la mère le voyait volontiers, parce qu'elle en tirait de bonnes recettes, pour un panaris, pour un mal d'oreilles. Il lui avait appris que si les essaims ne profitaient pas, c'était parce qu'un crapaud se trouvait sous les ruches pour enchanter les abeilles, comme la vipère fait avec les petits oiseaux.

— Il les regarde, elles lui tombent dans la gueule. Regarde-moi, Marguerite, je te fascinerai.

Il mimait si bien le crapaud que Marguerite rougissait et qu'elle en avait peur. Dans son habit moitié ville, moitié campagne, avec son chapeau à poil, sa grosse chaîne de montre, son biais d'assurance et de malice, il lui faisait l'effet d'un de ces sorciers qui ont tiré un mauvais livre. À ceux-là, de par leur magie, tout réussit et tout vient, jusqu'au jour du diable. Ils se détruisent alors, eux et leur livre, de façon qu'on en trouve à grand-peine les restes, se jetant dans quelque gouffre ou dans un four en flammes.

— Qu'est-ce que tu vas chercher, pauvre petite ? disait la mère : il n'y a pas d'homme plus fait pour faire rire.

Elle et lui menaient tout un commerce de taquineries, de plaisanteries. Il demandait les nouvelles des moutons-à-queue-courte – c'étaient les chèvres.

— Reviens-y à les endormir ! Tu les as bridées, mais tu ne me brideras pas !

Sans répondre autrement, il faisait de petits yeux comme si le soleil lui donnait dans la figure.

Il y avait eu deux jours de bruine où Marguerite et le petit étaient restés au domaine. Puis une grande après-dîner de vent, de nuages volants, où ils étaient allés aider la mère à planter les pommes de terre. Le bossu était survenu. La mère l'attendait les mains sur les hanches. Dès qu'il avait été à portée, elle lui avait flanqué un coup de pied en travers des jambes.

— Et celui-là ? Tu sais pourquoi je te le donne ?... Dis que ce n'est pas toi ! Je n'ai parlé qu'à toi hier matin.

Elle l'avait rencontré en allant préparer le champ. Ensuite était venu un de ces gros brouillards qui mouillent. À midi, voulant rentrer, elle n'avait vu de tous côtés que de l'eau, des sapins, des fourrés de ronces. Elle était ensorcelée... Et de tourner dans le champ jusqu'au soir, au milieu du nuage. Il avait fallu qu'un homme de Virennes passât, qui l'avait délivrée.

— Reviens-y ! Allons, aide-nous à porter nos paniers, je te ferai goûter mon miel.

Marguerite avait pris les devants avec le petit. Le vent, par bribes, lui apportait des propos de sa mère et de Gervais sur la dame.

— On dit, disait-il, qu'elle s'est rapatriée avec ceux que vous savez...

Marguerite avait pressé le pas et parlé haut à l'enfant.

Avant de partir, elle avait recommandé à sa mère de ne rien raconter au bossu.

— Porte pas peine ; je ne lui raconte que ce que je veux perdre. C'était pour le défâcher du coup de pied. Sais-tu ce qu'il m'a dit ? Que les messieurs étaient rentrés chez eux ; mais qu'ils ne tarderaient guère à prendre leur vengeance. Les affaires des gros ne nous regardent pas, pauvre petite ! Si tu veux, que Jeuselou parle à Gaspard. C'est Gaspard qui devrait être aux Escures, non pas toi. Il me tarde trop que tu sois mariée et dans ta maison !

Cela n'était rien encore, au prix de ce qui avait suivi.

Un jour de dimanche, Marguerite avait trouvé sa mère assez drôle. À force de questions, de l'une à l'autre, elle l'avait amenée à tout dire.

Le matin, elle avait vu le bossu monter, tout plan-plan, les mains derrière le dos. Il avait tiré à soi un tabouret, et, après les nouvelles, les plaintes sur le temps :

— Vous m'avez bien arrangé la jambe. Si j'étais aussi mauvais que vous, je vous donnerais le cours de ventre pour quinze jours. Mais nous allons faire notre paix. Voulait-elle gagner une bonne récompense qu'ils partageraient ensuite ? Il connaissait un secret qui aurait bien le pouvoir de guérir la dame. Il suffirait de lui faire prendre un peu de poudre...

Comme elle n'avait dit ni oui ni non, il lui avait glissé dans la main un petit paquet blanc.

— Seulement, n'en parle pas même à la petite. Il faut le secret. C'est comme pour les brevets, ces papiers roulés qu'on pend au cou des malades : si l'on va lire ce qu'il y a d'écrit dessus, on en meurt !

Marguerite avait demandé à voir ce paquet blanc, l'avait tourné, retourné et finalement jeté sous le chaudron. Ç'avait fait une flamme verte si singulière qu'elles s'étaient signées toutes les deux.

— Tu lui diras que tu l'as perdu et que ce n'est pas la peine de t'en donner un autre.

Gaspard bêchait ; et il repensait à l'air qu'avait Marguerite. Quelque chose ne devait pas bien aller aux Escures. Il savait qu'il n'avait pas l'esprit en repos, mais il savait aussi qu'il ne se mêlerait de rien...

Quand on est loin, les soirs, ou la nuit, tout seul, on la revoit, Anne-Marie, assise sous un sureau. Elle me regardait, le front un peu baissé, et toute d'amitié, de tristesse et d'attente... Alors, une masse de visions, de souvenirs : les chemins bordés de pierres brutes, dans la montagne, les sombres villages, les fermes basses, près du sapin et des piles de bois ; les figures amères de ceux qui peinent, les vieux, les timides, qui sentent le peu de cas qu'on fait d'eux, les hommes sans bonheur. Avec Anne-Marie en tourment, toute la misère du monde m'est revenue dessus.

Peut-être qu'il vaut mieux ne pas être trop heureux : c'est seulement dans la peine qu'on comprend la peine de toute vie.

Mais pourquoi n'a-t-elle pas voulu me laisser tout régler ?

Toujours cette colère qui vous barre la poitrine.

Le champ était retourné. Il vidait la terre de ses sabots. Il vit arriver Valentin.

L'embarras des demandes de santé débrouillé, Gaspard, qui n'avait pas voulu s'enquérir auprès des femmes, se décida à questionner Valentin sur l'entrevue entre Anne-Marie et Elmire Chargnat.

D'abord la demoiselle avait eu des façons, des phrases, un peu inquiétantes. Puis Pauline était arrivée.

— La visite s'est bien terminée, quoique sans amitiés trop engageantes.

Gaspard s'était fait des idées à Murols. Il avait imaginé qu'Elmire se piquerait de beaux sentiments, voudrait gagner toute la confiance, parlerait de Robert, du passé, et blesserait Anne-Marie. Qui savait dans quels sentiments une créature telle qu'Elmire sortirait des Escures ?

Mais Valentin parlait d'autre chose : Pauline et lui venaient d'apprendre ce qu'un mendiant avait dit à la Louise, devant le portail.

De ces bavardages de campagne, Gaspard ne voulait faire aucun cas. Elmire Chargnat les faisait courir pour assurer que Robert n'avait pas renoncé à ses projets de vengeance.

Jeuselou, à ce moment, les rejoignit. Ils redescendirent ensemble par le pré, sautèrent sur la route. Jeuselou s'enquérait du bois en exploitation, des mille et des cents qui tomberaient dans la poche de Gaspard.

— Qu'en auras-tu, d'avoir quitté le pays ? Il ne faut pas être si enragé ! L'argent, on ne l'emporte pas dans sa fosse.

Ils marchaient vite. L'amitié était là, présente comme une personne. Alors, il n'y a pas besoin de parler pour s'entendre.

— L'argent, dit pourtant Gaspard. Que me fait l'idée de me pousser ? J'aurais horreur, tiens, d'entrer dans la comédie, de dire des phrases, de m'habiller en monsieur. Elmire Chargnat, je volerais par-dessus les murs plutôt que de vivre dans le même air qu'elle.

Elmire... Valentin reparla des avis qu'elle

donnait, des bruits qui passaient. On publiait sourdement qu'il arriverait encore des malheurs aux Escures.

Justement ! Il n'y avait pas à s'y arrêter, à ces bruits, parce qu'on sentait qu'ils étaient lancés à dessein.

Mais Jeuselou et Valentin entreprenaient Gaspard. Ils voulaient qu'il revînt et qu'il demeurât au bourg.

— Tu sais qu'Anne-Marie a été vraiment maladc ?

— Et pourquoi voulez-vous que je sois là ?

Il s'était arrêté, face à tout ce pays, en dessous d'eux. Il tenait sa bêche par le milieu du manche, comme une cognée, d'un air aussi violent que s'il devait fendre le crâne à qui voudrait se mettre en travers de sa route.

— Quand on voit quelqu'un aller se casser la tête contre un mur, on se dresse tout droit pour l'arrêter à temps. Mais quand ce quelqu'un bâtit le mur de ses mains et vous empêche de le flanquer par terre, eh bien, alors, vous n'avez qu'à faire demi-tour, les poings dans vos poches.

Il repartit le lendemain au chant du coq.

Quatrième pause

Rencontres avec le bossu. – La vision de Jeuselou. – Le bossu endoctrine Henri. – L'enfant et les fades.

Quand Henri arrivait avec Marguerite, il voyait que la Perrine et elle s'entre-regardaient d'une certaine façon, parlaient bas dans les coins.

— Ce bossu a passé hier. Il cherche des herbes. Il m'a encore chanté qu'il guérirait bien la dame.

— Et alors, pauvre mère ?

— Et alors il faut dire au loup : bonne bête !

Un après-midi le bossu fit un crochet par le pré du pommier. Il voulait emmener le petit plus haut, dénicher des geais-de-bois.

— On leur apprend à parler en les élevant dans le noir. J'irai vous montrer aux Escures.

— Sa maman n'aimerait peut-être pas voir ça, dit Marguerite.

Elle se força à ajouter :

— Elle n'aimerait peut-être pas trop vous voir, non plus.

— Et pourquoi ? Je ne cherche qu'à être agréable au monde.

Mai arriva. Marguerite et la Louise devaient aller à une dévotion nouvelle qui se ferait chez une vieille fille, à Roche-Savine. Les femmes avaient arrangé un autel avec une figure de la

Sainte Vierge, des draps blancs, des bouquets blancs et bleus, de la mousse. On en parlait beaucoup.

Ce premier de mai, comme elles revenaient, à la nuit, elles entendirent venir une bande de garçons, partis à la quête des œufs avec un tambour.

Voici le printemps des merveilles,
Voici le joli mois de mai.

Ils dévalaient par le chemin creux. Au passage, sans lâcher leur chanson :

Il est si joli, l'est si gai.
Il est tout rempli de violettes,

ils attrapèrent Louise par les poignets et l'entraînèrent en tumulte, comme pour lui faire sauter les brandons. Marguerite s'était garée contre un gros vieil arbre. Mais quelqu'un de la bande, qui avait l'œil plus pointu, laissa rouler les autres et vint à elle. Malgré le noir, elle reconnut le bossu.

— Tu ne m'as pas porté tort près de ta dame, je pense ? Mets-toi dans mes amitiés. Je lui enlève sa maladie et je prends l'état de guérisseur. Allons, ne fais pas la bête, pourquoi ne veux-tu pas voir tes avantages ? Il n'y a pas de fille qui me plaise tant que toi !

Il la prit par le haut du bras. Elle se dégagea sans rien dire. Le cœur lui battait jusque dans la gorge.

— Si tu me connaissais ! Tu connais le soleil,

cet astre radieux ? Il est là pour éclairer tout le monde, pour faire plaisir à tout le monde. Eh bien, nous devons être comme le soleil...

Un discours. Elle se demandait comment il pouvait avoir tant de mots dans la tête.

— Margueri... ite !

La Louise l'appelait d'en bas. Elle vint à bout de passer. Mais le bossu la retint par la manche.

— Ta dame, je connais son mal. Ce n'est que par secret qu'on peut la guérir. Regarde bien ce que tu vas faire. Et si tu parles, même au Jeuselou, je te montrerai ce que je peux.

À huit heures du soir, les cornes de bois des bergers beuglaient le long de la montagne.

— Ils cornent le mois de Marie !

Marguerite s'apprêtait. Jeuselou maintenant l'accompagnait toujours dans le chemin.

Une fois, il ne parut pas. Tout était comme à l'ordinaire : l'odeur des bouquets et celle des fagots de pin dans la salle, les hommes en tas, parlant des blés qui montaient, les femmes, les filles, enjambant les bancs, s'installant. Déjà la vieille débitait grand train les *ave* que reprenaient les voix bourdonnantes. Jeuselou ne se montrait point. La lecture, que la vieille menait péniblement, avec un arrêt au bout de chaque ligne, Marguerite l'entendit sans y rien comprendre ; et elle ne suivit pas mieux la prière du soir. Les gamins riaient d'un vieux qui s'endormait, plongeant des épaules comme s'il sonnait les cloches.

Lorsque tous se relevèrent, dans un bruit de sabots, un froissement de jupes, elle se dit qu'elle trouverait Jeuselou à la porte.

Elle s'attarda parmi les gens qui s'en allaient vers les escaliers de pierre, vers les chemins ouverts entre deux murettes. Elle sentit le froid. Une grande fraîcheur d'herbe mouillée venait des prés. La campagne avec ses bois en bosse, ses creux enfoncés, semblait du même sombre, peut-être bleu, que le ciel. Mais elle n'avait que deux ou trois lumières, tandis que là-haut c'était semé de poignées d'étoiles.

Il fallut redescendre avec Louise. Dans le chemin, personne.

Au lieu de rentrer aux Escures, Marguerite avança vers le bourg.

Un crapaud chantait par moments, sans qu'on s'y attendît, comme pour un signal sournois. Marguerite allait, le souffle coupé. À chaque pas, elle pensait voir Jeuselou.

Lorsqu'elle eut dépassé la métairie, elle le vit. Elle le vit de loin dans son habillement blanc. Il paraissait à demi assis dans les brandes.

Elle ne sut jamais comment elle était arrivée près de lui, comment elle l'avait pris dans ses bras. Il parlait d'une voix où il n'était pas, et elle n'osait pas l'abandonner pour aller demander du secours.

— J'étais avec Benoni dans l'auberge. Quelqu'un que je ne connais pas nous a parlé.

Quelqu'un que je connais a trinqué avec nous. À la montée tout bourdonnait de vent. À la descente ils m'ont lancé dans l'air. Je suis parti par-dessus les sapins, de bois en bois, jusqu'à l'endroit des ruines.

Il s'était vu en lieu haut et désert, une esplanade avec des éboulis. Il y avait des fades tout de blanc, il y avait des lutins, tout de rouge. Puis je t'ai vue, c'était bien ta façon. Le mauvais sort m'empêchait de te joindre. Je te cherchais sous le brouillard du temps...

Elle se serrait contre lui, et elle pleurait à petit bruit, le front appuyé contre sa veste. Il fit un effort, se tint debout.

— Je te jure que j'ai voyagé par le milieu de l'air. Et je t'ai vue dans cet endroit de pierres, sous la lune. Tu étais morte et je l'étais peut-être... Je n'avais bu que deux verres à l'auberge. Un certain homme a versé le vin blanc, et le bossu m'a fait boire le vin rouge.

C'est pour moi qu'on a fait cela, se disait Marguerite, pour m'avertir... On devait les guetter de sur la pente, derrière les houx. Mais qu'importait ? Comme en rêve, elle entendit la voix de M. Grange :

— Il a un coup de trop dans la tête : il faudrait l'enterrer un moment dans du fumier de mouton.

Et celle de Mme Anne-Marie :

— Vous ne voyez pas qu'on a drogué son vin avec du chanvre ?

Qu'importait qu'on les fît mourir ? Ils mourraient : on mettrait leurs os blancs dans la terre. On y dort bien, à l'abri du malheur.

Vinrent les brouillards de la Pentecôte, qui ramassent les noix. Puis le temps bleuissait, comme l'ombre dans les bois sous les enfoncements de feuillages. Avec ses arbres fumeux et ses montagnes en grands pans, la campagne semblait un pays de solitudes. Au soir, l'air devenait tout rose. Quand le soleil arrivait sur les découpures au loin si petites des crêtes, entassements de roches et bouqucts de pins, il n'était plus qu'une meule de braise qu'on pouvait regarder comme on fait de la lune.

Par ce temps-là, Anne-Marie reprenait goût au jardin, à des sorties. Un matin, en ramant les pois, Marguerite lui demanda de la laisser retourner chez sa mère. Qu'elle pût travailler un peu pour soi avant sa noce.

— Tu travailleras ici, je t'aiderai.

Agenouillée, Anne-Marie cherchait son regard à travers les ramilles. Mais Marguerite baissait le front, ne laissant guère voir que la masse de soie de ses cheveux.

— Elle est simple comme un œillet à quatre feuilles, dit Jeuselou : allez pourtant savoir ce qu'elle a dans la tête.

— J'ai déjà pensé à t'aider. Reste, tu vois comme je suis seule. Nous ferons ensemble tes draps, tes chemises. Les après-dîners, avec Henri, nous irons chez ta mère.

— C'est loin pour vous...

Rouge, démontée, elle plantait maladroitement une rame.

— Je ferai faute à ma mère pour les foins. J'avais pensé... M. Meissoux avait dit que les bains du Mont d'Or seraient bons pour le petit Henri...

Anne-Marie rougit à son tour jusqu'à la racine des cheveux.

Sitôt après dîner, ils partaient tous les trois pour le mont des cerises. Anne-Marie et Marguerite se mettaient à l'ombre pour coudre. Le petit accompagnait les chèvres, arrachait de la gomme au tronc des cerisiers, contemplait une araignée tissant sa roue entre deux branches.

... Il était là, à deux genoux devant une fourmilière, perdu dans une espèce de vision. Il n'avait rien entendu, et soudain une ombre avança à sa gauche.

— Moi aussi j'admire ces bestioles. J'y vois l'image de ce que devrait être la société des hommes dans la justice et le travail. Tandis qu'on écrase les petits, ceux qui ont des malheurs de conformation ou de naissance...

Le bossu posa à terre un sac de grosse toile et sa canne à pomme de cuivre par-dessus.

— D'intéressant enfant vous deviendrez un bienfaisant jeune homme. Voyez, je ramasse des simples ; je voudrais me consacrer à soulager les infortunés.

De sa basque il tira une tabatière, la cogna de sa paume et offrit une prise à Henri. Pour le parfumer et le tenir frais, il y avait une feuille de menthe dans le tabac. Le bossu relevait le pouce, plaçait la poudre dans cette salière, la reniflait, s'époussetait le nez ; tout cela méticuleusement, comme pour minuter ce qu'il avait à dire.

Un pivert, qui becquetait un tronc, était seul avec eux sous le soleil, de ce côté de la montagne.

— Rien de si beau que de connaître les herbes et leurs vertus. Je pourrais vous les montrer toutes : l'herbe au chantre, l'herbe au charpentier, qui ferme les coupures, l'herbe aux verrues, qui fleurit le jour où arrivent les hirondelles. Tenez, voilà le millepertuis. Regardez au jour une de ses feuilles : un millier de trous, plus fins que la pointe d'une aiguille. Sa vertu est de rendre la vue perçante. Je vous expliquerais tout. Seulement, ce sont de grands secrets. Sans rien dire, si vous m'écoutiez, vous pourriez guérir votre maman mieux que les médecins.

Henri, toujours à genoux, regardait les souliers du bossu sans répondre. Gervais disait que parce que vous êtes petit, les gens vous croient dépourvu, malhabile.

— Votre grand-père Grange ne se douterait jamais. Lorsqu'il verra l'effet de nos secrets, oh alors !... Si je vous parle, c'est que je sais que vous n'aimez répéter les choses à personne.

Il passa les yeux autour de lui, et, enfin, dit que dans trois jours il donnerait au jeune ami de quoi guérir la maman.

Henri continuait de se taire. Mais comme le bossu cueillait du millepertuis, il s'approcha et l'aida à faire sa récolte.

L'année était en avance. Perrine commença ses foins le lendemain de ce jour-là. Jeuselou était venu faucher de grand matin. L'après-midi déjà on prit le râteau.

Henri fut chargé d'empêcher les chèvres d'approcher du nid de caille. Jeuselou avait piqué à côté un rameau de genêt dans l'herbe, afin qu'on évitât d'aller là effaroucher la mère. Il y avait onze œufs bleus à taches brunes.

Quelques quarts d'heure après, Anne-Marie voyant Henri toujours à l'écart, une baguette à la main, lui cria qu'il pouvait bouger, que les chèvres n'avaient pas envie de venir. Il ne parut pas l'entendre. Elle se le rappela plus tard, il regardait sous le bois, vers des roches arrangées en cave qu'on disait habitées par les fades.

À quatre heures on redescendit goûter.

La Perrine remonta la première au pré du pommier. Et tout à coup, d'en haut, elle poussa la voix :

— Ho, pauvre ! Ho, vous autres ! Le foin est tout mis en andains ! Venez voir ! C'est l'ouvrage des fades...

Comme ils arrivaient, un coup de vent s'éleva, si vif qu'il fallut retenir les grands chapeaux de paille. Le foin tourbillonnait, voltigeait aux cris de la vieille. Il couvrait de nouveau toute l'aire lorsque ce vent follet retomba.

Perrine jurait qu'à son arrivée ce foin était en andains, les andains qui ressemblaient aux vagues de la mer !

— Eh bien, voilà, fit Anne-Marie en riant, les fades ont voulu prouver qu'elles sont nos voisines.

Henri tourna les yeux vers elle. Perrine et Marguerite reprenaient les râteaux. Tandis que sa mère lui nouait un mouchoir blanc autour du cou, il dit presque bas :

— Moi, je les ai vues.

Anne-Marie fut si saisie qu'elle s'assit, sur un peu de foin, le fit asseoir sur elle. Longtemps, doucement, elle le questionna, sans en tirer d'abord autre chose : il les avait vues, il avait vu les fades. Peut-être sentait-il qu'il y avait là du prodige et qu'il pourrait arriver quelque mal s'il révélait ces secrets-là.

Non, pas en rêve : il ne rêvait ni ne dormait ; mais il les voyait comme du milieu de son front. Ce n'étaient pas des femmes, des personnes : c'étaient des êtres pourtant.

— Tu sais, quand je te disais que j'avais mal à la tête ? J'y sentais des élancées pour les voir. Je les avais déjà vues dans la cache, sous terre, mais ça n'avait duré que quinze jours.

Anne-Marie le tenait entre ses bras et le berçait :

— Mon petit, mon petit...

Elle ne dit rien à Pauline ni à personne. Elle alla trouver M. Meissoux.

Il sourit, rêva, la questionna, battit des doigts sa tabatière. Finalement il lui conseilla de voir le mari de sa cousine Domaize, un jeune médecin d'Issoire qui pour la saison s'installait comme médecin consultant au Mont-d'Or.

— Faites le voyage avec votre amie Lucie qui doit aller retrouver son mari à Cordès. Promenez l'enfant, montrez-lui les lacs, le lac d'Aydat, le lac de Guéry, le lac Chambon. Nous n'avons que des étangs par là. Tâchez qu'il s'amuse, qu'il se prenne aux choses. Vous reviendrez par Murols, si votre cousin est à Murols, et par Issoire.

Il entrait dans les indications, combinait tout, disposait tout. Anne-Marie l'aurait embrassé.

Ce voyage résolu, elle se sentait aussi légère qu'aux matins où elle attendait devant l'escalier, à Chenerailles, que le père amenât la carriole. La rosée mouillait les fraisiers d'entre les dalles. Il allait faire beau. Tout s'arrangeait pour une grande journée de lumière, de course et de vent.

Cinquième pause

Anne-Marie à Orcival. – Voyage dans les Monts d'Or. – Gaspard au bois du lac.

Le voyage fut monté en trois jours. Grange aurait voulu qu'on en parlât longtemps, qu'on fît des préparatifs. Plampougnis, en venant chercher sa femme, arrangea tout.

De bourg en bourg, de butte en butte, saluant les tours, là-haut, puis les maisons de Limagne à galerie de bois, puis les champs de sable effilés de l'Allier, on allait au-devant de la belle saison. Comme tout était plus hâtif dans la plaine.

Le château de Cordès, le lendemain, parut à Henri le plus beau qui fût à voir, en grosse joaillerie de pierres grises et blanches, ornementé d'une rouille d'or sous des toits en écailles d'argent. Les charmilles étaient faites de murailles de verdures aussi hautes que les tours. Au bout de leur couloir surprenant, se dressait à des lieues la motte bleue d'un mont qui était le puy de Dôme.

Quel pays propre, vert et rond, où les arbres étaient tous en lignes serpentantes. Des feuillages, sortaient un clocher à pans, un logis à tourelles. Voilà donc la fameuse église d'Orcival !

Plampougnis parlait du pèlerinage de l'Ascension. De vieux hommes avaient suivi la procession pieds nus dans les cailloux ; et le monde avait dîné sur l'herbe, bien que tombât par moments une pluie à quoi la neige n'aurait rien pu. Mais dans l'église on étouffait. Si remplie de gens de Rochefort, de Latour et de Tauves, qu'une épingle ne serait pas tombée à terre ! L'air épais y sentait le fromage, la vache, comme à la fin d'une veillée dans une étable.

Ce matin-là ils n'y trouvèrent personne. Elle était haute, arrondie, d'un gris de cendre. Le maréchal battait le fer sur la place où grattaient une demi-douzaine de poules. Autour de la Vierge noire étaient des cadres comme les mendiants s'en pendent sur la poitrine, portant en écriture moulée des récits de miracles. « Le 10 janvier 1808, par une journée froide mais sans neige... » Sur les deux piliers du fond, même, des écritures avaient été tracées avec la pointe d'un clou : « Bénissez ma vie », « Guérissez-le », « Je vous donne mon enfant, soyez sa mère ». Des bourgs, des domaines, combien étaient venus là dire leurs raisons à la Vierge dans leurs angoisses : celle dont le garçon tourne mal, celui qui ne peut plus payer et qu'on va vendre, ceux qui ont peur, ceux qui sont malades, ceux qui voient arriver la honte, tous ceux qui pensent, tête basse, à leurs tourments et à leurs propres jours. Ils n'étaient plus ici et cependant ils y étaient encore.

Anne-Marie, qui n'aimait pas beaucoup les pèlerinages, ne s'était pas attendue à cela. Elle regardait N.-D. d'Orcival qui semble une dame de domaine, assise bien droite, de face grave, un peu sévère et secrète, toute bonne. La bouche lui tremblait. Elle mit la tête dans ses mains. De tout son sens, elle priait pour l'enfant ; et les larmes, lui ruisselant entre les doigts, coulaient jusqu'à son poignet.

Au commencement de l'après-dîner, ils montèrent à cheval et entrèrent dans une vallée profonde, toute frisée de verdure. Au bout se levaient deux bornes géantes, la Roche Sannadoire et la Roche Tuilière, celle qui fournit les lauzes dont on couvre les toits. Des ruisselets sautaient et ressautaient parmi des plantes à gros tuyaux, des coudriers, des lianes.

Enfin, le plat de ses eaux luisant tout bleu, on déboucha sur le lac de Guéry. Cet espace de clarté, la pente d'herbe haussée vers un ciel d'enfance, le goût plus libre et plus léger de l'air, ah ! c'était la montagne !

Plampougnis avait posé à terre l'enfant qu'il tenait devant soi sur sa selle. Il cueillit au bord de la rampe une herbe qui sentait fort, plus menue que des feuilles de carotte.

— C'est du mion. J'en emportais à l'école, je m'en bourrais le nez et il se mettait à saigner. Alors le maître me laissait sortir...

Henri l'entendait à peine. Avec sa mère il contemplait ce mont qui n'était qu'une masse de gazon égueulée, bosselée, ravinée de fissures. Tous deux, ils auraient aimé monter là-haut, en se tenant par la main, à la découverte des grandes fleurs et de la grande vue. Vers ce pays de cantiques recueilli dans un immense silence de bonheur.

Plampougnis dit que ce devait être le Puy-Gros, et ces échardes de pierres, le Sancy. Il allait lui falloir retourner aux parquets qu'il posait dans le château de Cordès. Mme Anne-Marie trouverait le Mont d'Or par là. Murols, avec Gaspard, était un peu plus à main gauche.

Maintenant va s'ouvrir le royaume où l'on arrive en face du matin, dans l'herbe, les clochettes ; et devant tant d'étendues bleuissantes, tout ira à la joie du cœur.

Il entendait ses hommes répondre à quelqu'un dont la voix arrivait mal. Il portait la tête d'un côté, de l'autre, cherchant à voir entre les troncs ; et il vit un enfant tout en blanc, en pantalon flottant sur ses souliers, à la blouse ouverte en pointe ; il vit une jeune femme à la guimpe blanche...

Il aspira le vent comme un cheval qui flaire le loup. Il la voyait. Anne-Marie ! L'air autour d'elle était plus étincelant que celui qui bout à l'entour d'une flamme.

... Il étendait son mouchoir sur un billot et voulait qu'elle s'assît. Elle obéit et tint le petit contre elle. Alors elle commença d'expliquer tout, M. Meissoux, le voyage, et comment le mari d'Hortense Domaize faisait faire à Henri un traitement de douze jours, avec des bains, des boissons et des douches. Henri n'était pas malade, avait dit le médecin, seulement un peu de névrose.

Elle tournait la tête pour tout examiner ; on voyait ses traits purs. Elle se mit sur ce bois, sur le travail de Gaspard.

— Oui, j'ai les mains empierrées, à présent.

Il les tournait, les montrait, jaunies de cal sous les doigts, des mains souples, nettes, bien découpées, qui lui ressemblaient à lui-même. Il riait, son visage brillait. Elle le retrouvait pareil au Gaspard d'autrefois ; elle riait et Henri riait aussi.

Au Chambon, Henri avait aperçu le Grand-Blanc devant une auberge. Une petite fille avait dit :

— C'est le cheval de Gaspard des Montagnes !

Et le valet :

— On peut dire que son maître en a abattu de l'ouvrage, depuis qu'il est dans l'endroit.

L'hôte, alors, d'un ton solennel :

— Ce garçon, c'est un foudre de labeur !

Anne-Marie rapportait cela et forçait Gaspard à leur montrer les chemins qu'il avait tracés, la clairière qu'il avait ouverte. Il fallait enjamber des branches, prendre garde à ne pas se donner d'entorse, entre les quartiers de roc. Mais on allait, les prunelles claires. Le temps était si clair aussi qu'on se sentait porté par les anges.

Il les mena sur le Tartaret, à une place choisie. Avec des pelures de bouleau, qui s'enflamment encore mieux que la paille, il alluma un grand feu où faire cuire des œufs et des pommes de terre sous la cendre. On croit qu'il n'y a plus que cette cendre en poudre ; et puis, dès qu'on l'écarte, on retrouve l'éclat, la force du brasier... De sa loge, il avait rapporté du beurre frais dans un étui de fayard, un jambon, une bouteille, des tasses de bois. Il faisait une table d'une souche, roulait un tronc qui servirait de banc, découpait le jambon, arrangeait délicatement les œufs.

Et de minute à autre un regard rapide sur Anne-Marie, pour s'assurer qu'elle était là, que c'était bien elle.

Peut-être entendait-on le clapotement de l'eau, couleur de pervenche sous les gros saules à branchages jaunâtres. Le Chambon luisait vaguement dans le fond, sous les monts de bure brune où des neiges pendaient par places. On dominait la petite île empanachée de feuillages, et tout le lac peint de monts et de ciel.

— Tu vois, la montagne n'a pas encore rentré sa lessive.

... Gaspard les avait ramenés au chantier, et il donnait ses ordres aux hommes. Deux mots, mais qui disaient tout et qui tombaient bien. On allait abattre un hêtre ; il prit soin de détourner un jeune bouleau, le courba, posa doucement une cognée sur sa tête couchée pour le tenir ployé à terre. C'était beau, ces précautions chez ce terrible, ce souci de sauver un petit arbre. Même dans sa dureté, il se comportait ainsi. À ces moments, penchant sa tête solide et fine, aux joues nettes, comme il semblait jeune, comme il avait l'air doux. Anne-Marie aurait voulu qu'Henri le regardât.

Il y avait au bord de l'eau un rocher fort élevé et cassé droit, qu'on nommait le Saut de la Pucelle. Ce matin Henri avait vu au Chambon une étrange chapelle, ronde comme une meule. Et tantôt, au haut d'un glacis, le château fort de Murols, un assemblage formidable de remparts, de tours, de corps de logis aux fenêtres crevées sur le vide, Mais ses yeux revenaient toujours à cette grande peinture sur le lac, cette double haie de puys en forme de huttes ou de tentes, et faits de brumes d'argent sous la lueur du jour. Là devait être la vallée où on ne le mènerait pas, celle des chutes d'eau, des pelouses, des aiguilles de pierre que hantent les aigles. Ainsi mirée sur l'eau, elle ondoyait à un souffle, se défaisait une minute. Puis elle se rétablissait, mais plus brillante que la vraie, avec un air, si bleue et si suspendue, d'être déjà en Paradis.

Anne-Marie tira Gaspard d'un doigt pour lui faire remarquer l'enfant. Le chapeau, de reps blanc, comme le costume, retroussé sur le front, dégageait la figure. On le voyait, les yeux béants, enfoncé dans le rêve.

— J'espère que le traitement lui fera du bien, murmura-t-elle.

Il comprit qu'elle aurait voulu en dire davantage, et ne le pouvait pas devant le petit qui ne la lâchait guère.

— J'irai vous voir au Mont d'Or, fit-il.

Et sa voix chantait.

Sixième pause

Au Bain de César. – Promenade dans les vallées. – Rencontre avec Elmire.

Il alla au Mont d'Or, le surlendemain matin. Anne-Marie attendait devant le Grand-Bain Henri qu'on baignait. Ils remontèrent jusqu'au Bain de César. Une coulée de basalte couchée de biais ressemblait à la tranche noire d'un rayon de miel. Il y avait là une petite façade datant des Romains que surmontait un fronton en triangle. Un banc de rondins avoisinait l'entrée ; mais ils ne s'assirent pas. Il avait plu dans la nuit ; et le temps s'était rafraîchi. Le vent secouait des herbes sur la corniche ; il balançait assez rudement des rameaux de ronce en fleur, qui retombaient sur cette entrée en la faisant mystérieuse comme une grotte. Des nuages déchirés passaient vite en gris et blanc dans le ciel.

Allant et venant sur la place, il l'écoutait lui tout dire de l'enfant.

Le malheur était qu'on ne pouvait traiter ce petit tout à fait comme les autres, lui parler de son père sans qu'il y sentît de la gêne. Cela suffisait pour l'isoler, lui fausser l'esprit.

Sans trop appuyer, Gaspard expliquait ainsi à Anne-Marie ces allures de songerie, en retraite et en recul.

Un air vif et frais soufflait. Les branches de ronce glissaient, chassées comme un rideau et il tombait encore des gouttes. De l'auberge où Gaspard avait établé son cheval, venait un parfum de café qu'on grille. Des litières, des chaises à porteurs traversaient la place, mais Anne-Marie ne les voyait pas.

Gaspard rougit un peu, se passa la main sur la face, et essaya de montrer que, puisque le père d'Henri reparaîtrait aux Escures, cela pourrait simplifier les choses.

Anne-Marie, surprise, choquée peut-être, regardait à terre. Elle sentait bien qu'il ne parlait plus dans l'âpreté et comme par dérision. Mais elle n'en avait aucune joie. À sa voix elle démêlait pourtant qu'il n'entrait pas dans ce qu'il disait, qu'il le disait sans y croire.

Le temps s'élevait. Au coin de la place un sycomore, épais comme une touffe de luzerne, bruissait fort, de toute sa feuille. Le ciel se nettoyait peu à peu. Le vent sentait le matin, les pâturages des sommets, l'air cru d'après la pluie. Il mettait une faim au creux de l'estomac. Gaspard recommença de parler, mais d'une autre façon plus vive.

Après tout, disait-il, ces difficultés qu'on a

avec l'enfant, elles sont faites d'embarras, elles sont dans le cœur.

— Tu trouveras le moyen. Oui, tu verras : il y a encore bien des jours derrière la montagne.

Il revint deux fois. Il démêla les désirs d'Henri et lui promit de lui faire voir les vallées.

Cet après-midi-là, il les conduisit loin, dans une grande ravine, au bord du torrent. Sur le poli des roches, des sapins abattus s'enchevêtraient parmi les gerbes jaillissantes, les cuves grésillantes, les écumes. Le courant couvrait et découvrait leurs troncs râpés, où quelque branchage effiloché se plaquait comme des étoupes. Par endroits, c'était caché, c'était mouillé, c'était vert, à ce bruit d'eaux fluant, et l'on se serait cru derrière un moulin. Ailleurs, le rocher reparaissait et sur sa paroi encroûtée, la couleur ondoyait en larges rubans, ou bien l'on voyait comme une arche de pierre brûlée, d'un rouge mort.

Le petit allait partout, voulait tout voir, avec un appétit qui faisait plaisir. Il ramassait de petits galets mauves, ou gris de perle, ou du vert des feuilles de saule. Il y avait des cailloux troués comme des éponges ; et il en découvrit un aussi transparent qu'on disait être le sucre candi.

Sur la berge il déracina un grand plant de valériane.

— Maman, tu te rappelles ? Quand la minette

se roulait sur ses genoux et que Marguerite disait :

« Comme elle m'aime, cette minette... » Eh bien, c'était parce qu'il avait frotté le tablier de Marguerite avec ces racines.

Gaspard demanda qui lui avait appris le tour : Jeuselou ? Ah ! le bossu ?

— Il a dû t'en apprendre d'autres. Tu le rencontrais chez la Perrine ou dans le voisinage ?

— Je ne savais pas, dit Anne-Marie à mi-voix. Je ne pensais pas à écarter ce Gervais. Il me semblait que tu le voyais...

— S'il m'est bon à voir, cela ne veut pas dire que je le donne pour bon.

— Voilà, fit-elle, quand tu n'es pas là, tout va mal.

— Allons, ne te fais pas des dragons de tout. À propos, je t'annonce une visite.

Du premier coup, elle devina : Elmire ! On ne pourrait donc plus se détortiller de cette fille ! Que voulait-elle ? Que venait-elle manigancer ?

Elle venait faire une saison d'eaux et avait à raconter un fait de conséquence arrivé dernièrement chez la Perrine. Elle demandait à Gaspard de lui envoyer un mot à Issoire, à l'hôtel de la Poste, où elle serait ce dimanche.

— Dimanche ? Nous partirons samedi.

Ils suivirent la pelouse. Un bruit se faisait entendre plus haut, comme si des biches venaient à travers un hallier : un fort friselis, un froissis de passage et c'étaient des bouleaux, livrés à l'air de toute leur feuille, mêlés de souffles, brassés par le soleil, remuant, ruisselant de mille brasillements de lumière. Leur voix vous rafraîchissait, et près d'eux, Anne-Marie trouva le courage d'adresser une prière à son cousin. Samedi, donc, n'aurait-il pas la gentillesse de les conduire à Issoire lui-même ? Il verrait Elmire à l'hôtel.

— J'aimerais savoir ce qu'elle te veut. Promets-moi de répéter tout.

Il se cabra. Il fallait toujours qu'elle eût à en tirer quelque promesse ! Mais il s'était fait une petite promesse à lui-même avant de quitter Saint-Amand.

— Je suis tenu, dit-il avec roideur. Il y a ce bois. J'ai à gagner ma croûte.

Ils étaient maintenant dans un val de gentianes dorées en cierges sur le gazon, de flèches de roches, de grands sapins épars à déchiquetures de velours. Des sonnailles, dont les tintements roulaient on ne savait où, faisaient une chanson bizarre qui n'était ni des gens ni des choses. Cela s'accordait bien avec ce vent gai de l'après-midi et ces légères solitudes.

— Mais si je te donne de quoi faire fortune ?

Elle s'était arrêtée au milieu des gentianes. Ses yeux riaient comme ceux d'une petite fille. Essaierait-il de se mettre en colère ? Non, elle le sentait changé. L'autre jour, en lui parlant du retour de Robert, il avait su redevenir son seul ami d'assurance. Elle l'avait compris, et la gratitude lui remontait au cœur, si chaude.

D'une bourse en soie verte, elle tira un écu qu'elle lui mit dans la main.

— Tiens, regarde : c'en est un de la vache ; je te le donne !

Un écu de l'an XII, Bonaparte Premier consul, marqué d'une petite vache sur le bord. Ils sont rares et ils portent chance. Dans le Forez, on les achète trente francs et davantage. Gaspard le coula dans son gousset.

Il les ramena en berline du Mont d'Or à Issoire.

... Lorsqu'il revint de l'hôtel de la Poste, il alla trouver Anne-Marie au jardin. Elle était avec Hortense dans le vide-bouteilles qu'ombrageaient des vinaigriers et d'autres arbres d'agrément.

Gaspard avait rencontré Elmire Chargnat, parée comme Proserpine, dans la cour même de l'hôtel. Elle l'avait accueilli avec des remerciements pénétrés, de ce qu'il était venu tout exprès à Issoire...

Ils s'étaient promenés dans la galerie, repartant, s'arrêtant près des piliers de bois. Mais Gaspard rapportait simplement que d'après Elmire la Perrine aurait reçu une visite. Un homme ayant à peu près la façon d'un recors d'huissier avait poussé la porte, tout inspecté à la ronde.

— Alors, tu as quitté la baraque où tu avais caché la dame des Escures ? C'est bien étonnant que les autres ne l'aient pas fait flamber et toi avec !

Elmire voulait que la Perrine se fût mise à trembler de tous ses membres.

— Écoute, avait repris l'homme, qu'est-ce que tu dirais d'avoir ton plein tablier de pièces de quarante sous ? Avec ça, on se fait des amis... Un jour où la dame viendrait, tu lui donnerais une tasse de lait froid...

Il disait de lait froid, faisait remarquer Elmire, parce que le lait froid resserre le goût du poison. La Perrine avait fini par répondre :

— Qu'on est riche d'être honnête et de ne pas aimer l'argent qui vient on ne sait d'où.

De ce conte, Gaspard demandait ce qu'il convenait de retenir.

Anne-Marie, comme lui, plaisantait, se moquait d'Elmire qui lisait trop de romans, mais sans être tout à fait à sa plaisanterie, et la joue un peu pâle.

— Sais-tu ? Je vous reconduis aux Escures. Je questionnerai la Perrine.

Levant le visage, elle fit un mouvement vers lui comme pour l'embrasser. Aussitôt, toute rougissante, elle se mit debout.

Le soleil cuisait les pivoines, en tirait des odeurs de vin et de rose, et d'autres des œillets, des lys. La chaleur bourdonnait, mêlée à la rumeur d'une matinée de dimanche.

Dans l'allée, elle l'entreprit sur Elmire avec beaucoup de gaieté et de feu.

— Se venger de Robert, oui ! mais ce qu'elle voudrait surtout, c'est te sentir occupé d'elle. Anne-Marie arrangea ses cheveux sous son chapeau. Il ne l'avait jamais vue aussi vive, aussi prête aux taquineries, aux malices.

— Tout de même, dit-il, elle te sert et tu devrais lui avoir de la reconnaissance.

— Va, elle n'a que faire de ma reconnaissance ; mais elle s'estimera bien payée si tu lui montres des sentiments un peu doux. Quand elle t'aura vu si beau et venu à Issoire pour elle !...

Midi sonna à une horloge qui avait un drôle de timbre grave, au fond de quelque corridor. En cette entrée du verger, ils se sentaient tous deux dans la belle saison, dans le voyage ! Sur la margelle du puits, un arrosoir luisait près d'un chapeau à longs rubans. L'allée dorée s'en allait, entre des touffes d'énormes pavots, vers on ne savait quelle fête.

— Elle apprendra que tu es venu pour nous et elle séchera de dépit !

Gaspard ne reconnaissait pas sa cousine. Elle voit l'enfant redressé, guéri, la joie l'emporte. Mais comment peut-elle oublier qu'avant trois mois elle verra l'autre reprendre pied aux Escures ?

Il marchait cependant à son côté. Toutes chaudes de soleil, de grosses fraises un peu salies de terre parfumaient le jardin. Le gravier criait. On arrivait à une resserre basse, dont la porte était peinte de vert, derrière les capucines. Des rayons passaient à travers les abricotiers et l'arbre de Sainte-Lucie. Sous une grande chanson d'abeilles, qui se berçait sans fin, l'endroit paraissait fait pour qu'on y oubliât les gens et le monde.

QUATRIÈME VEILLÉE

Première pause

La soupe du colporteur. – Scène d'épouvante. – Desseins de Grange. – Le coup de sifflet.

Ce dut être le mercredi après ce retour.

Grange rentra d'Ambert comme d'habitude. La Louise était seule pour le recevoir. – Depuis le Mont d'Or, Marguerite était chez elle, et l'on avait prêté le Nanne à Valentin, pour les foins. – En l'aidant à dételer, elle lui apprit qu'il y avait un pauvre diable à la cuisine. Comme Grange était dans ses bonnes, il déclara que les diables sont de trois sortes : les bons, les mauvais et les pauvres, et que les pauvres sont tout confessés. Il faudrait tremper la soupe à celui-là.

— C'est un vendeur de complaintes. Il ne tient

plus sur ses jambes. Mme Anne-Marie a dit de lui dresser un lit avec des draps dans le foin.

Les Escures donnent sur le vieux chemin qui monte de Marsac retrouver la grand-route. Pas de semaine sans qu'on vît passer quelque porte-balle, marchand de lunettes ou d'almanachs.

L'homme était sur une chaise, devant le feu. Il se leva, ôta son chapeau, prenant appui de l'autre main sur le dossier. Un pauvre diable, oui, vêtu d'un mauvais pantalon ouvert sur les chevilles, d'une veste de ratine violette montrant la corde. Derrière la chaise, il avait posé son bâton, sa balle et un rouleau, un de ces tableaux dont on touche chaque carré avec une baguette. « Le voilà repoussant sa mère qui veut l'empêcher de partir. – Le voilà qui se fait soldat en arrivant à la ville. – Le voilà qui tue son capitaine... » Grange vit tout cela d'une vue.

— Alors, notre homme ?

— Ça m'a pris dans les bois. Pour descendre, j'avais deux genoux à chaque jambe. La dame a dit qu'on me tremperait une soupe. Mais si je pouvais aller me coucher tout de suite, ce serait bien le meilleur.

— La fille te mènera à la fenière. Veux-tu une goutte de vin ?

Grange en versa un peu dans les deux verres, trinqua avec l'homme, qui avait repris place sur la chaise comme n'en pouvant plus. L'horloge battait le temps. La soupe faisait sa petite chanson. De fois à autre, le chat tressaillait de toute sa peau à une étincelle.

Comme chaque soir qu'il y pensait, Grange se souleva pour prendre une poignée de sel dans le coffre. Louise ne salait jamais assez ; lui il aurait vidé la salière dans un œuf à la coque.

— L'homme en a déjà mis.

Ils sautèrent à cette voix. Grange avisa le petit, gîté sous la table, en compagnie d'un livre à images. Avec le bâton du colporteur, il fit mine de fourgonner pour le faire sortir. Puis il se tourna assez roidement vers l'autre, le camp-volant.

— Tu t'es mêlé de goûter la soupe ?

Il le vit battre les paupières. Au même moment il entra en soupçons. Il lui trouvait maintenant une dégaine fausse, sournoise, avec cette tignasse noire et cette barbe couleur queue de vache. Il s'en souvint, son père disait :

De barbe rousse et noirs cheveux,
Garde-toi bien si tu le peux.

— Fais voir tes poches !

— C'est bien à tort que vous vous faites des idées sur moi. Si vous avez peur que je mette le feu, voilà mon briquet.

Il vidait ses poches : un couteau de six sous, un mouchoir jaune, des bouts de ficelle. Grange lui passa les mains sur le corps.

— Et ça ?

— C'est quand je ne pouvais plus avancer. Je m'étais assis près de l'eau...

Alors, pour passer le temps, il avait fait un sifflet comme en font les enfants, d'une branche de vergne.

La Louise entra à grand bruit, portant deux seilles ruisselantes et, toute saisie, s'arrêta. L'homme se tenait assis, figé, gelé, une main sous son chapeau. Sans tourner la tête il regardait Grange de côté, par instants. Avec ses pommettes pointues, ses yeux brillants comme ceux d'un renard, il semblait une singulière créature tapie sous la menace et n'osant plus risquer un geste. Grange soufflait fort. Le petit se rencoignait près de la fenêtre comme pour entrer dans la muraille.

— Louise, ferme ta porte, cria Grange, à pleine tête. À clef ! Apporte la clef !

Lorsqu'il l'eut en poche, il s'adressa à l'enfant.

— Petit, qu'as-tu vu ?

Henri baissait le visage.

— Je ne sais pas pourquoi il raconte ça, dit l'homme, c'est bien à faux que...

— Il a mis du sel ?

— Il a tiré un papier de sa veste, murmura Henri, il a vidé du sel et il a jeté le papier au feu.

Grange ordonna au petit d'aller attendre dans les chambres sa mère qui comptait du linge au galetas.

— Ne lui dis rien ou tu fais arriver un malheur !

Henri s'en alla en pleurant. De l'escalier il entendit encore l'homme :

— Ce n'est pas parce que vous êtes un monsieur que vous avez le droit de faire des misères au monde. Laissez-moi partir ou je porterai plainte.

Par une vitre qui, de la montée, donnait dans la cuisine, Henri vit Louise sortir du cabinet et passer le fusil double au grand-père.

L'homme s'était levé. Il était aussi blanc qu'une assiette.

— Tu vas la goûter, maintenant. Tu me diras si elle est assez salée, ta soupe !

S'esquivant soudain, l'autre tenta de lancer à la marmite un coup de pied qui l'aurait fait basculer dans les cendres. Mais Grange s'était jeté sur lui, l'avait rattrapé par l'épaule, rejeté sur la chaise.

— Mets-lui l'écuelle entre les mains. Une cuiller.

Il arma les chiens du fusil et resta debout, à trois pas.

— Toi, mange, et rondement ! Ah ! tu porteras plainte aux gendarmes ? Ajoute au procureur, ça ne te coûtera pas un sou de plus. Foutu gredin ! Est-il possible que tu aies voulu faire un coup pareil !

L'homme tremblait tellement en portant la cuiller à sa bouche que la moitié du bouillon tomba sur les dalles.

— Une autre, et plus vite que ça.

Soulevant son fusil, le grand-père allongeait

les canons vers lui comme pour lui envoyer les deux coups dans le ventre. Recroquevillé sur l'écuelle, suant, verdâtre, l'homme mangeait. Henri se sauva, monta jusqu'au galetas rejoindre sa mère.

Anne-Marie descendit un quart d'heure plus tard, pour s'enquérir. Henri était tout blanc d'émotion, de peur.

— Il y a qu'on m'a parlé d'un chien fou qui rôde. Et Louise ne veille pas assez à tout fermer. Elle m'a mis en furie, j'ai envoyé une bûche à travers le feu qui a renversé la marmite.

Ces fougues du père, Anne-Marie les connaissait bien, sans avoir jamais pu s'y faire. À Louise qui reniflait et pleurait, elle dit de préparer une eau bouillie à l'oignon.

Elle tâchait de rassurer Henri, de rendre à la maison son train et son calme, mais elle se sentait le cœur étrangement serré.

— Où donc est le marchand de complaintes ?

— À l'abri. Je ne l'ai pas laissé partir.

Le père avait bien fait, puisque des chiens enragés couraient le pays.

En se levant de table, il lui dit qu'elle pourrait bien entendre du bruit, cette nuit, autour du domaine. Il allait envoyer Louise chercher le métayer.

— Nous veillerons, nous regarderons un peu. Ne t'étonne pas pour des coups de sifflet, ni pour des coups de fusil même. Que je voie la moindre chose, tu comprends !

Il faisait le simulacre de coucher cette chose en joue.

Le métayer vint, plus tard. Ils s'attablèrent, seuls dans la cuisine, devant une bouteille et une croûte. Grange marmottait, la main sur la table. Il alluma la lanterne.

— Viens voir le personnage. Je vais le faire parler. Il y a que maintenant je vais le faire parler.

Il l'avait traîné dans le bas de la tour qui joint l'ancienne chapelle. On remisait là des riens, des balais de genêts, les balances à écrevisses. L'homme, pieds et poings liés, était couché sur la terre, parmi des vomissures. Une tête de cire, qui paraissait mauve par places, à la lueur de la chandelle, des yeux ternes et comme ne voyant pas, montrant à moitié le blanc. Il essayait de remuer les bras et commençait de râler.

Grange et le métayer se consultèrent ; mais Grange tira sa montre : il était près de minuit. Il songeait toujours au sifflet trouvé sur l'homme. Dans son idée il voyait tout : nous mangeons la soupe tous quatre ; l'autre attend que nous ayons tourné l'œil ; il siffle, bon ; Robert, son frère, ou les amis se présentent au portail, et les voilà maîtres de la campagne. Il y a un petit changement : c'est lui qui a mangé la soupe, et maintenant, c'est moi qui siffle.

Il s'échauffait, grommelait, pour s'aider, des paroles de force :

— Je lui laverai la tête avec du plomb. Tant de fois j'ai juré de le tuer comme un chien à la première vue !

Il abattrait Robert, l'achèverait d'un coup de crosse à la volée, derrière la nuque. Puis lui bourrer les poches de pierres et l'envaser dans l'étang. Après quoi on respirerait mieux.

Siffler, tirer, le reste, ce n'était plus un plan imaginé : c'était une chose montée comme une mécanique et qui le prenait dans ses rouages. Il fit grimper le métayer à une échelle pour qu'il tirât de dessus le mur, caché par le tilleul. Alors il entrebâilla le portail, siffla et attendit, le doigt sur la détente.

Rien ne vint.

Des minutes passèrent. Il eut l'idée de siffler trois fois. Rien.

Un plafond de nuages faisait la nuit plutôt noire. La lanterne qu'il avait couverte d'un manteau s'était étouffée. Il la ralluma, la disposa mieux.

— Et fais comme moi : mets un bout de papier blanc à la mire de ton fusil.

Des bois, par vagues, venaient des rumeurs ; mais rien que des roulements de vent ou d'eau courante.

À la fin, peut-être y eut-il autre chose. Un cheval galopait sur la chaussée, à la montée, du côté du bourg. Grange ne se trompait pas. Le galop se faisait plus sourd, à présent ; le cavalier avait pris à travers prés pour arriver plus vite. Tout allait se passer ainsi qu'il l'avait prévu, Grange en était sûr-certain. Il se sentait là sans pensées, sans impatience même, changé en un automate qui n'aurait plus qu'à lâcher son coup de fusil au moment juste.

Le galop s'arrêta à l'entrée de l'allée. Ils avaient repris leur poste. On y voyait assez pour distinguer un homme à une douzaine de pas. Grange siffla. On lui répondit par un sifflement assez proche. Il vit quelqu'un se séparer d'un sorbier et bondir au sorbier faisant suite. Il tira comme au vol. Le particulier tournoya, s'affala à terre, tandis qu'un peu trop tard, le métayer doublait le coup.

— Recharge, cria Grange l'entendant sauter de l'échelle, recharge avant de sortir !

Lui-même, il s'avançait à travers la fumée, pour achever l'homme qui bougeait confusément dans l'herbe.

— Ah ! Grange, ah ! dieux ! vous m'avez bien arrangé ! Où est-elle ? où est Anne-Marie ?

C'était Gaspard.

Deuxième pause

Après le coup de fusil. – Explications de Benoni. – La nuit blanche.

Grange et le métayer, le sens perdu, tournaient autour de lui sans savoir par où le prendre. Il leur avait fait signe de le laisser en repos. Il se tordait lentement, les dents serrées, approchait de la lanterne une face toute blanche, pour considérer, mouillée, rouge, cette main qu'il venait de porter à son flanc ; et il haussait l'épaule.

— J'ai votre plomb dans le ventre...

Grange, précipitant ses mots comme un furieux, expliquait, expliquait :

— Si tu n'avais pas sifflé, toi...

Le métayer ne savait que répéter :

— Bougre de sort ! bougre de sort !

— Qu'est-ce que c'est ?

Grange se relevait, mettait la main sur son fusil. Il avait si peu la tête à lui qu'il faillit faire un nouveau malheur. C'étaient Benoni et Valentin, hors d'eux, le cœur sautant, qui arrivaient, qui ne comprenaient pas... Il y eut un moment d'extrême confusion, qui parut mettre Gaspard à bout. Penchés sur lui tous trois, ils l'examinaient. Le côté gauche paraissait tout en sang.

Gaspard envoya à Valentin un regard qui

voulait dire : tu ne te trompes pas, mon compte est bon.

— Mettez-moi sur n'importe quoi, et emportez-moi chez nous tout de suite. Elle, ne la laissez pas descendre.

Valentin emmena Grange et le métayer chercher un matelas.

— Nous allons le coucher ici, dans le cabinet. Les blessés au ventre, il faut les soigner sur place.

On ne put faire si doux, si bas, qu'Anne-Marie ne l'entendît.

Ces moments où l'on ne sait plus si l'on vit, où l'on voudrait crier, perdu de saisissement, d'étrangeté, d'horreur. Chaviré de vertige comme sur le bord d'un précipice.

— Ne t'étonne pas. Je te jure que je me sens mieux. Ce ne sera pas ce que tu penses.

Les tempes gelées, fourmillantes, elle essayait vainement d'avoir un mot, mais disait oui à Gaspard, de la tête, comme une personne bien calme. Elle le quitta pour préparer du linge, de l'eau chaude, du vulnéraire. Allées et venues, une lumière tremblante en main, dans la maison noire, au milieu du silence noir de la campagne. On va en hâte d'une armoire au cellier – mon Dieu, pourquoi quelqu'un court-il dehors ? – et il faut revenir souffler le feu qui ne veut pas prendre.

Elle suivait le matelas, souffrant de tout son être, quand les hommes qui transportaient

Gaspard tournaient avec des efforts, pour passer sans le heurter par les portes.

— Sois sage, sois bien sage.

Et elle aidait à le coucher.

Le métayer ramenait le Grand-Blanc que Gaspard avait attaché près de la métairie. Valentin le prit pour être plus vite chez M. Meissoux. Anne-Marie était restée avec son cousin. Elle posait un premier appareil.

— Même si je devais te prier et te supplier, ne me donne pas à boire.

Il s'agitait. Il voulait qu'elle appelât son père, pour qu'on s'entendît tout de suite sur ce qu'on dirait à la justice.

Il assurait qu'il se sentait de mieux en mieux. Mais Anne-Marie se demandait si la fièvre ne venait pas.

Pour le faire taire, elle questionnait Benoni. Il était venu s'asseoir près d'eux, les mains nouées entre les genoux, et de moment en moment, il poussait un fort soupir.

Elle ne comprenait rien à leur arrivée ? C'était la demoiselle Chargnat. Elle avait tapé à la porte jusqu'à ce que lui, Benoni, eût paru à la fenêtre.

— Appelez votre frère, et descendez vite !

Sitôt la porte ouverte, elle avait dit qu'il y avait un événement sinistre aux Escures.

— C'est pour cette nuit, je l'ai appris en voyage, je rentre à l'heure même. Dépêchez-vous ! Un colporteur a dû empoisonner votre cousine !

— Gaspard a sauté sur le Grand-Blanc et m'a envoyé réveiller Valentin.

La demoiselle Chargnat leur avait encore dit :

— C'est Robert. Faites la justice vous-mêmes. Payez-vous d'abord sur le colporteur. Mais pour Robert ne traînez pas non plus. Je vous aiderai à tout couvrir. J'ai le bras long.

À une question de Gaspard, Grange répondit que le métayer était allé voir et que l'homme était mort.

On continuait de vivre comme dans le moment d'un réveil en sursaut, où l'on s'habille, où l'on se démène, où, sans être à soi, on voit dans un jour blafard la vie changer de figure... Ils étaient assis là, et il leur semblait encore être emportés dans la fumée, dans la bourrasque.

Gaspard regardait Anne-Marie ainsi que dans le bois du Tartaret, d'un coup d'œil qui prenait tout et qui se retirait vite. Lorsqu'elle était à genoux près du matelas, j'ai cru que je ne m'empêcherais jamais de toucher ses cheveux, de prendre sa tête dans mes mains... La seule ressource, ç'a été de m'occuper tout de suite à tout régler pour les juges.

Je suis fou. J'y suis bien allé comme un fou, tantôt. Au coup de sifflet j'aurais dû me garer, voir venir. Mais l'idée d'un malheur déjà fait me lançait de l'avant.

Une joie, qu'il ne s'expliquait pas, lui venait. Savoir Anne-Marie sauve ? Être chez elle, soigné par elle ? Non, autre chose. Il se sentait plein d'idées, de ressources.

Il dit à Grange d'enlever le sang sur le chemin en quelques coups de pelle ; et de porter le marchand de complaintes au lit dressé dans le foin ; on ferait dire à la Perrine de venir le voir.

Il voulut parler lui-même au métayer :

— Malheureux ! Tu m'as tiré dessus sans raison. Serais-tu sûr de ne pas aller aux galères ? Je tairai tout, en faveur du cousin, mais tiens ta langue !

Anne-Marie s'inquiétait de lui voir tant de mouvement dans l'esprit. Elle lui prit le poignet, et n'arrivant pas à saisir le pouls, elle lui caressait la main doucement.

Une lanterne passait devant la fenêtre. Le père appelait Benoni à mi-voix. Puis de nouveau ce silence. Le remuement d'une vache qui se dresse, donne du flanc contre la cloison, la galopade d'une troupe de rats entre deux planchers ; et le silence revient, celui de la nuit noire.

Il y a une heure je dormais dans ma chambre. Ils pouvaient me le tuer, me l'apporter là, roide comme un cadavre. J'ai vu ce que je devenais, alors. Maintenant je le tiens, je l'empêcherai bien de mourir. Ce doit être pour cela que j'ai si fort le sentiment d'une délivrance.

M. Meissoux ne voulut pas la rassurer.

— Votre cousin est si pâle que je crains un

écoulement de sang à l'intérieur. Peut-être la rate rompue...

La charge avait dû s'aplatir contre ses pistolets et lui porter un furieux coup sur le côté gauche.

Anne-Marie regagna le cabinet, secouée encore par le quart d'heure que Gaspard venait de passer, tandis qu'on lui tirait du flanc trois bouts de plomb. Il respirait large et ne bougeait point. Mais il ne pouvait pas dormir. Il écoutait, venant de la cuisine, le cliquetis des outils que M. Meissoux rangeait dans sa trousse, et les explications de Grange :

— Je suis un père Soupe : il me faut ma soupe trois fois par jour, et elle n'est jamais assez salée pour moi...

Avait-il peur d'être pris pour un paysan parce qu'il aimait la soupe ! Derrière cette porte, c'étaient les affaires d'hommes, les prétentions et les calculs. Ici, Anne-Marie, claire comme le jour quand on le retrouve au bout des pâturages du matin, dans la montagne.

M. Meissoux rentra, suivi de Grange, approcha le quinquet de la figure de Gaspard.

— Il reprend ses couleurs : bon signe.

Pendant ce temps, Grange, rajustant ses lunettes, examinait et Gaspard et Anne-Marie.

Mais je n'ai rien, se dit Gaspard un moment après ; et je suis là, à jouer au blessé, pour une bourrade. Dire que quand je me suis vu sur ce matelas, j'ai failli parler à Anne-Marie comme un homme qui n'a plus qu'une heure à vivre...

C'est l'écu qui m'a sauvé ! Il s'est imprimé dans ma peau. Me voilà moi-même à la vache : j'ai du bonheur pour tout mon âge.

— Je n'ai pas soif, je suis tout bête, répondit-il à Anne-Marie.

Il aurait voulu réfléchir, et il ne le voulait pas. Sa tête ne pouvait lui servir encore. Plus tard il reviendrait au colporteur, il tâcherait de voir où l'affaire les mènerait. Il mettait cela de côté, comme un espoir ; et c'était cet espoir-là qui l'enlevait, sans doute.

Les coqs s'appelaient, de ferme en ferme. Dans les arbres du ruisseau, se levait le vent du petit jour, celui qui ressemble au flux d'une fontaine. La fenêtre paraissait déjà blanchir. Il s'endormit.

Troisième pause

Le mort dans la fenière. – Les gendarmes. – Anne-Marie demande assistance.

De peur que le soleil n'éveillât son cousin à travers les branches, Anne-Marie avait épinglé un rideau de serge verte à la fenêtre. Elle s'était assise derrière ce rideau. Il lui semblait qu'on menait plus de bruit que d'habitude autour de la maison, que l'eau sonnait davantage dans la cruche qui s'emplissait, que Louise faisait grincer plus fort la grille du jardin.

Pourvu qu'on n'empêchât pas Gaspard de reposer. Elle se sentait en fièvre et toute légère, comme dans les commencements.

Mais elle aurait voulu mieux comprendre et ses peines et ce grand soulèvement de tout son être.

Sur les neuf heures, elle était allée à la fenière prier devant le corps du misérable. Le drap rejeté sur le foin le laissait voir tout habillé et les pieds nus, d'énormes pieds gris, cornés comme ceux d'une bête.

Cet homme, avec sa vie dont on ne savait rien, était entré dans la leur. Il était venu pour les empoisonner. Elle regardait anxieusement sa figure maigre tout en pointe, aux cheveux noirs hérissés, à la bouche ouverte. Cette bouche, elle avait essayé de la fermer, en calant le menton par un livre de messe. Mais elle n'avait pas osé mettre un chapelet autour des mains.

Quelle mort ! Seul, dans le coin d'un débarras. Sans doute la peur et le poison l'avaient mené plus vite qu'on ne l'aurait pensé.

— J'avais trop serré la corde ; le sang s'est arrêté dans les veines et le venin a pu toucher au cœur, avait simplement dit le père.

Tous les hommes sont faciles au crime et retombent de nature dans le mal. Dieu a pourtant voulu faire amitié avec eux. Il a même donné à chaque chrétien le pouvoir de faire entrer par le baptême toute créature dans cette amitié. Et cet homme-là, qui aurait peut-être retrouvé la lumière au dernier moment, on l'avait laissé mourir dans le désespoir. Pourquoi fallait-il que le père eût agi de la sorte, à l'heure où ils avaient tous été sauvés du poison ? À genoux sur les grosses planches poussiéreuses, en face du mort, elle se disait que tant de dureté attirerait sur eux le malheur.

Ses yeux ne quittaient pas ce corps tordu, sous les toiles d'araignées qui pendaient en loques noires de la charpente. Songe à cette fin, à ce destin.

Perrine et Marguerite étaient entrées, laissant leurs sabots à la porte. Elles s'étaient avancées comme à l'église, s'étaient mises à genoux. Tout en marmottant, la Perrine envisageait le mort et, sans attendre, elle avait fait signe à Anne-Marie que non, que ce n'était pas là l'homme qui avait paru chez elle...

Mais Gaspard ouvrait les yeux. Il s'effara, une seconde ; et la douleur de son flanc le mit au fait. Dans ce demi-jour vert, il distinguait sa cousine, la pâleur des mains, du visage.

— J'attendais pour te panser, il est onze heures.

Ensuite, elle s'assura qu'il était reposé, rafraîchi.

— Attends, fit-elle : j'ai tellement besoin de ne rien te cacher et de te dire mes peines, d'abord.

Ces peines venaient de l'enfant. Il n'était pas changé, comme elle l'avait cru au retour du Mont d'Or. Tantôt n'avait-il pas profité du désarroi pour se glisser dans la fenière ?

— Je pensais tout juste à lui, devant ce colporteur, à la fin qu'il aurait pu avoir si tu ne l'avais retrouvé. Et qui sait si nous ne l'avons pas repris trop tard ? Qui sait ce qu'il a en lui et où il ira ?

— Non, dit Gaspard. On s'y mettra, et tu en feras une belle plante d'homme.

Elle ouvrait tout grands les yeux pour retenir des pleurs qui y roulaient, qui y brillaient.

En guise de remerciement, elle toucha du bout des doigts la main posée sur la couverture.

— Allons, raconte-moi ce qu'il a fait.

Mais la Louise accourait. Elle ouvrit brusquement, passa la tête :

— Les gendarmes !

Il leur était revenu quelque chose, non de la mort du colporteur, mais des coups de fusil tirés dans la nuit.

Dans la cour, près du frêne pleureur, Pauline leur expliquait déjà que le père les avait tirés sur une bête qui grattait au portail. Un des chiens était parti le mois d'avant. On avait eu peur que ce fût lui qui revînt avec la rage.

— Vous savez que les ennuis arrivent par bataillons : mon père et ma sœur ont eu une autre émotion, hier au soir. Je croyais que vous veniez pour le mort ?

Elle leur déballa sa petite histoire et les conduisit au grenier à foin. Anne-Marie les y rejoignit comme ils dépouillaient et examinaient le cadavre. Le père avait pris le passeport de l'homme et était allé à la mairie et à la cure.

Le brigadier, se mettant sur le pied d'une autorité au courant de tout ce qui se passe, déclara que c'était certainement là le colporteur qui avait traversé Roche-Savine avec toutes les apparences d'un individu fort malade. Mlle Chargnat lui en avait parlé, comme en peine de ce pauvre diable.

— On est vite nettoyé, dit le gendarme. Ç'a été son moment.

— J'en ai vu un mourir en une nuit, dans notre chambre de sûreté. La tête est étouffée par les vapeurs qui montent de l'estomac, à cause des saletés qu'ils mangent, des champignons qu'ils ramassent, qu'ils font griller sur une pierre. Seulement, voilà de l'embarras pour vous.

Ils remontèrent à cheval et partirent, sur un verre de vin.

Mais après cela, s'ils apprenaient qu'il y avait un blessé aux Escures ? Tout le temps de leur visite, Anne-Marie avait été sur des épines. M. Meissoux ne démentirait pas Gaspard qui avait décidé que le Grand-Blanc l'avait envoyé sur une souche. Ce qu'en penseraient les gendarmes était encore à savoir.

Gaspard l'appelait.

— On attendra minuit ; mais cette nuit, et pas plus tard, on me reportera chez moi.

Anne-Marie savait bien que M. Meissoux avait trop peur d'une rupture de la rate pour le permettre. Il reviendrait dans la soirée et verrait alors, disait-elle.

Gaspard ne cédait pas, l'intraitable. C'était tout vu. M. Meissoux en penserait ce qu'il voudrait. Cette nuit même, on l'emporterait sur son matelas. Sinon, il se levait et s'ouvrait le passage.

— J'oubliais, dit vivement Anne-Marie pour rompre sa colère, tu as eu une visite : celle de ton agitée. Est-ce qu'elle ne voulait pas te voir ? À toute force, à toute force ! ! !

— C'est elle qui nous a avertis.

— Oui, avertis juste à temps pour t'envoyer recevoir un coup de fusil. Enfin, non, je l'ai remerciée, sois tranquille. Je dois dire qu'elle m'a paru assez remuée. En apprenant qu'il aurait dû y avoir quatre morts ici, elle est devenue toute blanche.

— Il ne se peut pas, a-t-elle fait, qu'on ait voulu cela !

— On, tu comprends, c'est Robert.

Les joues d'Anne-Marie se couvrirent d'une petite rougeur. Elle voyait soudain d'où venait la joie qui depuis cette nuit ne la quittait plus : si Robert était dans le crime, il n'avait plus de droits sur elle.

Il y avait un fait assez parlant. Ainsi qu'elle le racontait lorsque Louise l'avait interrompue, ce matin, tout à coup, elle s'était avisée de la présence d'Henri dans la fenière : d'un peu loin, il s'appliquait à examiner le mort et il avait dit :

— C'est Poil-de-Vache !

Gaspard l'arrêtait : entendu, un homme de la bande ; mais ceux-là avaient pu vouloir faire ce coup en dehors des messieurs. Les Escures, pour eux, c'était depuis si longtemps la maison pourrie d'argent, qu'on rêve de piller un jour.

Il se tut. Il écoutait les poules caqueter et gratter, Valentin et Henri se promener au jardin, tous les bruits calmes d'une matinée de campagne. Le soleil donnait dans le prunier, derrière les carreaux ; il y avait des feuilles vertes comme un vitrail... Ses yeux revinrent à ceux d'Anne-Marie.

Eh bien, non, Gaspard voulait se défendre contre cette joie qui montait en lui aussi à l'idée de Robert assassin. Il entendait d'abord garder la visière nette. Il faudrait savoir.

Alors elle reparla d'Henri. Une heure après, il lui avait échappé et il était retourné près du cadavre. Comme s'il y avait là pour lui une attirance et une horreur. Il se sauvait, mais il y revenait toujours.

— J'ai repensé aux goûts de Robert, au sang qui ne se perd pas. Songe !... Et puis : il avait dû reconnaître cet homme et il n'avait mis personne en garde.

L'homme était sûrement méconnaissable, sinon il ne se serait pas risqué aux Escures. Il avait fallu que la mort lui refît les traits. Allons, le petit grandirait au soleil et il irait à bien.

Comme elle aurait voulu le croire. Gaspard savait, lui, vous redonner une vaillance. Il y avait Pauline, et Lucie, la Perrine et sa Marguerite ; cette Elmire, même, peut-être ; mais on dit bien : l'ombre d'un homme vaut cent femmes. Elle s'était mise près de la fenêtre et, vaguement, regardait les bourdons qui s'enfonçaient aux trous du vieux portail, un char de foin branlant, le soleil sur les prés.

— Ha, fit-elle, cet enfant, Robert... Tant de choses pour me tourner la tête. Je ne sais plus ce qu'il faut que je fasse, je ne le sais plus. Si tu m'abandonnais encore, je n'aurais aucun courage.

Quatrième pause

Sollicitations et discours. – Gaspard taquine Mlle Elmire. – Le jeu s'embrouille.

Après son départ pour Murols, comme on lui avait entendu dire qu'il ne reviendrait pas de sitôt, on avait fait de sa chambre un petit grenier. Entre trois planches et la muraille, Benoni avait vidé quelques sacs de seigle. L'odeur du grain l'entêtait, ce soir. Il finit par se lever, par monter comme il put le petit degré qui menait dans la grande salle.

Il faisait lourd. Un après-midi couvert ; et des lointains, bleus comme un fer chauffé, vint un premier grondement d'orage. De tournant en tournant, d'une croix à un oratoire, la route balayée de poussière s'en allait vers les hauteurs d'où l'on voit la Limagne. Quand pourrait-il la reprendre ?

En bas il y eut un bruit de paroles. Cela reprit dans l'escalier.

« Je suis venue trois fois ! » criait une voix que Gaspard reconnut. Il releva la tête.

Elmire fit son entrée, une entrée de théâtre qui mimait la supplication, l'admiration, la réserve. Allongeant deux maigres bras assez mal faits, avant qu'il eût pu en revenir, elle se précipita à deux genoux.

— La déplorable Elmire se met sous votre protection ! Elle sait que son intervention lui fait désormais courir un sinistre danger ! Délivrez-la de la menace...

Mais il la relevait ; pour la lâcher aussitôt, comme si quelque élancement réveillait sa blessure.

— Ne puis-je vous soulager, moi qui voudrais tant vous entourer de mes soins, de mes veilles !

N'était-ce pas pour elle, victime aussi du scélérat, qu'avait coulé ce sang généreux ? Douterait-il désormais que cet homme poursuivît ses atroces desseins ? N'allait-il pas enfin venger des infortunés, sans attendre que le monstre commît quelque forfait nouveau ?

— Mais je vous en prie, mademoiselle, asseyez-vous.

Il lui poussait une chaise. Elle dut obéir.

Sans reprendre sa tirade, elle déclara que si la mort du colporteur avait valu des difficultés à la famille Grange, elle serait intervenue. Et ses relations, et son argent, et ses pouvoirs ! Elle parlait comme s'il lui fallait se prêter de l'assurance.

Gaspard lui demanda comment elle avait découvert la scélératesse. Elle s'embarqua dans une histoire. Là, ce peut être vrai ; là, elle s'écarte ; là, ce n'est plus vrai du tout... Mais elle ne peut pas tout me confier : ce serait dévoiler les accointances et les commerces de ses honnêtes gens de frères.

L'air était chaud, et cette grande salle sentait le renfermé, avec ses tables et ses bancs repoussés près des fenêtres, son alcôve aux courtines verdâtres. Dehors, de grosses gouttes tambourinaient le chemin. Un mendiant s'arrêta pour chanter devant la porte.

— Votre cousine, en épouse trop vertueuse, ne le voudra pas, mais c'est Robert le vrai coupable. L'homme au poison est un de ses affidés. Il était au Pont du Merle.

— Et au Pavillon des Amourettes.

— C'est Robert ! Et ce que votre cousine ne vous avouera jamais, c'est qu'elle a des communications avec lui. Pour le ramener au bien, elle tente tout, en se cachant de vous. Même des menaces de dénonciation ! Ce sont ces menaces qui ont précipité l'entreprise criminelle.

Pour la couper, il se dit surpris qu'elle n'eût

pas, en apprenant leur projet, envoyé immédiatement un mot d'écrit par un homme à cheval.

— Ho, confie-t-on au papier de pareilles horreurs ?

Elle entamait une autre histoire. Mais il la ramenait, la prenait par son récit même pour lui montrer avec une mine candide qu'elle se contredisait. Si bien qu'elle balbutiait, s'empêtrait, changeait de position sur sa chaise par un mouvement convulsif.

— Je m'attendais à plus de gratitude. Votre cousine est si prévenue contre moi qu'elle vous a communiqué une part de ses dispositions.

— Ma cousine, encore !

Assis à trois pas d'Elmire, il s'appuyait des deux paumes au banc et des reins à la table.

— D'Issoire, vous m'envoyiez un mot : à cinq heures j'étais aux Escures, jc trouvais le poison dans la poche, je faisais parler l'homme. Nous tenions Robert, alors.

Il la regardait entre les deux yeux.

Elle perdit contenance. Vraiment, la famille Grange avait-elle couru un si grand péril ? C'est très difficile d'empoisonner quelqu'un. Gervais, qui se mêlait de faire des remèdes, le lui avait dit : trop peu de poison, cela n'a pas d'effet ; trop de poison, le corps le rejette. D'ailleurs, on ne pouvait en vouloir qu'à Anne-Marie Grange. Comment supposer qu'on se proposerait de faire mourir quatre personnes ?

Il crut qu'il allait l'empoigner par le cou et lui

écraser la tête contre la muraille. Voilà ! voilà ! Au fond, voilà ce qu'elle attendait : qu'arrivant là-bas je trouve Anne-Marie morte et que je parte pour étrangler Robert. L'abominable fille.

— Tout de même, mademoiselle, Grange qui n'y entend rien a réussi du premier coup à expédier son homme. Enfin, ce mort a passé comme une lettre à la poste. Quand je pense à ce que nous vous devons... Pardonnez-moi des reproches de militaire. Une demoiselle ne peut pas toujours tout mettre en ordre dans sa jolie tête !

Riant, plaisantant, complimentant, il brodait là-dessus.

Elle le regardait par moments, d'un vif regard, comme se demandant ce qu'elle devait penser de ces façons soudain aimables.

Lorsqu'il l'accompagna jusqu'à l'escalier, il se sentait la cervelle pleine de bourres. Était-ce sa blessure, ce temps, la venue de cette fille ?

Un dégoût lui venait de la ruse, des combinaisons, des astuces. Les gouttes d'orage ne tombaient plus que de loin en loin. Par-delà la route déserte, sur la grande campagne des bois, des pacages, ses yeux allaient aux hirondelles. Elles descendaient au ras des chemins, filant, fendant d'un trait cet air qui sentait la poussière et les herbes roussies, mais se relevaient, remontaient, chaviraient dans l'espace, si libres et si vives devant les ondes couleur de plomb de la nue. Le tonnerre roulait encore du côté de la Limagne.

Un ennui comme du dimanche, à l'heure des vêpres...

— Quand pourrai-je sortir !

Me trouver le matin, comme d'autres fois, en haut d'une côte et contre le vent. J'avais l'esprit plus net que l'air de la montagne, un esprit qui allait partout, qui voyait tout d'une vue, et chaque idée avec ses conséquences. J'avais...

Voilà : il suffit de deux onces de chevrotines dans le flanc... Comme on est mené... Il faudrait tantôt céder au corps, le laisser se refaire, tantôt le reprendre en main, et l'esprit serait encore vainqueur... Arriverai-je assez à temps à voir clair dans le jeu de cette fille ?

Il retourna péniblement à la chambre, délaça ses souliers, les ôta, s'étendit sur son lit.

Cinquième pause

Convalescence de Gaspard. – Les propos du monde. – Le brevet de prévôt.

Il allait mieux de jour en jour, mais les après-midi du dimanche vous assomment un peu. Il devait sommeiller lorsqu'on heurta à la porte.

Le petit entra, et sa mère. Ils lui apportaient du bouillon des Escures et comme on fait aux malades qui guérissent, une bouteille de bon vin. Un petit bouquet aussi, Henri l'avait voulu : trois roses entourées de marjolaines. On le mit dans un verre d'eau, sur l'appui de la fenêtre.

— Mais surtout, enlève-le avant de t'endormir !

Anne-Marie ne parlait pas beaucoup.

— Marguerite m'a demandé dix fois de tes nouvelles. Le bossu était en bas qui en demandait à ta belle-sœur.

— Celui-là..., fit Gaspard.

D'un haussement d'épaules, il marqua son impatience d'être tenu à la maison. S'il avait pu courir un peu il aurait eu des idées plus nettes sur certaines gens.

On croyait savoir à peu près, par le Breléqué, ce qui se trafiquait autour des messieurs. Le Dragon écrivait qu'ils se tenaient en repos. Mais Robert était dangereux à un point étrange.

Et les jours passaient. Et tout serait plus difficile.

À la seule façon dont elle demeurait assise, Gaspard devinait Anne-Marie. Elle était toujours au lendemain de la mort du colporteur, ne pensant qu'à cela, vivant au milieu de cela comme dans un nuage.

— Dans les temps, dit Gaspard, j'avais des frères et amis.

— Eh bien, tu les as encore.

— Ils sont mariés.

Il le dit comme il aurait dit : ils sont finis. En d'autres jours sa cousine aurait ri, lui aurait fait la guerre. Elle sourit à peine.

— Il y a Jeuselou.

— Jeuselou ? Le jour d'après notre retour, je suis allé lui parler des racontars d'Elmire : si tu avais entendu la Marguerite me demander comme en grâce de le laisser en dehors de toutes nos besognes...

Elle avait couru après Gaspard dans le chemin, elle l'avait rattrapé toute hors d'haleine, ses pauvres yeux suppliaient. Elle et sa mère, il les avait senties prêtes à se terrer maintenant, elles qui s'étaient tant montrées pour Anne-Marie, terrifiées, liées par la peur, une de ces peurs de campagne qui ferment toutes les bouches.

Une carriole roulait sur la route. Un enfant pleurait. Au-dessus d'une grande bande de chaume où s'alignaient des javelles, la montagne s'en allait par longues bosses garnies de genêts, de touffes d'églantiers, de bouquets de pins. Il y avait sur ces étendues une espèce de chaleur blanche, de solitude.

Le petit avait pris les devants dans la salle. Anne-Marie s'arrêta au pied du degré de cinq marches par quoi l'on sortait de la chambre.

— Dans trois semaines, dit-elle, Gilbert doit venir. Il a été convenu qu'il viendrait toucher l'argent d'une coupe de bois. S'il parle de son frère, que répondrai-je, alors ?

— M'as-tu tout dit ? Est-ce que Robert t'envoie des lettres ? Y a-t-il eu du débat entre vous ?

Elle tourna la tête, le regarda du fond de ses grands yeux châtains, si droit que cela valait sa foi jurée.

— Je t'ai tout dit.

Il montait les marches derrière elle et depuis sa blessure jamais il ne les avait montées si bien. Qu'est-ce que la vie peut donner de plus beau que la confiance, l'amitié d'un autre être qui ne cache rien, ne réserve rien de son cœur ? Anne-Marie semblait ce soir plus paralysée que d'ordinaire. Repensait-elle à ce poison ? Si l'autre y était pour quelque chose, il l'ignorait encore, lui, ainsi cloué à la chambre ; ha, que de lanternes ! Qu'avait-elle ? Mais il pouvait le lui demander, maintenant, et cela le réconciliait avec la vie.

Il le lui demanda.

— Tiens, je parie qu'Elmire Chargnat sera allée te voir.

Il n'y avait rien. Elmire avait seulement – cela valait-il qu'on en parlât ? – rapporté à Anne-Marie certains propos de ces dames. On disait d'elle qu'elle avait si adroitement mené sa barque qu'elle était devenue maîtresse aux Escures ; qu'elle s'était débarrassée de son mari dans les trois jours, qu'elle avait empêché Gaspard de s'établir pour en faire son domestique, jusqu'au moment où, pour tout mieux prendre en main, elle l'avait expédié du côté de

Murols ; son père, elle l'avait forcé à retourner aux Iles, puis à s'occuper de fabriques à Ambert ; et sa sœur, elle l'avait mariée et mise hors du domaine.

— Enfin, j'ai envoyé ma sœur au bourg, mon père en ville, toi au Mont d'Or et mon mari au diable afin de tout gouverner toute seule.

— Et que te fait ce que ces dames pensent de toi ? Ces dames !

Une méchanceté joyeuse lui venait, le besoin de bousculer ces personnes qui passent le temps à interpréter les comportements de tous.

— Ne suis que tes idées, va. Moi, personne ne me mettra la main dessus.

Anne-Marie lui souriait : je ne devrais pas tenir ces misères si à cœur ; mais se voir ainsi juger dans le pays...

— Il n'y a pas que ces dames : la métayère, je sais comme elle a pris ce que j'ai fait, souvent.

Lui, il se rappelait la vieille :

— Reparlons d'Anne-Marie Grange : celle-là nous fait bien parler.

Confusément, il la sentait proche, ce soir, comme elle ne l'avait jamais été. Elle vivait devant vous à cœur ouvert. Quand on y pensait, même, on s'en effrayait : il fallait qu'elle fût à une heure définitive et voyant monter l'orage.

— Les nuits, je pense, dit-elle. Si le vent fait battre le portail, je crois que tu reviens. Voilà, c'est toujours vers toi que je me tourne.

Il regardait les clous du plancher, devant soi...

À ce bout de la salle, une porte ouverte répondait sur un palier de bois d'où l'on descendait au verger. Le vent s'était levé, il arrivait, comme un souffle, de la trouée de montagne où se perdait le monde. Le lointain bleuissait ; tout changeait sous un jour plus fin, de la croix sur son pilier et des monceaux de pierres aux coins des friches, jusqu'au chevauchement des crêtes au loin couleur du temps. Mais ce n'était pas ce vent qui lui rendait tout et qui lui refaisait un cœur sans veulerie.

Elle disait qu'elle avait expliqué au petit les coups de fusil, la blessure. Lorsqu'il avait su que le cousin était ainsi venu au milieu de la nuit, il s'était pressé contre elle.

— Va, Gaspard, je l'ai revu comme à l'Ermitage. Il ne faut pas se laisser surmonter par le malheur de sa naissance. L'âme est plus forte que le sang, si Dieu y met sa grâce. Aide-moi, fais-en l'homme que tu m'as dit, un jour.

Il ne put répondre. Quelque chose lui serrait le cou.

Le petit revint. Ses longs cheveux peignés, sa collerette lui donnaient l'air un peu fille. Il avait un bouton de fièvre sur la lèvre. On lui aurait voulu plus de diablerie et plus de couleurs.

C'était le brevet de prévôt du Dragon, accroché entre deux fenêtres, qui l'avait retenu.

Ce brevet faisait voir deux militaires s'escrimant, un cœur rouge sur la poitrine, devant un tribunal de maîtres d'armes à schakos ou à colbacks. Henri désirait que Gaspard lui lût l'imprimé au-dessous de l'image. Il répéta les derniers mots :
— Nous invitons nos frères à lui prêter aide et assistance, leur promettant réciprocité.
Quels frères, quelle assistance ?
— La camaraderie au combat, tu ne peux pas savoir quel bien c'est. Quand on n'a trouvé qu'un œuf, on le casse dans la marmite, pour le partager entre tous. Tu te feras raconter par le Dragon.

Mais j'ai le temps de tout me rappeler : je suis couché, j'entends le vent revenir de côte en côte, sous la lune. Avec les chasseurs de la garde je me vois par les routes. Dans la poussière. Ou bien, c'est le matin, sur les plateaux de cailloux, de broussailles : les chevaux toussent. Que je pourrais en dire, pauvre petit. Tu marches à côté de ton camarade, et tu sais que si tu tombes il suivra la besogne, que ce que tu ne pourras pas faire, il le fera pour toi. Pas besoin de se le promettre, il y a l'honneur. Il compte sur toi, tu comptes sur lui. Et quand tu as reçu les ordres, tu ne sais plus rien, jusqu'à ce qu'ils soient exécutés. C'était cela, du temps de l'Empereur.

De ce balcon il laissait les yeux sur les chaumes à javelles, sur les landes, qui formaient, là devant, l'échine des montagnes. Il lui semblait revoir ses compagnons, allongés ou les genoux pliés, parmi les boulets, les chariots rompus ; les revoir tous, çà et là, et le champ rempli d'ombres, sous le brouillard des mêlées furieuses. Des hommes que ceux-là, et si vrais camarades, si courageux, si peu méchants.

Il mit la main sur la tête du petit.

— Que tu apprennes l'amitié et ce que c'est que le courage…

Ce que c'était, il n'aurait su le dire : un éveil, un manque entier de paresse, le goût de faire et de s'opiniâtrer contre le mal. Quand on a le courage dans le sang, cela suffit pour vivre. Le bonheur ? il ne s'agit jamais du bonheur pour les hommes.

Sixième pause

Impatience de Gaspard. – Gaspard et l'enfant. – La matinée au domaine.

M. Meissoux lui avait défendu de remonter à cheval avant trois semaines. Mais il ferait ces trois semaines en dix ou douze jours. Que se brassait-il, pendant qu'il était là à se remettre ?

Il ne tenait plus dans sa peau… Il allait s'asseoir sur une botte de foin devant la grange. Il se relevait, gagnait par le pré-verger le fond de l'enclos en s'appuyant d'une main contre le mur. À chaque pas, des escargots craquent sous les semelles, dans le lierre terrestre et la mousse. Il y a tout plein de noisetiers, des pierres verdies, des orties, des cassis. Là, on est seul, là on est bien.

En se penchant, il aperçoit la porte de la cour. Peut-être verra-t-il Anne-Marie entrer, nu-tête et le col nu, entre les verdures noires. Elle dira bonjour à la muette, avec ses yeux qui font de la lumière.

Elle aurait dû me laisser faire autrefois : il y en aurait un qui mangerait de la terre à cette heure.

Bon, elle serait délivrée. Mais serait-elle libre ? Elle ne peut pas changer. Pas de manquement possible en elle. Une Anne-Marie qui aurait à se cacher, à tromper, à rougir, ne serait plus Anne-Marie Grange. La faute est trop loin de sa vic. Et même je comprends que je ne pourrais pas la voir autre.

Il ne faudrait plus penser qu'à la besogne. Tout est comme marqué devant moi de ce que j'ai à faire. Robert, Gilbert, et il n'y a pas qu'eux. Cela fait et bien fait, je trouverai peut-être des ordres.

Le petit, amené par Valentin et par Pauline, finissait par le dénicher là. On allait au vieux sureau d'écorce jaunie, si vieux que des jets partaient de son pied. Gaspard coupait le plus beau pour faire un canon. Sur l'herbe tondue, aux bouts carrés, tremblaient des écus de soleil.

S'il n'avait pas été si entrepris, tirant encore la jambe, il serait redevenu enfant. Taillant le bois, agençant des frondes, des mécaniques, combinant des tours, au long des haies qu'on pille, enseignant au gamin un monde de petits profits, de ressources buissonnières. Il aurait bien joué au sautaré, au quienlion, au ramounadis. Peut-être pour amuser son impatience, alors qu'il bouillait la fièvre.

Le soir, il ramenait le petit, s'arrêtant chez le sabotier, chez le maréchal. Deux garçons débitaient un noyer sur le foirail.

— Je t'apprendrai à scier au passe-partout. Il faut savoir, pour bien faire, et tout vaut d'être bien fait. Laisse-moi essayer, tiens, que je voie si je ne me suis pas trop rouillé les bras.

Il s'agenouilla à la place d'un des garçons, empoigna le manche. Il faisait poser au petit les mains sur les siennes pour qu'il suivît le mouvement.

Il y a du goût à être un homme de la montagne, un de ces hommes qui savent non pas seulement labourer, abattre les arbres, gouverner et panser les bêtes, mais tout maçonner, boulanger, creuser les sabots, assembler une roue, couvrir un toit en chaume, tout ce qui sert à la vie.

Le petit comprenait : il essayait de s'y prendre comme il fallait, appliqué, rose, trois grains de sueur en rosée sur le front. Ses yeux brillaient bien.

Ces yeux sur moi qui brillent de confiance, ces yeux d'un petit être plein de songes, de mensonges, de marchandages, comme les hommes, mais qui voudrait arriver à la force et qui attend qu'on l'aide, comment cela ne toucherait-il pas le cœur ? Tandis qu'il causait avec le bon Barthaut, un peu pour faire la pause, Gaspard regardait le petit : il s'était à demi couché sur un échalier, une barrière de baliveaux de bouleau attachés par de gros liens de paille, et la tête sur un bras, il balançait une jambe en chantonnant. Il avait une façon plus gaie, plus libre. Ce n'était plus désagréable de le voir.

— Allons, ménage-toi ! – Et vous, tenez-vous réveillé, disait Gaspard.

Il repartait, rattrapait Henri. Il n'avait pas voulu le faire parler sur Poil-de-Vache, ni sur le bossu, ni sur d'autres. Non, je m'en tirerai bien seul.

Il montait, pas par pas. D'habitude, Anne-Marie venait les attendre à la sortie du bourg. Il y avait beaucoup d'air sur la côte. Des cailles poussaient leur cri ; un homme assis à terre, les jambes écartées, battait sa faux. Les fraises des bois, les jasiones en boules bleues, les mille-feuilles, d'autres herbes qui sentent fort étaient couvertes de poudre au talus de la route. Les genêts, en gousse à présent, avaient pris leur pousse plus verte de juillet. Par-delà ces landes touffues, les monts du Forez paraissaient aussi un pays de berger, mais entré dans le ciel et tout couleur du temps, où la tranquillité du soir était sans mesure.

Il dut monter jusqu'au bois des Fourches : Anne-Marie ne paraissait pas. Du tournant, il entendit sa voix, qui s'élevait comme pour une semonce. À qui en avait-elle ?

— Hé ! madame Anne-Marie, vous voulez rire !

C'était au bossu. Il avalait doux comme l'eau ce qu'elle lui disait, se contentant de répéter :

— Hé ! vous voulez rire, madame Anne-Marie !

Elle l'avait tancé, lui avait ordonné de ne plus approcher l'enfant, et tandis qu'elle y était, de ne pas tourner autour de Marguerite.

— Ces temps-ci, mène-le doucement, conseilla ensuite Gaspard.

Rentrant chez lui par la traverse, il se disait qu'il prendrait des informations sur le personnage à Issoire, lorsqu'il reviendrait de Murols. Il lui fallait aller à Murols pour son bois. Une idée lui était venue : celle d'installer là-bas le jeune ménage et la Perrine. La Marguerite refleurirait, délivrée de ses peurs. Il arrangerait cela en quatre jours et il reviendrait. Il reviendrait tout de bon.

Chaque matin, il faisait chabrol, vidait une chopine de rouge sur le bouillon, dans son écuelle. Rien de tel pour reprendre vigueur. Il put pousser jusqu'aux Escures.

On n'avait pas trouvé de seconde servante encore. Les coups de fusil et la mort du vendeur de complaintes par là-dessus avaient fait du bruit dans la campagne. Un meunier prétendait avoir rencontré de nuit plusieurs hommes portant un blessé sur une civière et Grange suivant avec un fusil de chasse. Une fille qui devait venir remplacer Marguerite ne s'en était plus souciée, une autre non plus.

C'était le commencement de la matinée. Anne-Marie partait avec le petit pour aller au pré retrouver les vaches. Gaspard les suivit par le chemin de gravier et de grosses pierres que lavait une eau vive.

Le ciel était de la couleur des tout petits aimez-moi qui fleurissaient encore, là, sur le bord, dans la terre noire et les brins verts en touffes. Des oiseaux criaient, volaient au-dessus de l'étang. La digue de l'autre, le plus haut, au haut du val, semblait une redoute couverte de fougères. Sous la chaussée, près du moulin, la cascade roulait dans les boulets habillés de mousse brune. En ce grand lieu d'herbe et de feuille, assis en large vue, au pli de la montagne, tout était ce matin comme tout devait être sous la chape du soleil.

Il y a encore beaucoup de temps avant midi, de belles longues heures où suivre le travail, comme l'eau court, comme le ruisseau roule. D'ici, l'on comprend bien tout le train des Escures. Voici la Louise courbée sur la terrasse, devant les perches à haricots fleuries de rouge. Voici le Nanne et le gamin du métayer, qui bâtissent une petite meule, au coin du champ Redon. On sait pourquoi ces javelles de branches au pied des frênes : il a fallu « faire la feuille », pour les moutons, parce qu'il n'y a pas beaucoup de foin, cette année. Le métayer ébranche encore sur le chemin, au haut de Sagne-Rouge.

Gaspard lisait la campagne comme un livre, écoutant la rumeur de vie et de soleil qui se formait jusqu'aux villages, plus bas, sur les côtes, jusqu'à l'aire déjà moissonnée de la plaine.

Gouverner un domaine : chaque jour alors a sa raison d'être, parce qu'il ramène sa besogne commandée par le train des saisons : on va d'accord avec la terre. La vie qu'il faudrait avoir, c'est cela, c'est cela. Approprier tout ce que les champs portent et nourrissent, afin qu'il y ait moins de misère pour les créatures. Un domaine : l'homme et la femme se partageant la grande tâche de pourvoir à tout et faisant ensemble leur temps de vie.

Cette vieille fureur dans le sang, je croyais qu'elle allait à tout changer, tout élargir ; à faire que chaque paysan eût à soi le bien qu'il travaille. Étais-je dans le vrai ? La terre rapporte si peu qu'il faut peut-être des maîtres de domaine, capables de consentir des avances ou de supporter des pertes, en comprenant l'honneur que c'est d'avoir des biens... Au Mont d'Or, je pensais leur montrer ce qu'il y avait à entreprendre. Et puis ? Ils s'enrichiraient, mais qu'y gagneraient-ils ? Il s'agit d'autre chose, trouver la vie où s'emploie la force du cœur. Ce que j'ai fait n'a été qu'une façon de tromper cette force.

Le chemin tournait, bordé de pins en buissons, de pierres usées, de bouquets d'arnicas. On voyait les Escures. De ce côté, de hauts vieux arbres entouraient les bâtiments, penchant sur les toitures brunies leurs charges de feuilles, pleines d'air obscur et pleines de calme. Sur le flanc de la remise, les pommiers du préau moutonnaient de leurs touffes basses. Ce massif d'ormes, de frênes, de bouleaux, de tilleuls, tous d'un beau croît et d'une fière ampleur, c'était au-dessus. De leurs larges têtes retombantes, où les masses de feuillages formaient dans leur foison des profondeurs avec l'ombre, ils donnaient au domaine un abri de grandeur et de tranquillité.

Est-ce que tout cela ne parle pas d'une certaine vie retirée et vraie, de cette vie et d'une compagnie – tout ce qu'on met dans ce mot !

Cela n'a pu être. Est-ce que je vais oublier que personne n'a droit à rien ?

Anne-Marie marchait à son côté, tricotant un bas, s'arrêtant pour compter les mailles. Elle appela Henri, lui fit fermer le poing, prit sur ce poing la mesure de l'ouvrage. Sa tête penchée, son air qui plaît tant. Silencieuse et menacée toujours. La paix de ce domaine, ce bonheur de feuillages, d'oiseaux, de matinée d'été dans les monts, c'est encore un mensonge. Tu ne veux pas que je mette fin à l'histoire. Mais l'histoire aura sa fin quelque jour. Que je puisse alors être là. De si grand cœur, je risquerai tout. Et jusqu'au sang, jusqu'à la mort.

CINQUIÈME VEILLÉE

Première pause

Le lait froid. – Gaspard et le petit dans les collines. – La cloche de la narse.

Anne-Marie se rappela par la suite comme Marguerite lui sembla singulière ce dimanche-là.

Elle, elle n'était pas allée depuis longtemps chez la Perrine. Il lui parut que ce serait bon dc prendre ces sentiers, au long des cassures du rocher, pleines d'aigrettes, de fils, de rosettes crépues, de retrouver tout d'un coup du tournant la petite maison rousse.

Les feuilles des cerisiers, piquées, un peu déchirées – deux ou trois étaient déjà roses –, flottaient comme des pointes de ruban, quand un souffle revenait d'en haut. Les jours sont longs, encore, mais l'été tourne à l'arrière-saison, et on le sent par ces montagnes on ne sait à quel goût dans l'air.

La Perrine était sur la sente, les mains aux hanches. Elle surveillait une poule qui chantait et qui cherchait quelque coin pour faire l'œuf.

Sans se donner autant de mouvement que d'habitude, elle se réjouit de la mine du petit Henri, et l'envoya au jardin chercher la Marguerite, en lui criant de cueillir des pommes de moisson. Elle revenait à Anne-Marie, toute retenue, toute réticente. Elle aurait eu honte de faire entrer la dame : ce n'était pas balayé ! On n'avait guère du goût au ménage, quand on pensait à ce qui pouvait arriver dans la vie du monde.

— Aux grandes portes les grands vents, comme on dit. Mais nous, qu'est-ce que nous sommes ? Nous n'avons même plus de vache. Ce serait bien malheureux si quelque peine nous tombait dessus. Vous verrez la petite : elle ne mange pas, on sent que tout lui coûte ; elle ne me dit plus les choses, mais je sais qu'elle a l'idée d'un malheur parce que l'autre soir un crapaud est entré dans la maison.

Marguerite se montra. Elle ne fit pas grand accueil à Anne-Marie et demeurait là, un peu brouillée, sans savoir que dire. Puis elle se détourna vers le vaisselier, en tira des écuelles.

— Eh bien oui, dit Anne-Marie, nous boirions bien une goutte de lait chaud.

— Il n'y a que du lait froid, ce soir.

— Tire les chèvres, pauvre petite, dit la mère ; c'est quasi l'heure.

— Non, il n'y aura que du lait froid, je les ai tirées plus tard, ce matin.

Un peu d'embarras établit un silence. Une bouffée de vent promenait deux feuilles sèches de la vigne, avant de les pousser au pré d'en dessous. Anne-Marie voulut s'asseoir devant la porte.

— Ce temps fatigue, finit par dire Marguerite. On a cuit le pain hier, il fait si chaud dans ma chambre que je n'ai pas pu dormir.

Elle avait pris la main d'Henri. Sous les épines du jardin les poules gloussaient dans leurs nids de poussière et se secouaient en gonflant leurs plumes. Une chaleur douce et couverte dormait sur le chemin, sur les murets de pierres sèches. Volant par ondes, d'un boqueteau à un boqueteau, le pivert allait en criant s'agripper à un tronc.

De ce côté, au bout de la plaine, le bleu de la montagne s'étirait comme une fumée ; des allées de chênes pas plus grosses qu'une enfilée de pois verts rejoignaient les domaines enterrés dans les arbres. Ce devait être celui d'Elmire près d'une boucle de la Dore... Henri, sur la pierre du seuil, tenait son écuelle entre ses genoux, sans se décider à boire ce lait froid.

On parlait des blés, qui n'avaient pas beaucoup rendu.

— Le Gervais nous a dit qu'ils étaient beaux,

vers la rivière. Ce ne sera pas l'année de la montagne, ce sera l'année de la plaine.

Au moment de partir, Anne-Marie attira Marguerite pour lui dire que si elle était malade ou que si elle prenait de l'ennui, elle n'avait qu'à revenir aux Escures. Avec sa mère ou sans sa mère, et pour le temps qu'elle voudrait. Elle la prit, l'embrassa. La petite lui rendit bien l'embrassade, et, profitant de ce qu'elle était contre elle :

— Quand je pense à ce qu'ils ont voulu... chuchota-t-elle : surtout, prenez toujours garde.

Elle la raccompagna un peu. La noce se ferait dans trois semaines. Si elles n'invitaient pas Mme Anne-Marie, c'était parce qu'elles n'auraient que du petit monde de campagne.

— Ma mère dit que nous devrions vous envoyer un gâteau du dîner ; mais ce serait bien une dérision. Nous ! faire porter quelque chose aux Escures !

... Ils trouvèrent Gaspard qui les attendait sous le tilleul.

— Je ne sais ce qu'il y a, lui confia Anne-Marie ; cette petite m'a paru drôle. Sa façon de ne pas m'inviter au repas de mariage...

Gaspard répondit que l'idée du poison tournait la tête à Marguerite.

Elle devait craindre que quelqu'un ne guettât une occasion nouvelle.

Il fallait absolument donner à ces mariés le moyen de s'établir à Murols. Lorsqu'elle saurait pouvoir quitter l'endroit, Marguerite dirait quelles idées elle se faisait. Comme il aurait voulu être parti et revenu ! Il se serait mordu les mains d'impatience.

De bonne heure, le lendemain, il vint prendre le petit pour un tour de chasse. Ils poussèrent derrière les chiens courniauds, jusque chez la Perrine.

Porte close et maison vide. Personne à l'entour. Comme si Marguerite avait peur du logis et de ceux qui pouvaient y venir.

Ils prirent par les prés, de replain en replain, des prés bâtards, secs, caillouteux, où ne se voyait plus qu'une centaurée rouge, qu'une fleur de carotte sauvage. Gaspard essayait ses forces. Il grimpait par ces chemins de chèvre, avec son fusil et son fourniment. Des cardées de nuages brouillaient le soleil : le temps tournerait bientôt.

Arrivé dans les friches, il enleva les grelots des courniauds pour les faire chasser en chiens d'arrêt. On gagna un pâtis, ras comme un feutre ; de vieux sapins embourrés d'un givre gris et de filasses pendant en queue de renard s'y espaçaient par deux, par trois. Certains semblaient sortir d'une même souche. Tant de ciel, la hauteur, ce sol nu, ces groupes divers de gros fûts aux plis roides, aux grumeaux d'or farineux, aux branchages fournis seulement par le bout de dures houppes d'aiguilles, cela faisait un lieu aéré et solitaire, ni bois ni lande.

Un des chiens aboya. Gaspard se pencha,

pressa le pas, et vit le bossu Gervais qui se serait sans doute passé d'être vu, mais qui maintenant venait à eux.

— Alors, dit le camarade de sa voix aigre, vous prenez le divertissement de la chasse ? Je cherche des racines, des pieds de fougère mâle, reprit-il, pour répondre à un regard qui allait à son sac, à son piochon.

— Va vers les narses de Tirevache. Il n'y a que si tu as peur d'entendre la cloche ?

Le petit demandait quelle cloche.

— Eh bien, celle qui a été engloutie là avec une église. On l'entend quelquefois, et ça ne porte guère chance.

— Ce sont des sornettes de paysans, déclara Gervais. Nous devons rendre à la divinité un tribut d'adoration, mais aussi refuser notre créance aux superstitions des campagnes.

— As-tu dit ?

Avisant un mouchoir jaune dont le coin sortait, Gaspard le tira de la poche du bossu, fit semblant de lui en prendre le nez :

— Mouche-toi et laisse parler ton père !
le froissa, le rebourra d'un coup de poing dans la poche.

— Vous allez loin ? demanda le bossu sans s'émouvoir.

— Nous allons par ici. Toi, tu vas par là !

Gaspard l'empoigna par les épaules, le fit pirouetter ; l'expédia loin de chez Marguerite. On connaît ton numéro, va, marche !

Un peu plus haut, sous un père sapin d'où se

découvrait tout le pays, Gaspard fit faire la pause à l'enfant.

— Vois-tu, dit-il au petit, il nous racontait qu'il cherchait de la fougère mâle, et il en avait là !

Gaspard montrait les plants, leurs aigrettes toutes découpées en arêtes, leurs rosaces vertes comme un marécage.

— Il a dû aller rôder du côté de la narse. Qu'est-ce qui l'attire dans ces quartiers ?... Nous le verrons peut-être redescendre un peu vite.

— C'est vrai que cette cloche porte malheur ?

— Nous l'entendrions, toi, moi, que nous ferait ? Un homme tout droit va sans rien craindre de ce qu'il peut y avoir à la rencontre. Mais le bossu...

Gaspard se sentait les jambes raides. Il tira un morceau de pain de son carnier, se mit à manger, après avoir donné le croûton au petit. Il lui demandait s'il aimerait le suivre. À Allègre, où sont les potences ; à Brioude, où l'on voit la fontaine de saint Julien, qui était si fait pour l'amitié qu'il écoute ceux qui s'adressent à son ami, saint Ferréol ; au Puy, où est la cathédrale consacrée par les anges : et quand il se fait des réparations au bâtiment, un chanoine doit toujours être là, au cas où se retrouverait un trésor caché pendant les guerres. Et le cloître de Lavaudieu, et le château de Chavaniac, où est né le général Lafayette, les villes, les bourgs, et tout. Le noyer, c'est le bon pays, et la vigne c'est le pays chaud.

J'étais comme Grange, se disait-il cependant : je songeais trop à Robert devant ce petit. Mais si chacun remontait à trois cents ans, il se trouverait un peu plus de mille grands-pères et grand-mères, dont quelques-uns certainement ne seraient pas trop catholiques. Les dispositions, nous les avons toutes. Il s'agit seulement d'apprendre à leur dire oui ou non.

Le petit est le fils d'Anne-Marie aussi, et si peu qu'il tienne d'elle, il y a là un grain de feu.

Il sortit de ces pensers comme d'un songe. Henri l'appelait pour lui faire voir – quoi donc ? Le bossu qui déboulait d'un bois, là-bas, puis au tournant sautait le fossé, et de pacage en pacage, détalait, à se rompre le cou.

Lorsqu'il avait été vers les narses, non loin du pavillon des messieurs, il s'était collé à un arbre. Examinant, supputant, réfléchissant. Il savait que Gaspard ne l'avait pas suivi : il pouvait être tout à ce qui lui occupait la pensée. Sans plus bouger qu'une borne, devant son arbre, il enrageait de ne savoir comment chercher ce qu'il aurait voulu trouver là. Pas un bruit, pas un oiseau. On ne vient jamais dans ces parages, et maintenant que les alises commencent de mûrir, les grives descendent des montagnes. Ce silence de cimetière finit par l'effrayer : il semblait que quelqu'un fût là à écouter et à attendre.

Il recula de tronc en tronc, se replia vers la pente.

Il n'avait pas fait dix pas, tournant le dos à la narse, qu'il entendit un son triste, étouffé. Non point, portée par le vent, quelque cloche de village : un son, arrangez ça, qui semblait tinter à son côté et pourtant venir de loin, d'une profondeur.

Le poil de ses bras se hérissa. Il descendait, ce son le suivait. Il pressait le pas : toujours ce son l'accompagnant, presque à son flanc, et qui venait, se faisait plus fort.

La cloche, la cloche de la narse ! Alors les trois sueurs le prennent. Il se met à courir. Et la cloche se rapproche comme si elle le poursuivait. Il se lance à travers les genêts, les pâtis, galope, crève des haies, et la cloche, sans lâcher, tinte plus près, plus vite.

Elle s'affole comme il s'affole, toujours triste, étouffée, sonnant d'on ne sait quel voisinage invisible.

Tremblant et suant, précipité par sa fuite, mais ne se soutenant plus, il se jette contre la porte de la Perrine, la secoue en homme que la mort talonne, tire son mouchoir, et voit tomber à ses pieds un grelot.

Le grelot d'un des chiens de chasse.

De rage, il donna un tel coup par la porte qu'il ébranla la muraille, jusqu'à faire sonner la clef cachée entre deux pierres.

Deuxième pause

Inquiétudes d'Anne-Marie. – Maladie soudaine de Marguerite. – La journée déplorable. – La visite du soir.

Il faisait depuis trois jours beaucoup de vent, un temps pénible qui vous laissait sans forces. Des Escures on voyait des tourbillons blancs se lever et glisser sur la route tandis que les nuages allaient s'étager en sombres rouleaux sur les monts du Forez. Anne-Marie s'éveilla, ce dimanche-là, avec le sentiment que la semaine ne passerait pas sans un malheur. Gaspard était parti pour Murols et ne reviendrait au plus tôt que le vendredi.

Elle achevait de préparer Henri pour la grand-messe. Entra la Perrine qui remontait du bourg.

— Hé oui, seule. La Marguerite est dans son lit... Ça passera ou ça ne passera pas. C'est malheureux, avec tout l'ouvrage que nous n'avons pas !

Elle demanda s'il y en avait dans le pays qui fussent malades du même mal que sa petite. Le premier coup de la messe avait sonné. Anne-Marie se hâtait. Elle donna à Perrine des biscuits et une bouteille.

— Merci, pauvre dame... Enfin, tout doucement, peut-être...

Le soir Anne-Marie eut à descendre en ville avec son père.

Dans la grand-rue elle tomba sur Elmire qui l'aborda aussitôt, en personne qui saute sur une occasion souhaitée. Après les politesses, les amitiés, tortillant un peu, avec un air d'y songer par hasard, Elmire s'enquit de Marguerite.

— J'ai appris qu'elle était souffrante. Près de vous elle serait remise en trois jours. Vous n'avez pas idée du manque de soins dans ces maisons de paysans !

L'autre année, chez le beau-frère de son métayer, toute la famille avait failli périr, pour une soupe faite dans une marmite où avait cuit de l'euphorbe à empoisonner les taupes. Avec beaucoup d'instances, elle engageait Anne-Marie à reprendre cette fille. Même elle indiquait comment cela pourrait s'ajuster et paraissait mieux savoir que quiconque quel était le train du ménage aux Escures. Toujours ce besoin de se mêler de tout et de se fourrer au plus épais. Le reste de la soirée, Anne-Marie en garda un agacement.

Au bord de nuit, comme on dit, Jeuselou passa. Marguerite s'était levée sur le midi. Elle avait bu une écuellée de lait tirée du matin...

Selon l'ordinaire des hommes, il ne pouvait pas souffrir de voir une femme malade à côté de lui. Il voulait que ce ne fût rien, des imaginations que se fît la petite. Demain elle irait mieux, et de samedi en huit viendrait la noce.

Replié sur un tabouret, il revoyait Marguerite affalée sur le banc et se laissant aller contre l'appui de la fenêtre.

— Que veux-tu que je te parle ? Je dirais des choses tristes...

Elle s'était rapprochée pour se mettre près de lui. Au bout d'un moment, elle lui avait dit encore :

— Tout ce que je demande si je viens à mourir, c'est que tu n'en prennes pas une qui soit pire que moi.

Il aurait voulu l'embrasser des deux bras et la battre. Imaginer qu'elle le laissât, il ne le pouvait, il s'était trop mis dans son amour.

Il ventait devant la maison. Une feuille passait, suivant le courant d'air de la ravine, pour aller se perdre dans les espaces, au-dessus des héritages, des paroisses, des routes. Et celles du cep de vigne, rabattues, s'agitaient par moments comme des mains devant les carreaux de papier huilé vernis par la fumée. Marguerite se détourna.

— J'ai peur quand je regarde. Il me semble toujours que l'ombre d'une tête va y paraître tout d'un coup. Écoute, avait-elle repris d'un ton changé, presque rusé, peut-être que demain je serai guérie. Nous nous marierons la semaine prochaine, nous demeurerons dans le bourg au milieu des personnes ; tu ne me quitteras jamais plus.

Le soir tombait, la mère ramena les chèvres.

Tout de suite elle se mit avec Jeuselou pour prêcher Marguerite :

— Hé, tu n'es plus malade ; il faut que tu soupes avec nous ; c'est de ne pas manger qui te rend faible d'estomac.

Elle ne mangerait pas. Depuis cette écuellée de lait, un feu lui brûlait le corps.

— Vous ne sentez pas le mal que j'ai.

Elle se pliait, se couchait presque sur la table. Et elle ne se plaignit plus. Mais comme sa mère sortait sur le pas de la porte, elle prit la main de Jeuselou, l'appuya sur sa joue pour lui faire toucher sa fièvre.

Au matin, une fille du Mont de Quiquandon dit en passant aux Escures qu'elle allait chercher Jeuselou. La nuit avait été mauvaise. Marguerite demandait sans cesse de l'eau mêlée d'un peu de vin de Mme Anne-Marie, et ces verres, elle les buvait d'un trait, comme desséchée de soif.

Lorsque Jeuselou fut en face d'elle, qu'il lui vit ces yeux d'un éclat qui faisait mal, dans une pauvre figure brûlée de rouge, il se sentit froid.

— Tu vois ! dit-elle seulement. Est-ce que tu étais venu hier dans la matinée ? demanda-t-elle un peu plus tard. Quelqu'un est venu. Je te dis que pendant que ma mère était à la messe, il est entré quelqu'un en bas.

Il sortit de la chambre, il étouffait. L'idée le prit d'aller chercher un médecin. La Perrine ne voulait pas la croire si mal. Mais il partit, moitié marchant, moitié courant.

M. Meissoux vint, au trot de sa vieille jument, balançant la lanière de cuir qui lui servait de cravache. On le connaissait et aussi sa bête, qui savait tous les chemins, si bien que quand il rentrait et que le soleil le gênait pour lire sa gazette, il s'asseyait à l'envers sur la selle. Mais le voir arriver chez soi pour un malade de la maison...

Il questionna, goûta au vin de la bouteille, qu'il trouva fort bon ; examina la petite. À la voir si agitée, il parla de douleurs de nerfs et emmena Jeuselou à Fournols pour lui donner une potion calmante.

Sa mère n'osa la quitter que pour panser les chèvres. Lorsque Marguerite la vit rentrer, elle la saisit par le poignet, l'attira près du lit.

— On m'a trahie, chère mère, ne dites rien, il faut mourir.

Les vomissements venaient de la prendre. Elle demanda à boire et but avidement. Les vomissements revinrent. Elle murmurait des choses très vite : c'était de Mme Anne-Marie, de Jeuselou. Ensuite elle voyait des hommes au pied de son lit.

— Ils m'attendent, ils m'emportent. Non, ce n'est pas Jeuselou, ni toi non plus : des hommes que je ne connais pas.

Le retour de Jeuselou... Le viatique... Sa tête se dégagea un peu. Mais toujours ce martyre. Et la potion n'y avait rien pu. Jeuselou décida de retourner à Fournols. Le feu était éteint. Il se coupa un morceau de pain. De gros nuages montaient et commençaient de faire la nuit. Il mâchonnait ce pain sans pouvoir l'avaler, écoutant, tout secoué, la mère courir dans la chambre au-dessus de sa tête. Sur chacune des bouchées, il fallait un coup d'eau. Il mit le morceau dans sa poche et retourna vers Marguerite.

Elle le regardait, les yeux suspendus à tous ses mouvements. Elle devinait qu'il allait repartir, elle l'appela de la main.

— Reste, ne va plus dehors, reste... Tu dois avoir dégoût de moi, mais fais semblant de m'embrasser.

Tout grelottant il se pencha. Elle le retenait, d'un bras autour du cou.

— Mon Dieu, si vous nous donniez seulement une année, seulement six mois, pour nous deux !

À peine était-il en bas qu'il entendit cogner précipitamment au plafond. Il remonta quatre à quatre. La petite lumière que la mère abritait de la main n'éclairait que par battements. Des convulsions tordaient Marguerite. Elle ne répondait plus, ne voyait plus.

Anne-Marie y alla dans la soirée d'après, avec Henri. Cette visite lui coûtait affreusement, elle ne savait pourquoi. La Perrine parlait sans arrêt, tandis que les larmes roulaient dans le cuir de ses rides.

— Ha, madame, j'avais perdu ma Ribande. On peut se relever, sur le malheur d'une bête : mais là ! je n'ai plus de goût à mes prières, plus de goût à rien... Prenez garde à la marche.

De l'escalier on entendait un grillon. Anne-Marie entrait pour la première fois dans cette chambre : c'était comme si elle allait faire avec Marguerite une amitié nouvelle, alors que Marguerite était partie pour toujours. Elle vit d'abord une touffe de jupes pendant des solives. Une chandelle plantée sur un pot renversé laissait grossir ses coulures de suif.

— Dites, madame Anne-Marie, est-ce qu'il pouvait m'arriver un plus grand malheur ? Et vous le voyez, vous : le malheur de ma pauvre petite lui est venu par les vôtres... Non, va, Jeuselou, ne la dérange pas ; elle est bien.

Jeuselou la redressait un peu sur le chevet. Si Anne-Marie ne l'avait pas connu, elle l'aurait cru pris de boisson : il semblait que le vin le roidissait et l'empêchait d'avoir un seul mot. La Perrine, elle, parlait trop haut, en femme qui a acquis le droit, maintenant, de dire ce qui lui vient à la tête. Une voisine, un peu à l'écart, paraissait tout surveiller, tout ordonner, comme si elle les traitait en créatures qui ne sont plus bien à elles. Lorsqu'elle vit Anne-Marie se relever, la prière faite, elle approcha doucement, pour lui donner la compagnie d'une personne raisonnable.

— C'est quand la pauvre est entrée en agonie. J'étais là, madame ! J'ai entendu des gens qui parlaient bas, oui, des gens réunis qui n'arrêtaient pas d'en débiter tout bas devant la maison. J'ai ouvert, je vous jure qu'il n'y avait rien. Mais après... Ils étaient entrés, ils étaient devant le lit, qui continuaient, comme s'ils disaient, toujours tout bas, des prières. Et jusqu'à ce qu'elle eût passé. C'étaient ses morts, j'entendais leur murmure et je ne pouvais pas les voir. Moi, là, mon bonnet se levait sur mes cheveux. Quand je vivrais cent ans !... Tenez, écoutez : c'est pour dire que je n'ai pas parlé à faux.

Le garde-habit craquait dans un coin d'ombre. Du fond de cette vieille chambre, encombrée et basse comme un débarras, Anne-Marie voyait s'entrouvrir le chancelant royaume de la mort.

Troisième pause

Après la mort de Marguerite. – La Perrine vient aux Escures. – Elmire Chargnat y vient aussi. – Intervention d'Anne-Marie.

Marguerite est morte. On ne l'entendra plus réciter la Passion, en reprenant longuement son souffle, on ne verra plus ces grands yeux bleus de timidité, qui n'étaient qu'à elle. Anne-Marie en est toujours au mot de la Perrine :

— Le malheur de ma petite lui est venu par les vôtres.

Faut-il comprendre : Marguerite a pris vos malheurs si à cœur que c'est allé chercher sa maladie ? cela seulement, ou qui sait quoi ?

Le jour de l'enterrement, au petit soir, Anne-Marie a voulu reparler à la vieille. Elle l'a trouvée qui sortait du bois, un fagot en travers des épaules.

— J'ai vu un serpent gros comme le cou de ma cruche. Je lui ai crié : « Va-t'en, sale bête ! » Il s'est tourné, il a pris la détourne. Mais il y en a que le démon attend !

Elle restait là, toute ployée sous le faix de branches mortes. Anne-Marie regardait, cramponnées au fagot, ces mains brunes où un peu de sang noir avait séché sur des égratignures. Elle sentait les yeux de la vieille arrêtés sur elle, pour lui signifier plus de choses que ses paroles ne lui en disaient.

— J'avais besoin du travail de ma petite pour vivre. Mais le malheur est venu du côté que vous savez. Maintenant, mes joies sont finies.

Anne-Marie ne voudrait s'entretenir que de son chagrin. Impossible pourtant de ne pas rouler des idées tout le long du jour et impossible aussi de se faire une idée sur ce qui est arrivé chez la Perrine. Comme il lui tarde que Gaspard soit de retour !

Y sera-t-il pour l'entrevue avec Gilbert ? Pourvu que le père ne se doute pas de ce qui se passera. Il a vieilli, ces temps-ci. La mort de Marguerite n'a pas tiré de lui la moindre marque de peine.

— Tu pleures ? Mais ça ne nous est pas parent !

Reste qu'au premier mot sur Robert, il entrera en fougue.

Au bout de toutes ses inquiétudes, elle retrouve ainsi Robert.

... Elle cousait dans le pavillon, au bout de la terrasse. Henri apprenait au chien à rapporter des pierres, et tout en jouant s'éloignait avec lui du côté de la remise. Deux nuages marchaient avec lenteur. De la rampe serrée des sapins sortait une fumée qui bouclait en l'air, bleue comme une pervenche. Que tout était calme. Là, dans le prunier, deux oiseaux jouant à « ta place me plaît » sautaient de branchette en branchette, ou se suspendaient la tête en bas pour becqueter une prune.

À trois pas des marches on voyait un glaïeul. Si frais, si élancé, si rose. Il avait sa vie. De la terre, des pluies, du soleil et des souffles de l'air, ce glaïeul se faisait une vie d'innocence et de merveille. Il poussait, se tournait vers la lumière de Dieu. Comme c'est apaisant de regarder une fleur.

Pauline parut. Ses escarpins criaient sur le gravier. On la sentait toute chaude de ce qu'elle avait à dire. Elle s'assura qu'Henri était loin vers le préau. Elle n'en poussa pas moins la porte, et tira sa sœur par le bras sur une chaise.

Voilà, elle avait rencontré Elmire, une Elmire tout en mouvement, très affectée, mais dévorée de curiosité sur la mort de Marguerite.

C'était à se demander quels soupçons lui étaient venus sur cette mort.

Anne-Marie continuait de coudre. Elle appuya sur son dé pour y enfoncer le doigt, tourna la tête vers le jet de glaïeul.

— Il paraît qu'Elmire ne manque pas un bal depuis la fin de son grand deuil. Elle lirait même des romans mythologiques, à ce que dit la Poule-Courte – ce doit être des livres de fables galantes. Enfin, certainement, il y a quelque chose qui la travaille.

Pauline voulait savoir ce qu'Anne-Marie était portée à en penser. Sans cesser de coudre, Anne-Marie montra par sa mine qu'elle n'imaginait ni ne cherchait rien.

— Pour moi, elle a peur. On a voulu vous empoisonner. Elle se demande si l'on n'a pas empoisonné Marguerite, et si son tour à elle ne pourrait pas venir. Comprends-tu ?

La réserve d'Anne-Marie faisait bouillir Pauline. Il n'était pas possible qu'on continuât de vivre ainsi sous la menace. Oh ! mais, elle savait ce qu'elle allait faire ! Elle reverrait Elmire avant dimanche pour tirer au clair le fond de sa pensée.

Anne-Marie ne répondit rien. Comme Henri revenait en courant avec le chien, elle se pencha, rouvrit la porte toute grande.

Deux jours passèrent, trois jours. Anne-Marie se disait qu'elle ne voulait pas être mêlée à la folie, aux histoires des gens. Qu'elle n'avait pas à s'enquérir de ce que combinait Pauline.

Peut-être déjà Pauline avait-elle averti le père. Ces derniers soirs, dans la cuisine, les mains à cheval sur les cuisses, il ouvrait de gros yeux sur les uns et sur les autres. Il se mettait sur pied avec un « ha ! », prenait son chandelier à la cheminée.

— On serait mieux en terre qu'en pré, soupirait-il.

Il se plaignait de rhumatismes volants, mais ce n'était pas cela...

Ils se trouvaient dans le préau, ce matin-là, Henri et elle. Ils ramassaient les pommes tombées, les véreuses, ces vertes à peine brunes sur une joue, et les coupaient en quartiers pour les lapins. Louise cria de la cour que Perrine était là qui voulait parler à la maîtresse.

La Perrine vint. Elle commença par des plaintes. Son petit bien lui aurait permis de tenir une vache, mais cette vache, elle ne l'avait pas. Elle avait toujours été si honnête !

— Deux fois j'ai trouvé de l'argent sur le chemin et je l'ai fait crier à la porte de l'église.

À présent comment ferait-elle pour vivre ?

— Madame, si vous avez deux sortes de pain mangez le meilleur. Le malheur vous tombe dessus tout d'un coup, dans la vie. Ce n'est pas pour vous le reprocher, mais cette cache, voilà ce qui nous a porté tort. J'aurais encore ma pauvre petite. Tandis qu'à présent je ne sais pas que devenir. Si tu crèves, ce sera comme ça !

Anne-Marie l'envisageait, si oppressée qu'elle

n'arrivait pas à lui dire qu'elle l'aiderait, qu'elle l'assisterait. La Perrine amenait enfin sa demande : M. Grange ne pourrait-il pas lui avancer un peu d'argent, de façon qu'elle achetât une vache ? Cette vache lui tenait-elle assez au cœur ! Elle ne s'était pas consolée d'avoir vu crever la sienne au mois de mars.

Si elle a une vache, la voilà guérie de la mort de Marguerite. Non, je la juge à tort. Une vache, aujourd'hui, pour elle, ce serait ce que serait pour moi une aide, un appui.

— Vous ne direz rien à mon père : nous nous arrangerons toutes deux.

— Ah ! pauvre dame, je vous mettrais en Paradis si je pouvais ! C'est ma pauvre petite qui m'a soufflé de venir vous trouver. La nuit, je parle avec elle, je me rappelle ses mots. Elle le savait, voyez-vous, elle le savait par avance, et comment lui viendrait sa mort.

En partant, au coin de la remise, elle se retourna, jeta un coup d'œil sous les pommiers, entre les troncs et les pieux qui soutenaient les branches. La main sur le bras, elle arrêta Mme Anne-Marie.

— Il y en a un... Je lui ai dit : « Tu es pour le diable. »

Après le dîner, Anne-Marie partit avec l'enfant pour *La Belle Bergère*. Elle espérait qu'on leur y donnerait des nouvelles de Gaspard.

Dans l'allée, cahotant, se haussant sur une

roue comme un homme qui boite, arrivait le coucou d'Elmire.

Il fallut rentrer, envoyer Henri aider Louise à cueillir les fèves, s'enfermer avec la demoiselle dans cette odeur de friture à l'huile de noix de la salle à manger.

Tout vint comme elle l'avait prévu.

— On n'a pas pu vous atteindre, on s'est revanché sur votre Marguerite. Et puis elle avait des attraits et ce mariage la rendait si heureuse ! Vous ne savez donc pas que certaines natures ont du plaisir à faire le mal, non pour aucun intérêt qu'elles y aient, mais pour rien, pour le plaisir ?

Vouloir le mal par haine des créatures. Cela donnait le vertige à Anne-Marie. Elle regardait ses mains au creux de sa robe. Comment aurait-on empoisonné Marguerite ?

— Elle est restée seule en haut dans la matinée du dimanche. Quelqu'un a pu trouver la clef, ouvrir, entrer, que sais-je ? Un peu de poudre blanche dans du papier blanc... Il y a des cas où l'arsenic n'agit pas aussitôt.

Anne-Marie se disait : Pauline certainement croit au poison et la Perrine de même.

— Il y en a un... Je lui ai dit : « Tu es pour le diable. »

C'est Robert qu'en pensée elle accuse ainsi.

— Si vous m'aviez écoutée ! reprenait Elmire. Je ne pouvais vous faire part de mes soupçons, je n'avais rien qui les appuyât et vous les auriez rejetés bien loin, dès qu'ils portaient sur un époux, même indigne. En m'écoutant, pourtant, vous sauviez cette jeune paysanne. Vous vous souviendrez que j'ai voulu la sauver ; je le jure devant Dieu !

Anne-Marie n'était pas allée à *La Belle Bergère.* Toute mécontente d'elle-même, tout à la gêne, elle sentait qu'il se tramait quelque chose à côté d'elle. Pauline menait cela. Le père avait des allures bizarres. Il sortait moins, il dormait mal. Il avait même réglé les sonneries des quatre horloges à un quart d'heure d'intervalle, de façon à savoir toujours de nuit l'heure qu'il était.

Anne-Marie réfléchissait. Elle étendait du linge entre les pommiers au fond du préau. Il lui avait fallu de l'air, bien qu'elle se sentît lasse comme un soir de grande lessive. Appuyée en avant, elle laissait ses mains pendre, les poignets sur la corde. Elle aimait ce coin, ces vieux petits pommiers penchés, contournés, aux fourches garnies de mousse. Cela formait un bocage comme d'un ancien temps de rondes. Une pomme tombait, roulait un peu dans les pâquerettes. La branche, en se rétablissant, faisait tout bas le signe d'une grande paix. Entre les grosses coques de feuilles sombres, le bleu du ciel – lointain à ne pouvoir le joindre – paraissait si pur dans sa finesse que le tissu d'une fleur n'était pas aussi pur.

Et si Marguerite était morte de maladie ? Elles aiment tant bâtir des histoires...

Anne-Marie ne se donnait pas la permission de croire que Robert eût fait mourir la petite. À cause de son chagrin, elle détestait cette joie, qu'elle ne voulait pas reconnaître et qui la gagnait malgré elle. On ne devait pas accuser trop vite Robert. Gaspard l'avait dit : c'était une question d'argent pour cette Elmire, qui avait peur d'avoir à revenir sur les affaires d'Amédée et de César. Argent aussi pour la Perrine : mettre Robert en avant, afin de m'obliger à donner une vache. L'argent partout, qui mène tout. On voudrait pouvoir vivre dans un ermitage. Mon Dieu, faites à mon enfant un cœur sans détour. Que je lui apprenne à haïr le mal, à haïr le veau d'or.

Un grand zèle la montait, et elle sentait que dans cette colère elle trouverait son chemin. En se parlant à mi-voix, elle allait le long des cordes, entre les pommiers.

— Ce n'est pas le droit ! ce n'est pas le juste ! disait-elle, pensant aux vraies raisons pour lesquelles Pauline, la Perrine, Elmire, condamnaient Robert. Le vent soulevait, emplissait, claquait les pièces de linge et son visage brusquement était enflammé de soleil ou voilé d'ombre.

Mais soudain elle rougit violemment. Elle comprenait ce que lui voulait sa colère et dans quelle tentation elle avait vécu ces derniers jours. Car elle avait deviné à quoi travaillait Pauline et elle s'était efforcée de n'en rien savoir.

Pauline, justement, la trouva encore là, sur les quatre heures. La voyant enfoncée en ses pensées, elle parla de choses indifférentes ; puis elle se mit sur Elmire, sans trop dire d'abord qu'elles avaient conféré ensemble.

— Sais-tu que c'est vrai, qu'elle a une intrigue avec le surnuméraire de l'enregistrement ? Elle le recevait à son domaine. On raconte qu'il tient maintenant garnison dans sa chambre et qu'on l'a vu sortir de nuit par le jardin ! Qu'est-ce que tu dis ?

Anne-Marie ne disait rien. Elle était sûre, elle, qu'Elmire avait quelqu'un d'autre que ce jeune homme dans le cœur : comment croire alors à ces amourettes ? Mais elle ne discuta pas. Regardant pensivement sa sœur, elle commença de rapporter ce qu'Elmire pensait de Robert et de la mort de Marguerite, cela d'une façon lente, coupée, comme se demandant si elle devait la suivre dans ses vues.

Pauline s'échauffa. Elmire avait cent fois raison ! Quelle folie de ne pas voir les choses comme elles étaient et de ne pas faire le nécessaire. Fallait-il, allons, tant marchander pour cet homme ? Un peu d'eau bénite sur la tête, et que tu seras bien pour ton repos et pour le mien !

Anne-Marie entrouvrit les lèvres avec effort.

— Non, dit Pauline, ne dis rien, je devine, écoute. Gaspard ne doit pas être mêlé à cela. J'ai parlé à Jeuselou. Ils partent demain soir pour Brioude, lui, Valentin, Benoni. Elmire a donné des indications qui permettront de surprendre Robert et son frère. Ils se troubleront, ils avoueront. Gaspard n'y aura même pas trempé.

Une rougeur montait au cou d'Anne-Marie, lui envahissait la face, pour céder dans le moment à une effrayante pâleur.

— Je suis fatiguée... L'oncle disait... qu'il faut s'étendre... à plat sur l'herbe...

Elle n'acheva pas. Pauline la vit toute longue par terre. Comme une morte. Elle courut au lavoir, rapporta de l'eau dans ses deux mains, lui en jeta au visage.

Anne-Marie revenait à soi. Elle soutenait qu'elle ne s'était pas évanouie. Se sentant fatiguée elle avait seulement voulu s'étendre.

— Que tu m'as fait peur !

Pauline s'inquiétait de la voir si pâle, avec cette figure tendue, ces yeux arrêtés droit devant elle. Elle voulut aller chercher de l'eau d'arquebuse à la maison. Anne-Marie la retint par la jupe :

— Là, donne-moi la main... Tu vois bien que je suis debout.

Elle se redressa, remit ses vêtements en ordre. Puis, avec une extraordinaire autorité, elle qu'on voyait perdue dans les hésitations, partagée par les doutes :

— Dis à Valentin de les retenir tous. C'est moi qui dois décider.

Quatrième pause

Gaspard vient trouver Jeuselou. – La moisson aux Escures. – La grande promesse.

Gaspard rentra le même soir. On a prétendu qu'il avait reçu un mot d'Elmire Chargnat : peut-être désirait-elle qu'il fût de l'expédition à Brioude.

Il cherchait Jeuselou dans le jardin, jusqu'au fond, vers les framboisiers. Personne. Il ne faisait plus très clair. Les dents d'une houe abandonnée dans l'allée luisaient comme de l'argent. On voyait encore une grosse touffe de fleurs de quarantaine et les espaliers gris contre le mur. Des éclairs de chaleur palpitaient au bord du ciel, entre les montagnes.

Gaspard remontait, ne cherchant plus, lorsque en tournant le coin des cabanes, il sursauta. Assis, le dos rond, dans sa brouette, Jeuselou se levait avec lenteur.

Gaspard le prit par les épaules, serra un peu sans le lâcher tout de suite. Il s'assit à côté, sur le bord de la petite bâche où l'on fait les semis.

— Voilà, dit Jeuselou, pour moi, maintenant, c'est comme si tout le monde allait mourir.

L'histoire, tant de fois faite depuis le jour terrible, il la refaisait, s'aidant d'un mot de Marguerite, d'un rien, d'une particularité dont il tirait des conséquences étranges.

— Un jour, tard dans la soirée, elle est venue…

C'était sûr qu'elle avait peur pour lui. Les soirs, quand le brouillard traîne dans les fonds, elle l'accompagnait jusque passé le bois.

— Je ne faisais pas attention, j'étais trop bête. On l'avait menacée parce qu'elle l'avait cachée chez elle, autrefois, et on aurait voulu qu'elle mît du poison dans le manger de ta cousine. Voilà pourquoi elle n'est pas restée un jour de plus aux Escures. Mais on lui avait dit qu'on me tuerait si elle parlait...

Les soirs il s'asseyait dans ce coin et il pensait à tout. Quand les messieurs avaient compris qu'ils ne tireraient rien d'elle, pour être sûrs qu'elle se tairait, ils lui avaient fait donner du poison. Il revoyait tout, les peurs de Marguerite, ses façons de ne pas répondre ou de se couvrir la bouche d'une main.

Comme s'il riait, sa voix eut deux ou trois soubresauts, des sanglots épais, faits pour surprendre. Il continuait à parler, presque sans larmes.

Gaspard n'aurait pu parler, lui. Une espèce de rage le dévorait, noire et féroce. Si Jeuselou avait su veiller ! Mais, moi, si j'avais su, au moins, ne pas dormir ! Comment ai-je pu être aussi calme quand j'ai appris d'Anne-Marie son pacte avec Robert ? Et cette petite qu'ils ont tyrannisée : moi qui pensais la tirer de peine...

Il se sentait enfoncé dans le déshonneur et dans l'horreur comme s'il avait reçu la schlague. De telles choses vous mettent dans le sang la passion de la vengeance. Une telle passion qu'il se sentait comme fou de venger la petite.

— Nous parlerons, dit-il en se levant. Demain, tu me suivras aux Escures.

Il fallait y finir la moisson. Benoni lui avait appris que le Nanne était malade et qu'on ne trouvait plus de gens pour venir travailler, tant les têtes étaient en l'air. Depuis la mort de Marguerite, on s'attendait au feu, à des coups de fusil.

— Ce malheur m'a rompu, fit Jeuselou. Pauline m'avait dit de ne pas te le dire, mais nous devions partir demain soir pour confesser les messieurs. Sa sœur nous a arrêtés. Eh bien, je l'ai pris comme ça. Tu me connais, je fais les choses par veines et parties ; je séchais d'envie d'étrangler Robert, et voilà, cela même m'a quitté, je suis vidé de tout.

— Sur Robert ou sur quelqu'un d'autre, ah ! dieux, si l'on ne se disait qu'on prendra sa vengeance...

— Et qui veux-tu que ce soit d'autre que Robert ? Personne ne pouvait en vouloir à la pauvre petite. Ah ! tu es revenu, qu'allons-nous tant attendre ? Viens, allons-y ; toi et moi !

Il suivait Gaspard vers la porte, tout grondant maintenant, comme un démon. Gaspard remuait les épaules, près de céder à cette rage qui les poussait tous deux hors d'eux-mêmes.

— Mais nous verrons, dit-il.

Il dormit vite, et le premier sur pied, à la pointe du jour.

Dans le chemin il attendait les hommes qu'il était allé demander. Ils arrivaient, portant leur faucille. Le vallon était traversé de longs rayons mouillés, de passages de buées, de vols de geais, de huppes. Sur le mont de Job, un brouillard à demi enroulé s'enlevait, déjà nuage dans le bleu de l'air.

D'entrée, il comprit qu'Anne-Marie avait à lui parler, mais lui, il n'avait rien à dire encore. Il s'occupait de former les équipes, une lieuse pour deux hommes. La Louise se vantait de cravater cent gerbes à l'heure, et un vieux assurait avoir connu une femme qui en liait cent quatre. Tout un brouhaha d'appels et d'entrain, tandis que quelques-uns, dans la grange, se faisaient des houseaux de paille.

Mais on ne musa pas. Gaspard emmena son monde, le jeta à la besogne dans la grande pièce de sous la métairie. Quatre coups pour le passage. Et allez, marche ! Il avançait, lui, le capoulié, chef de bande, enjambée par enjambée, la faucille au poing. Le grand travail à corps perdu dans les blés en retard. Mais ils sont beaux, grâce à Dieu, d'épis bien grainés et pesants, et les gerbes, comme on dit, feront le setier.

Une couleuvre se sauvait, on trouvait un nid de caille. Une colère le chauffait sourdement, qui ne savait à quoi se prendre. Il baissait la tête et il allait, dans une odeur de mottes, de paille brûlante et de sueur. Tout allait. Quand tu en tiens ta pleine poignée, tu la couches à terre, les épis à main droite, et celui qui te suit pose sa poignée par-dessus. D'un coup d'œil il s'assurait que les lieuses faisaient de bon ouvrage, serrant la gerbe sur leur jambe, liant et appuyant d'un coup de genou, tordant de trois tours et renfonçant. Le soleil monte. Il tape dur. Les pailles crissent. Un vieux s'est mis à chanter :

Les quatre premiers jours d'avril
Nos jeunes gens sont tous partis...

Après lui les hommes répètent, et puis les femmes. Anne-Marie doit les entendre, de la cuisine où elle épluche les herbes. Les Escures sont redevenues un domaine, où tout roule des quatre roues.

Et le soleil plane au plus haut, et l'on fait sa journée. On va s'ombrager sous un arbre, manger ce que la fille apporte, boire à la cruche tenue dans un creux, sous des rameaux.

Tandis que tous dorment, la face sur les bras pour la méridienne, il court trouver la Perrine qui mène ses chèvres le long de la haie.

Jeuselou à la fin vient les joindre. Mais il n'y a pas à raisonner avec Jeuselou. Quand on s'est fait une idée, tout sert à la nourrir. Jeuselou s'est fait la sienne sur les messieurs et il s'arrange de ce qui vient pour lui donner plus de corps. Le voir ainsi tout tourner selon ses désirs, ne pouvoir seulement lui faire regarder les choses, jour de Dieu ! C'est donc si difficile d'être un homme, quelqu'un qui va à la vérité, sans vouloir savoir si elle l'arrange ou le dérange ?

Gaspard se rejetait au travail, l'œil bas et colère. Il y allait si furieusement, qu'il s'entailla deux doigts. Mais cela fait du bien de voir gicler le sang. Il se serait volontiers enfoncé dans le bras une lame de couteau.

Les moissonneurs se redressaient, les mains aux reins, fondus de sueur. Venaient les lourdes heures de la fatigue qui vous casse l'échine. En attendant, le travail dénoue le corps, vide la tête. Ce qui était petit, compliqué, tracassant, tombe. Seulement, tant que tout ne sera pas fait, je n'aurai ni paix ni patience.

L'enfant couché, Anne-Marie était allée chercher son ouvrage dans le pavillon. Quelqu'un venait sur les cailloux du chemin, en contrebas. À travers les branches, elle aperçut une blancheur. Le cœur lui sauta : il venait. Il avait compris qu'elle désirait tant lui parler aujourd'hui même. Elle alla l'accueillir au portail. Il s'y était arrêté pour passer son gilet, enfiler sa veste.

Le lumignon était resté sur les marches.

— Viens au jardin, mon père est dans la salle.

Elle se fit suivre de Gaspard vers la grille.

— Ils ont dû te dire leur sentiment sur la mort de cette pauvre petite. Tu sais que cet homme devait revenir ici. Seulement il fallait qu'il ne s'écartât plus. S'il est en faute, jamais je ne le revois.

Elle levait la figure vers lui, cherchant ses yeux, et il devinait la vivante lueur des siens. L'importance de ce qu'elle allait répondre lui donnait une fièvre extraordinaire. Il la sentait aussi animée, aussi belle, que le soir où elle était venue le chercher au fond du verger, la grande fois, après les Cosaques. Comme si, de nouveau, la vie changeait et prenait feu.

— Gaspard, toi, dis-moi : est-ce qu'il a fait empoisonner Marguerite ?

Ils étaient arrivés devant le pavillon. Un papillon de nuit vint voleter sur la lumière. Autour de ce lumignon, le noir de la campagne paraissait sans limites. Comme si cette petite flamme jaune qui vous désignait faisait à deux pas tout plus obscur, plus empli de menaces, qu'on entendait bouger sous les feuilles, au long des ravins et des routes.

Eh bien, si l'homme n'avait pas ordonné, ni même voulu cette mort, ne l'avait-il pas amenée par ses crimes ? Tant chercher ! N'avait-il pas tout mérité cent fois, depuis la nuit de Chenerailles ? Laisse, que maintenant nous lui fassions un sort. Je ne demande rien ; mais si, un jour, plus tard, je te vois rire aux choses, je serai heureux jusqu'aux os.

— Je me déterminerai d'après ce que tu pourras me dire, reprit-elle. Je le reverrai ou je ne le reverrai plus.

Ils crurent apercevoir un feu derrière le cognassier. C'était la lune qui sortait de la montagne. Anne-Marie était là, espérant, attendant, s'en remettant de tout à lui. Cette faiblesse à bout de peine qui s'avoue, cette faiblesse et cependant ce cœur. À la lueur de la lune, on la voyait ; et ses yeux, sa face tendue disaient : je sais que tu feras la droiture, que tu me répondras tout droit, sans calculs, sans feintise. Et tu es le seul vers qui je me tourne.

— C'est que je ne sais pas assez, je ne peux pas parler encore, non.

Les veines de son cou se gonflaient. Il avait cet air de dureté qui lui venait dans les moments difficiles.

— Tu sauras, je me fie à toi.

Il posa sur elle ce terrible regard brun-noir que personne n'était sûr de lire. La force de la fureur y était encore, mais avec une espèce de solidité, de bonté, de patience.

— Ça va. Tu peux.

— Même si je dois te voir accueillir cet homme et commencer avec lui et l'enfant une vie où moi je ne serai plus rien. Tu es Anne-Marie : il faut que tu sois Anne-Marie. Je ne peux même pas vouloir autre chose. À présent, j'ai les ordres.

Cinquième pause

Gaspard retourne à la métairie de Mlle Elmire.
– L'argent caché. – Réunion de famille.

Il y avait eu les moissons, mais il les avait faites en deux jours et demi. On ne savait où il passait. Il partait, il disparaissait. On le sentait de sang grouillant, bouillant, plein d'affaires qui se débrouillaient dans sa tête.

Pauline envoyait Valentin aux nouvelles. Et elle venait elle-même : elle grillait d'impatience. Le soir, tard, on courait chance de le trouver dans l'atelier de l'arrière-cour. Il sentait la sauvagine, la fumée, l'écorce. Il s'asseyait de côté sur l'établi, le poing sur la cuisse, l'œil droit devant soi. Ce n'était pas aisé de lui poser des questions.

Mais on apprit par le bon Barthaut qu'il avait arrêté le cabriolet d'Elmire Chargnat sur la route.

— Eh bien, nous avons parlé un grand moment. Les paroles lui viennent comme il lui plaît, à cette fille, et finalement, elle n'a rien de précis à articuler contre Robert.

Il avait rendez-vous avec Elmire pour le lendemain. Dans le domaine de la Chênaie. Qu'elle parlât, qu'elle parlât ! Dans ce flot de bavardage, il trouverait bien à pêcher quelque chose ; et quand il l'aurait une fois accrochée, il serrerait si fort la prise qu'elle n'échapperait plus.

Là-dessus une explosion de colère à faire tout trembler dans la baraque.

Pauline et Valentin furent effrayés de le voir ainsi, la face rouge, l'œil farouche, dans un état à ne plus garder de mesures.

Assez avant dans la nuit, les Verdier s'en entretinrent. Pauline croyait comprendre que Gaspard n'était si outré que parce qu'il n'avait rien pu trouver qui accusât Robert.

Il n'a jamais raconté ce qui se passa au domaine, dans ce salon de compagnie où il avait été reçu au mois de mars. On a su que l'entrevue fut longue. Elmire haussa la voix à plusieurs reprises. La fille du métayer dut cogner très fort à la porte. Elle venait avertir que M. de la Thiolerie – le jeune galant, le surnuméraire – demandait à présenter ses respects à Mademoiselle. Mademoiselle avait calculé cela peut-être pour piquer Gaspard, peut-être pour rompre une conversation trop difficile.

On ne sut non plus ce qui arriva alors. Brusquement la fenêtre s'ouvrit. M. de la Thiolerie, rué dans l'espace, arriva sur un prunier et dégringola dans un fracas de branches.

Environ dix minutes après, le jeune monsieur revint avec le métayer et le domestique. Gaspard sortit sur le palier, un tabouret au poing. À cette vue, ils s'arrêtèrent net dans l'escalier. M. de la Thiolerie voulut parler cependant. Gaspard descendit de trois marches, le saisit à poignée par son habit, son gilet, son jabot, et, poussant devant lui, les jeta tous dehors.

Elmire, comme ne se possédant plus, criait, penchée sur la rampe :

— Adolphe ! ce sont mes vœux ; mes ordres ! Retirez-vous pour quelques moments.

Et ses yeux brillaient d'animation, tandis qu'elle répétait, toute hors d'elle :

— Quelle folie ! Quelle folie ! Mais c'est de la jalousie... Et je ne le comprenais pas !

Pour le coup, la colère partit en fumée. Gaspard remontait au salon.

— Vous voilà servie puisque vous aimez le drame. Maintenant, nous allons reprendre l'entretien.

Dès le matin du lendemain il profita d'une occasion de voiture pour se rendre à Issoire. Il reparut le jour suivant sur les onze heures ; et sitôt après dîner, il repartit pour Champétières.

Les Verdier, qui l'avaient manqué de cinq minutes, allèrent le soir à sa rencontre. Ils l'aperçurent dans les bois de Virennes. Il avait une façon telle que Valentin se rappela le temps où les vieilles femmes, le croisant sous le couvert qui passait sans les voir, comme si des coups de fureur l'enlevaient, se sauvaient devant ce possédé en laissant là leur fagot.

— Je l'ai encore trouvé là-haut, fit-il, sans autre bonjour. Qui ? le bossu, parbleu. Il faudra pourtant le payer.

Le feu de la haine dans les yeux, il marchait sans paraître les entendre. Son visage semblait de pierre.

Ils entraient dans le plus épais du bois. Les bras des sapins, s'abaissant pour se relever du bout comme les pans d'une tente, faisaient partout du sombre. Des touffes d'airelles et des fourrés de framboisiers foisonnaient dans le demi-jour. L'argent d'une branche retournée luisait, ou celui, plus éclatant, d'un fût de bouleau.

Apercevant là un grand sapin écorcé, couché sur son lit de rameaux en échelle, Gaspard s'assit ; et Pauline, sans prendre garde à la résine, s'assit pareillement. Il repoussait du pied les écorces enroulées, d'où venait une senteur piquante, presque pénible.

Cette Elmire, disait-il, glissait pis qu'une anguille. Il en avait pourtant tiré ceci : que Robert, après l'Arbre-Blanc, et comme il avait l'argent de la dot dans ses fontes, avait d'abord enterré ces sacs d'écus dans son pavillon de Balance. Ensuite, craignant qu'on ne vînt les chercher là même, car on se douterait qu'il n'avait pu les emporter bien loin – et qui ne sait vider une cruche sur le sol, et fouiller là où cette eau est le plus vite bue ? –, il avait envoyé Gilbert reprendre les deux sacs pour les cacher probablement dans les bois.

Elmire voulait que ses frères se fussent proposé de les recouvrer, pour les rendre à la famille Grange. Ces hommes probes et vertueux ! Robert, qui en avait eu vent, les avait bravés et menacés. Pour servir leurs amis Grange, ils s'étaient attiré sa haine...

— J'ai pris ça pour du bon argent. Mais les deux sacs, ce doit être vrai. Elle m'a jeté cette histoire comme on jette un os à un dogue qui flaire de trop près vos jambes.

Elle n'avait jamais rien dit à Anne-Marie. C'était à lui, à lui seul qu'elle confiait ce secret des vingt mille francs dans le bois !

Il l'avait laissée s'enferrer pour lui demander soudain comment il se faisait qu'elle l'eût d'abord confié au bossu ? (Il venait de se souvenir des patrouilles de l'autre entre Virennes et Balance.) Protestations, cris, début d'attaque de nerfs, aussitôt arrêtée, parce qu'il s'apprêtait à asperger, de l'eau de la carafe, le visage et la gorge d'Elmire, ce qui aurait gâté tout son beau crêpe blanc.

Il pensait cependant : elle n'a pas confié cela au bossu sans être certaine de le tenir : par quoi le tient-elle, et qu'est-ce que c'est que ce gaillard ?

Ensuite, M. de la Thiolerie s'était présenté... L'incident expédié, Gaspard avait repris la conversation au même point. Il avait eu à presser, tordre, essorer Elmire, pour en tirer quelques réponses. Mais ce qu'il voulait, il le voulait dur. Convulsive, éperdue, pâmée, comme si elle s'abandonnait aux tempêtes, Elmire avait fini par lui livrer le bossu. Il avait eu le sentiment qu'elle le lui livrait, qu'elle entrouvrait une porte, le poussait dans la caverne où l'autre était rembuché : et maintenant, débarrassez-m'en !

Après les dires d'Elmire, après ces courses de la veille et du jour, il voyait l'homme. Le bossu, c'était le fils de ce Simion qui courait le loup-garou à Champétières.

— Oui, dit-il à Pauline, celui qui causa la mort de votre pauvre mère et que ton père abattit d'un coup de fusil. Comprends-tu le bien qu'il vous veut ? Et il y avait un bossu dans l'assassinat du cousin prêtre.

Il se remit debout, la tête fumante. Tout d'un coup au cœur de ce bois, il éclata en menaces formidables. Ce n'était plus une créature, disait encore le soir Pauline à Valentin... Chaque montagnard est une montagne qui appelle à son moment le vent, l'ouragan, la foudre.

Ils s'en revinrent par les Escures.

Les chiens étaient entrés derrière eux – on songeait bien aux chiens –, mal reçus par ceux de la maison, qui tournaient en grommelant, l'échine hérissée. Bataille et tapage allaient commander. Gaspard se retourna, les regarda. Ce regard leur tomba dessus comme un seau d'eau froide. Tremblant de toute la peau, ils se retirèrent dans les coins des balais, des seilles, des chaudrons, s'y tapirent.

Grange de son bâton ferré tisonnait les braises. Son bonnet de coton enfoncé jusqu'aux oreilles et ses joues mangées d'une barbe de quinze jours, le Nanne tâchait de rôtir ses douleurs sur le banc de la cheminée. Ces hommes en désordre, ces chiens et leur odeur, le quinquet qui grésillait, un tabouret en travers du passage, des bourrées éparpillées sur la foyère, tout cela prêtait à la salle un air de désordre.

Anne-Marie rentra avec Pauline et l'enfant. Elle tira les volets, régla la mèche, arrangea le feu. Elle allait, venait, paisiblement, et tout s'ordonnait. Une sage lumière tirait de l'ombre les plats du vaisselier, une écuelle d'étain, les flancs polis ou les panneaux des meubles.

Pauline vit s'éclairer la figure de Gaspard. Il restait debout, la main posée sur les cheveux du petit. Entre lui et sa sœur, elle sentait une nouvelle entente.

— Je passerai demain matin, disait-il.

Elle savait que ce serait pour tout régler avant de recevoir Gilbert.

L'enfant était allé vers Valentin. Tous trois là, ils causèrent une minute, à mi-voix. À peine quelques mots. C'étaient les yeux qui parlaient.

— Je te dirai tout, tout ce que j'ai pu savoir.

Et ceux d'Anne-Marie remerciaient :

— Je sais, je me fie à toi.

Grange, qui s'abritait d'une gazette devant la flamme, avait fait un peu pivoter sa chaise. Il les considérait, les mains à cheval sur ses genoux. Il considérait Anne-Marie, puis Gaspard, puis de nouveau Anne-Marie.

Lorsqu'ils partirent, qu'ils furent tous sur la porte, lui retint Pauline par la manche.

— Ils sont le fait l'un de l'autre, lui souffla-t-il.

Moi, maintenant... Et il faut pourtant quelqu'un aux Escures. Arrangez ça, toi et Valentin, quand je n'y serai plus. Ta sœur ne peut pas toujours être tenue par ce bandit. Et peut-être qu'il a déjà débarrassé la terre. Alors, alors... Ton cousin paie deux cents francs de contributions, le voilà électeur ! S'il s'habillait un peu plus en bourgeois...

Mais les autres ralentissaient pour les attendre. En arrivant dans leur dos, le père montra Gaspard, et il poussait le doigt sur lui, plusieurs coups, pour signifier à Pauline qu'elle aurait à le faire avancer.

Dès qu'on se fut un peu éloigné, qu'on eut entendu le père et Anne-Marie barrer le portail, Pauline demanda avec action ce qu'on allait faire du bossu. Valentin la fit souvenir que Gilbert arrivait le surlendemain. Après, on aviserait mieux.

— Le bossu, dit Gaspard, au bout d'un moment. Mais vous n'êtes pas curieux, vous. Pourquoi l'Elmire m'a-t-elle parlé de ces écus dans le bois ? Pour me relancer sur Robert et Gilbert ? Et surtout pour me détourner d'autre chose. Je ne veux pas me laisser détourner. Je veux crocher dans le fagot. Des associations comme celles des messieurs et des Chargnat, d'Elmire et du bossu, ça commence par Dieu soit béni ! et ça finit par le diable t'emporte ! À présent il faut tirer à nous, et que tous ceux qui sont dans le fagot nous arrivent dessus.

Sixième pause

L'attente. – Jugements d'Anne-Marie.
– Le chapelet. – Les moutons et les loups.

La tranquille soirée. Un temps tiède et sombre, un ciel chargé arrêté au-dessus des montagnes. Ce silence élargi d'espace s'étend sur les prés, les communaux, les friches de fougères, sur toute la descente du val pour gagner, là-bas, la paix du canton bleu. Henri, à genoux, taille des morceaux de bois : il essaie d'agencer un moulin comme il l'a vu faire à Jeuselou. Le chien s'est allongé près de lui, les pattes en avant.

Les vaches broutent, égaillées. La Marcade, ou bien la Fromente, avance d'un pas, envoie la queue sur son échine, se remet à paître. Près du ruisseau, Anne-Marie voit ces mottes de petits joncs rougeâtres qui donnent la douve aux moutons. Elle demandera à Gaspard comment en débarrasser le pâtis. Il y a encore des scabieuses, en globules grenus, et cette fleur, blanche comme du givre sur une vitre, qu'on nomme parnassie, croit-elle. La nuée semble en suspens et la campagne engourdie sous l'attente. Les grands arbres des Escures ont leur toison déjà plus retombante et plus noire ; deux frênes y paraissent d'un vert quasi jaunissant entre les meules de sombre feuillage des ormeaux.

Demain même, elle doit recevoir Gilbert. Ce sera, pour lui aussi, dans le petit moulin de l'étang. Il va venir coucher au pavillon de Balance, et au matin de bonne heure, il arrivera par le bois. Valentin sera là, aux côtés d'Anne-Marie. Ils lui remettront contre reçu l'argent de la coupe. Et elle lui dira, donc, qu'elle compte parler à son père pour obtenir de lui qu'il revoie Robert aux Escures.

Mais elle ne laissera pas partir Gilbert sans lui demander à l'improviste où se trouvent les deux sacs d'écus de la dot.

Ç'a été réglé ainsi. Gaspard se tiendra dans le bouquet de sapins de sous l'étang.

Anne-Marie songe, installée au pied du cerisier, où la bergère a fait un siège de trois grosses pierres. À l'entour, sur l'herbe usée comme du poil, traînent des brins de laine, un petit bâton cassé et des cerises noires séchées par le soleil.

— Je demanderai au cousin d'affûter mon couteau.

Avec une grosse moue, faisant voler un copeau à chaque coup de poignet, Henri taillade une pousse verte. Il essuie une goutte de sueur à son sourcil, relève le nez, sourit à sa mère. Elle rougit de plaisir, et le contemple à la dérobée, reparti à l'ouvrage.

Gaspard l'a bien vu : c'est à cause de ce qu'il faut lui taire qu'il y a du mystère en lui. Mais je l'aime assez pour tout tourner du côté du soleil.

Ce n'est pas vrai que l'ange de lumière pourrait moins sur lui que l'ange noir.

Elle pense aux défauts de l'enfant, surtout à son silence. Elle pense à Robert. Mon Dieu, faites-moi un cœur exempt de haine, puisque demain il me faudra promettre de le reprendre.

Lorsque j'ai compris qu'il voulait revenir, j'aurais dû songer d'abord que je devais tout accepter pour le sauver ; songer du moins à l'enfant, à lui donner par ce retour davantage d'honneur et d'assurance. Et je n'ai eu qu'une pensée : voilà ce qui pouvait m'arriver de pis.

Quelquefois j'ai imaginé Henri d'après cet homme, alors que j'aurais dû tâcher de comprendre cet homme d'après Henri. Robert n'a été qu'un faible, un vaniteux, qui a pu trop jeune servir tous ses désirs. On lui a sans doute appris à pratiquer le mal. Dieu seul voit d'où nous venons, par où nous passons, quels efforts nous tentons.

J'ai jugé cette Elmire, et je ne peux seulement pas la démêler. Elle est amoureuse de Gaspard et avec cela elle a un galant...

Gaspard en sait assez long sur elle, et j'ai senti qu'il ne voulait pas se faire une idée encore. Pourquoi ne suis-je pas aussi raisonnable ? Que suis-je aller penser de Perrine ? Qu'elle accusait Robert pour tirer de moi de l'argent. Eh bien, ce n'était pas Robert qu'elle avait dans l'esprit.

Gaspard n'avait parlé que de soupçons sur le

bossu, mais Anne-Marie l'avait entendu à demi-mot...

Elle regardait ses mains, les retournait lentement. Voilà que j'aurai mes bêtes d'aversions, moi aussi : ce bossu, je ne lui pardonnerai jamais, je ne peux rien à cela. Et pourtant je ne voudrais pas garder un tel poids sur le cœur.

Comme elle était faite ! croyait-elle vraiment valoir mieux que Robert ou qu'Elmire ? On me dit bonne. Mais que vaut le plaisir que je prends à des charités ? Ou à réconcilier les gens ? J'ai accepté de faire le partage chez les Regouyat, flattée, parce qu'il me semblait que j'imitais mon cousin... On me croit femme de vertu. Et certains soirs, si Gaspard était seulement venu, qu'il m'eût touchée du doigt... De quelles chances est faite notre vie, et comme il faut que Dieu ait pitié de ceux qu'on appelle les honnêtes, tout autant que des autres.

Elle tressaillit parce qu'Henri l'embrassait. Elle le prit par les mains pour se mettre sur pied avec lui d'un élan. Un peu de vent s'était levé, qui fraîchissait, qui tournait en creusant des sortes de rosettes dans les rameaux des frênes. Elle transporta son tabouret à l'autre bout de la pâture, derrière la haie de chèvrefeuille. De sa poche, elle tira son chapelet, le fit couler au creux de sa jupe, et se mit à le dévider grain par grain.

Un *ave,* un autre *ave,* un autre... Elle échappait à ce monde, à ces figures mauvaises en face d'elle. La misère de rencontrer partout la méchanceté n'était plus une misère. Elle s'apaisait. Les *ave*, l'un après l'un, répétés, monotones, se suivaient comme des pas dans un enclos où elle entrait en air meilleur et la chair plus légère.

— Je vous salue, Marie, pleine de grâce, le Seigneur est avec vous...

Le Seigneur avec vous... une confiance, l'obscur sentiment d'un lieu de rafraîchissement, de lumière et de paix.

Le petit s'était assis en tailleur sur ses talons. Il essayait de partager une pomme « en faisant la couronne royale ». Il fallut qu'elle lui montrât comment découper les dents, de façon que les deux moitiés s'emboîtent. Comment ne pas croire encore que tout ira, devant un petit garçon qui s'applique, pomme et couteau en main, agenouillé dans l'herbe ?

Le train des *ave* la reprenait. Elle regagnait le pays qui ressemble à ces espaces faits de lumière et de nuées, très loin, derrière les toutes petites crêtes du couchant où sont des bouquets d'arbres.

Elle s'aperçut qu'Henri l'envisageait. Il s'approcha sur les genoux, se poussa contre elle.

— Je vais te dire un secret. Écoute...

Quel secret ? Aussitôt elle pensait au bossu, à Robert.

— Je te disais que j'aimais le bon Dieu. Mais je crois que c'étaient des grimaces... Maintenant je me le suis expliqué...

— Qu'est-ce que tu t'es expliqué ? Allons, dis-le-moi ?
— Comment veux-tu... Je me suis expliqué le bon Dieu, mais je ne peux pas te l'expliquer à toi...

Elle ne cherchait pas à comprendre, remplie d'une joie trop forte. Elle retenait le petit serré des deux bras contre elle. Il lui sembla que quelqu'un du paradis s'était approché d'elle pour lui rendre courage. Un bien, une douceur céleste, qui ne dura que le temps d'un éclair. Mais comme ces choses-là vous demeurent.

La Louise vint chercher les vaches. Elles la suivirent, s'arrêtant par moments, pour se frotter du cou et de l'épaule contre un arbre en bordure.

La soirée avait passé. Il fallait retourner au domaine, vers les vieux ombrages qui cachaient à demi le bâtiment de pierre grise. Aller au-devant du lendemain. Le lendemain, c'était Gilbert. Et puis Robert, le bossu, tout cela.

Le petit, à deux pas, boudait parce qu'elle lui avait dit de fermer son couteau. Il voulait continuer de taillader un bout de bois tout en marchant. Quelle nature avait-il ? Aurait-il était possible qu'abandonné il devînt un scélérat, lui aussi ?

Elle connaissait depuis ce matin l'histoire du bossu. À douze ans, le père mort, la mère morte, il s'était trouvé parmi le peuple des vagabonds. Ç'aurait pu être le sort de mon enfant. Bossu, il l'était devenu tout jeune pour avoir été éreinté à coups de bâton par un traiteur d'Issoire qui l'avait surpris dans sa cave. Il avait chipé quelques bouteilles, et voilà ce que les gens en ont fait. Si c'est un criminel, aujourd'hui, est-ce que nous ne sommes pas tous engagés dans ses crimes ?

Elle aurait voulu retrouver son sentiment d'un soir, alors qu'elle avait traversé le foirail de la louée à Arlanc. Les figures défaites, de fatigue ou de déception, de ceux qui attendaient encore, sans espérance, ne lui étaient plus sorties de l'esprit. Malingres ou boiteux, ou de pauvre mine, ceux-là n'avaient trouvé personne pour vouloir d'eux.

Ils étaient rentrés dans leur maison pour s'asseoir, la tête dans les mains, devant deux tisons qui charbonnent.

L'un pleurera, l'autre finira mal. On naît mouton ou loup. Mais parler de mérite !... Alors comment peut-on juger ?

La nuit allait tomber. La campagne continuait d'être parfaitement tranquille au long de ses chemins déserts. Gilbert arrivait peut-être à cette heure même au pavillon des bois. Une répugnance et une crainte oppressaient Anne-Marie à la seule idée de son approche. Elle comprenait qu'elle avait tout fait pour se persuader de ne pas juger, de ne pas haïr, et qu'elle continuait de haïr.

Le petit courut chercher une pomme dans un trêfle : elle dut s'arrêter, lui montrer de nouveau comment la couper à quatre dents pour faire la couronne. Il riait, sa joue était rose. Elle repensa au bossu : c'est parce qu'il a désiré de pervertir mon enfant que je ne peux supporter l'idée de ce misérable. Je lui en voudrais moins pour l'assassinat du cousin prêtre.

Sur ce Gervais non plus, Gaspard n'en avait pas dit long. Mais à une certaine lueur fixe de son œil, elle savait qu'il était déchaîné maintenant et qu'il n'aurait pas plus de pitié qu'un morceau de fer. Elle ne voulait pas songer à ce qui allait arriver.

FARINE

SIXIÈME VEILLÉE

Première pause

La venue de Gilbert. – Recherches sur la montagne. – Gaspard à la narse.

La nuit n'avait pas été froide ; sur les regains, pas un brin de rosée. Le soleil sortait seulement, tout rouge, d'un éclat qui donnait aux yeux, comme un fer de forge.

Gaspard allait aux Escures demander comment avait tourné cette entrevue. Ç'avait été au moulin, dans la petite salle empoussiérée, où trois planches s'appuyaient au mur, près de sacs pliés sur un boisseau ; une ratière traînait devant la fenêtre. Gilbert venait de repartir. Il avait été là, vêtu de chasse : à cette place même, près de la trémie.

— Je l'ai reconnu et pourtant je n'en gardais pas cette idée-là.

En le voyant Anne-Marie avait revu Robert, et elle n'arrivait plus à former ses pensées. Elle laissait parler Valentin.

Gilbert avait vieilli, avait pris la façon d'un homme qui a eu les reins cassés et qui va prudemment du bon côté : argent et considération. Sa touche de lourdeur, sa figure ladre et dure, enflammée de quelques boutons à pointe blanche, l'auraient fait prendre pour un propriétaire un peu brutal, qui a des procès avec ses fermiers faute d'oser taper dessus. En entendant parler des sacs enterrés, il avait battu des paupières, et dit qu'il ne croyait pas, que c'était sûrement un conte. Cela, comme s'il renvoyait ce conte bien loin, avec les chansons qui avaient pu courir sur eux. Il ajouta que lorsque son frère saurait être agréable à qui de droit, il pourrait aider la famille Grange à tirer au clair ses affaires : elle s'apercevrait alors que ses amis n'étaient pas là où elle le pensait.

Ensuite il s'était tu, en homme qui a récité sa leçon et ne se hasarde pas sur un autre terrain.

Gaspard écarta du pied la ratière, approcha de la fenêtre.

— Le brouillard arrive. Dépêchons. Il faut savoir par où il passe. Crois-tu qu'il reparte tout droit pour Brioude ?

Ils n'étaient pas à la route qu'ils virent le canton s'embrouiller, s'emmêler d'un gris d'argent qui se levait par traînées un peu partout. Des fumées tournaient en écharpe sur le bourg et rejoignaient les flottements qui s'embarrassaient dans les rangs de frênes de pacage en pacage.

Une rosée trempait l'herbe, maintenant. Entre les ouates du brouillard, le soleil bas envoyait sur elle des espèces de reflets couleur de paille d'avoine. Les masses et les coupures des monts se marquaient à peine en bleuâtre dans le lointain.

— Le coton va s'élever. Il fera beau, dit Valentin, qui voulait toujours tout bien prendre.

Ils trottaient. Le piquant du froid leur courbait le dos sur la selle. Mais le pays se perdait de plus en plus sous ces buées s'étalant comme un lait répandu dans l'air. La montagne devenait un étrange monde de fumées, de lueurs, de grisailles. Gaspard se disait qu'ils n'allaient pas retrouver leur homme.

Le sang lui fourmillait sous la peau. Ils croisèrent un bûcheron qui allait à sa journée, la cognée sur l'épaule ; il leur cria qu'il venait de rencontrer Jeuselou parti pour la chasse. Ils le payèrent d'un bonjour, d'une mine d'amitié et d'empressement, et passèrent sans s'arrêter. Gaspard se hâtait, voyant qu'avec la bise arrivait la vraie brume. À Balance, à la vieille auberge du carrefour, ils ne prirent que le temps de jeter les brides à la femme, sans même boire un verre de vin. Et ils filèrent à pied vers le pavillon.

Les plateaux semblaient déserts, sous un aspect de silence. On ne voyait rien, sinon, au plus ou moins d'obscur, en ce gris confus, le passage sans cesse du brouillard. Et parfois à terre sur les buges, quelque rond de sorcière tracé d'une herbe plus sombre. Il arrivait que le sol, sous la botte, sonnât comme si l'on marchait sur une voûte. Gaspard avait sa grosse roulière de laine tout emperlée de bruine.

— Il mouille. Le temps est pris pour la journée.

Il croyait, il croyait bien qu'après ce qui lui avait été dit, Gilbert se défierait de la cachette et voudrait en tirer l'argent sans attendre. Mais où le chercher ? Ils pouvaient passer à trente pas de lui.

Ils arrivèrent au bois, à travers une bruyère. Au-dessus des têtes d'arbres courait le sifflement chuintant du vent.

Pourquoi n'avait-il pas répondu net sur cet argent ? Et puis, autre chose, c'était sûrement lui ou son frère qui avait envoyé cet homme au bossu, l'avant-veille. Quels rendez-vous avaient-ils encore avec ce gredin ? Puisqu'ils prétendaient approcher d'Anne-Marie, ils devaient aller droit.

Le brouillard roulait toujours ; il s'épaississait par moments, donnant un faux jour ; et aux moindres choses, à une souche, à un buisson, il faisait prendre alors un biais hagard. Tous deux ils battaient le bois en hâte, s'arrêtant pour écouter, s'écartant.

Valentin brisait les fougères, faisait sauter du bout de sa botte des champignons, de mauvais champignons lie-de-vin rongés par les limaces.

Tout à coup, étoupé à travers le nuage, mais longuement roulant, un coup de fusil retentit au cœur des bois.

— C'est la vieille pétoire de Jeuselou.

Ils se regardaient. Renvoyés par les échos, déportés par les hauts courants, les sons ne disent pas aisément d'où ils sont partis, dans la montagne. Le silence revenait, sous un faible bruit de vent parmi les pointes houlantes des arbres.

Ils convinrent de se séparer, de passer à main droite et à main gauche pour se retrouver finalement à l'auberge. Et ils s'enfoncèrent au jugé sous les pins.

Gaspard marchait, courait, s'arrêtait trois secondes, repartait. Il ne rêvait pas : il entendait des appels, des beuglements d'appel. Mais allez trouver la voie, dans ces épaisseurs d'ouate, et de mousse et de branchages. Chopine, la queue basse, tremblait de froid et trottait contre ses guêtres.

Un instant, ces bramées arrivèrent plus fortes : « Au marri ! au marri ! » comme crient les malheureux enlisés dans les congères sous la tourmente. Avançant de ce côté, il n'entendait plus rien.

Deux minutes après, ce furent des frappements sourds : un bruit, une galopade, çà et là, tout au travers du bois. Brusquement, dans ce gris d'ombre, surgit une masse – on eût dit d'un chariot bâché –, lancée d'une façon inexplicable parmi les arbres. Cela fit un écart et passa en trombe à quatre pas de lui.

Il s'étonnait peu, d'ordinaire, mais il resta planté là, droit en pied ; et il lui fallut reprendre ses esprits pour reconnaître un cheval. Le manteau jeté sur la bête s'était accroché au harnachement, et se gonflait dans la course, achevant de lui donner sous la grisaille une figure fantastique.

— Chopine ! té, Chopine !

Il sut l'éveiller. Elle fila en flèche, sauta aux naseaux du cheval qui se cabra. Gaspard le rattrapa par le bridon, lui parla, le calma, l'attacha à un arbre.

La jument de Gilbert. Où est Gilbert ? Où est Jeuselou ? Le coup venait de la vieille demi-canardière de Jeuselou, j'en suis sûr.

Il faisait quêter Chopine et la suivait, ardent, inquiet, plus courant que marchant. Une clairière s'ouvrit dans la futaie. Puis il reconnut le Paquet de la Vialle, le pâtis de la ville, vers Tirevache. En ce lieu s'étendent de longs monceaux de pierrailles extrêmement antiques, comme d'une ville du temps des fades.

Se coulant entre les genêts, Chopine gagnait la narse de la Cloche, celle qui entre en pointe au milieu des bois.

Il y a par là ces espèces de marécages qu'on nomme narses : des fondis où, dit-on, se sont engloutis des chars attelés de leurs bœufs. Sans parler des bâtiments d'autrefois qui se sont enfoncés sous terre et du clocher avec sa cloche.

Rien n'avertit du hasard qu'on court. Aux abords, peut-être, des gentianes bleues, des joncs, des linaigrettes à floquet de soie, les plantes des terrains froids et gorgés d'eau. Ceux de la montagne savent qu'on ne croirait jamais comme c'est traître et difficile. Tu vois une belle place unie, un gazon plus vert qu'un blé en mars. Un peu trop vert. Si tu t'y engages tu passeras mal ton temps. Ce sol mou semble rouler sous le pas, tremble, se meut par grosses ondes. Le pied que tu viens de poser crève le pelage d'herbe, s'enfonce dans une bourbe épaisse, collante, qui ne le lâche plus. Pour t'en tirer, tu fais porter le poids de ton corps sur l'autre pied qui s'enfonce à son tour. Si tu ne te jettes tout de ton long, ou si tu n'es secouru, tu risques de périr, étouffé par la fange.

Gaspard ne fut pas peu surpris que la chienne entrât dans la narse. Par une manière de passage, de motte en motte, elle avançait vers un lieu où l'on devait avoir pied, puisqu'on y voyait quelques sureaux et un bouleau de maigre vie. Elle s'était mise à hurler, et, reparaissant entre les feuilles, elle ne cessait plus de hurler et de japper, tournée vers son maître.

— Tu vois le Jeuselou, Chopine ? Tu le vois ?

Il fit le tour de la fondrière, tout courant, espérant de l'autre côté apercevoir quelque chose. Mais personne ne se trouvait là, personne sous le bouleau, dans cet espace grand comme une chambre.

Il ne souffrit pas d'attendre davantage. Il se hasarda sur la piste branlante, tâtonnant, revenant, obliquant, rampant même. Il remarquait des pas dans la boue, des marques de bottes – Gilbert ? – presque recouvertes par d'autres, de souliers. Trois hommes au moins avaient passé là. L'étrange était qu'aucun ne fût revenu.

Soudain il vit un long corps à plat ventre, dans une flaque de sang noir.

Deuxième pause

Jeuselou aux trousses du bossu. – Rencontre du bossu et de Gilbert. – Jeuselou se laisse surprendre. – La narse.

Depuis qu'il savait, Jeuselou n'avait pas dormi. Les nuits sont longues qu'on passe à regarder dans le ciel les carrés des étoiles. Les étoiles, la lune qu'essuie une charpie de nuages. Peut-être qu'on pourrait vivre là-haut, dans de petites chambres blanches.

Marguerite serait là, des passeroses sous la fenêtre, comme j'en ai vu à Maringues, dans une salle ouverte sur un pays tout de lumière douce... Je me souviens de son regard, de son air à elle : ce qui était elle ainsi, est-ce que cela a pu mourir ?

Les heures tournent ; on se croit éveillé, et l'on ne saura plus si on l'était, lorsqu'on sera debout ; les songeries, les pensées passent, et la peine ne passe pas. La lune clarinelle descend sur les montagnes, du côté du moulin que Marguerite a habité si longtemps.

... Une lumière s'est allumée, derrière les carreaux du bossu. Jeuselou se lève, s'habille. Il monte sur le banc du jardin pour regarder dans la ruelle entre les branches. Il y a encore une grande heure avant le jour.

Le bossu sort de chez lui et s'en va à pas de chat.

Jeuselou chausse ses souliers, qu'il bouchonne de foin, pour marcher plus coitement, prend son fusil et le suit. Il l'a perdu dans les prés, à cause des haies, mais il le revoit grimpant la butte de Roche-Savine. Les gens ne sont pas levés encore. Jeuselou boit deux grands coups à une fontaine, sous un tertre où il y a des poires d'oiseau à un arbre. Il va, du coude du sentier à un endroit creux, d'où l'on a tiré de la pierre, d'un bouquet de houx à un gros buisson couvert de cenelles. Il a peur d'avoir reperdu le bossu ; il le devine à la lisière, qui sort pour jeter un coup d'œil dans le vallon.

Jeuselou traverse des terrasses de chaume qui sentent la roche et la sauge. Il y a des lueurs de soleil. Le brouillard commence de paraître. On ne sait plus trop où l'on est. Des perdrix partent. Il écoute le pas d'un cheval, plus bas, dans un chemin de troupeau.

Lorsque Gilbert et le bossu furent ensemble, Jeuselou put approcher à une douzaine de pas, dans les broussailles. Gilbert parlait à mi-voix, ployé sur sa selle.

— J'ai à te demander pourquoi tu es allé chez ces femmes. Tu me comprends bien ! On a mis du poison.

— Vous dites que c'est moi qui ai fait cet ouvrage-là ?

— Je te demande pourquoi tu l'as fait ?

— Et si j'ai voulu payer ses façons ? Il n'y a pas de quoi tant se déplorer. La mère des femmes n'est pas morte.

— Peut-être que ça te faisait malice de voir cette fille et de n'en avoir pas grand contentement. Mais peut-être que c'est parce qu'elle n'a pas voulu empoisonner la dame des Escures. Si je le croyais, je te ferais sauter la cervelle à dix pieds de haut.

Le bossu se retira un peu, s'appuya à un arbre.

— Oui, méfie-toi. Je sais ce que tu vas dire. Je sais qui a envoyé Poil-de-Vache. Il se peut qu'elle te tienne, mais nous la tiendrons, elle aussi. Dis-le-lui, à ta demoiselle.

Le bossu marmonna quelque chose.

— Écoute-moi bien : on peut toujours trouver quatre ou cinq gaillards. Si l'Elmire et toi vous touchiez à la dame, nous ferions pour vous une mascarade sans violons ni flûtes dont on parlerait. C'est compris ? Alors, adieu, toi, je t'ai vu !

Il secoua les rênes. Le cheval fit un brusque mouvement.

Aussitôt un bruit éclata, comme de l'orage dans des toiles secouées et fouettées : des claquements d'ailes par douzaines et des croassements se répondant. Parmi les étoupes de la brume s'enlevait lourdement une nuée tournoyante de corbeaux.

Le cheval s'effarait, bondissant de côté, manquant de jeter le cavalier contre un arbre. Gilbert descendit, assez pesamment, le maintint et le corrigea.

— Ça ne vous rappelle rien ? fit le bossu qui avait repris son aplomb. Le même endroit, le même matin, presque les mêmes fumées ; et les mêmes corbeaux qui tournaient en criant comme s'ils voulaient nous faire prendre.

Il voulait parler de l'assassinat du vieux prêtre au bois de la Greleyre. Gilbert affectait de tancer sa bête. Il se remit en selle, assura son chapeau.

— Je t'ai dit ce que j'avais à te dire. Fais attention, si tu veux que nous soyons camarades. Allez, sans adieu !

Il poussa son cheval dans le chemin. Le bossu redescendit d'une vingtaine de pas. Ensuite, sentant le monsieur hors de vue, il s'arrêta et se fourra en plein bois. Jeuselou le suivit.

Des bancs de brouillard, des pins, des genetières ; une débandade de sorbiers, un tas de pierres sombres. Jeuselou voyageait encore à travers ses visions de la nuit. Ce qu'il venait d'entendre le rendait fou. Lorsqu'il allait vite, par le plateau, il lui semblait qu'il n'était plus dans son corps, mais qu'il filait dans le vent noir par le milieu de l'air. Un autre aurait perdu le bossu vingt fois : mais une bête tapie au fond de son être le lui faisait suivre comme à la piste.

Ils arrivèrent jusque près du pavillon. Là, le bossu se rabattit sur lui. C'était pour éviter Gilbert qui revenait, portant une pioche en travers de sa selle. Il allait vers la narse. Sa pioche à la main, se défilant d'une façon plus dégagée qu'on ne l'eût attendu de ce gros homme à dégaine brutale, il atteignit le petit bouleau.

Le brouillard était épais comme une soupe. Dans ce haut quartier désolé de bois sauvages et de terres vagues, on se sentait à cent lieues des personnes. Le vent menait son bruit toujours pareil, de chute d'eau perdue au fort de la montagne, comme si le silence même ne pouvait être une paix ici.

Jeuselou n'avait rien dans le corps depuis la veille. La tête lui tournait, après les propos atroces du bossu. Quatre ou cinq fois par minute, dans le coton, au-dessus des sureaux, il voyait glisser une lueur. Il croyait vaguement que quelqu'un jetait là des pièces d'argent l'une après l'une. Il comprit enfin que Gilbert piochait. Il s'aperçut alors que le bossu essayait le chemin. Gilbert, tout à sa besogne, ne devait pas l'entendre... Le bossu se glissait, gagnait l'endroit, se terrait derrière les branches. Des minutes coulèrent. On ne voyait plus monter et descendre la pointe luisante du pic. Il y eut un sourd vacarme. Des feuillages s'agitèrent, comme si quelqu'un, se roulant sur l'herbe, donnait des coups de pied dans le buisson...

Gervais avait dû surprendre Gilbert alors qu'il tirait un sac du trou, et lui fendre le crâne de sa pioche. Ceinturant le cadavre, il le souleva comme le boucher fait du veau qu'il veut pendre au croc, avança de deux petits pas pénibles et le flanqua dans la narse.

Le gazon s'ouvrit. Le corps s'enfonça de biais, happé par la fange. Le bossu se démenait, du manche de la pioche essayait de le pousser, faillit choir, se rattrapa, affolé, envoya l'outil au milieu du bourbier vert. Un moment, il se tint ainsi, tout secoué. Il se retourna enfin. Et ce fut pour se trouver devant Jeuselou qui écartait les sureaux.

Les jambes lui manquèrent. Il était épouvantable à voir, d'un blanc de mort, éclaboussé de boue et les mains barbouillées de sang. D'un doigt qui allait comme une feuille, il voulut montrer les deux sacs encore enveloppés d'une pièce de cuir.

— La moitié pour toi, murmura-t-il d'une voix enrouée.

— À condition que la justice fasse le partage.

Ils écoutaient le bruit du sang dans leurs oreilles.

Jeuselou surprit un geste, aperçut dans les joncs un petit pistolet de cuivre. Il mit le pied dessus et reprit en main son fusil.

— Il faut qu'on te voie guillotiner sur la place du bourg. Mais je te casse les jambes si tu bouges.

Une sueur trempait la face verdissante du bossu. Il s'essuyait d'une main, par secousses.

— Tu veux me voir guillotiner ? Et qu'est-ce que je te dois ? Sais-tu qui j'ai poussé dans la narse ? Un des messieurs qui ont procuré tant de peines à Mme Anne-Marie. C'est tant de fait pour elle.

— La Marguerite ! cria Jeuselou,

Gervais vit la mort dans ses yeux.

— Ce n'est pas vrai ! hurla-t-il, ce n'est pas moi ! On a voulu empoisonner Mme Anne-Marie, mais c'est la demoiselle Chargnat, ce n'est pas moi. Vous devriez donner gros pour savoir ce que je sais. Elle a mis dans son idée d'empoisonner la dame et de faire croire au Gaspard que ce sont les messieurs, parce que alors Gaspard les tuera sans rémission. Et elle, ensuite, elle se flatte de le tenir dans sa main : elle le cachera, elle le protégera. Je te raconterai tout, si tu me promets la vie !

Encore aplati de terreur, il parlait et suppliait.

— Laisse-moi me mettre dans vos amitiés, je vous dirai tout !

De sa poche il avait tiré sa tabatière et l'agitant entre ses mains, s'étourdissait de paroles.

Jeuselou continuait de vivre un cauchemar. Gervais se rapprocha d'un pas, osa tendre à demi la tabatière pour une prise de réconciliation.

Le regardant de façon à le faire rentrer sous terre, Jeuselou parut s'éveiller. Ce fut subit. Le bossu lui envoie son tabac dans les yeux, saute sur lui, qui, criant de douleur, s'était jeté les mains au visage, lui arrache le fusil et le lui décharge dans le flanc.

Le fracas, le coup du recul, donnèrent aussitôt à Gervais une sorte de panique. La frénésie de l'argent put seule le retenir. Il s'abattit sur les sacs, en déchira un, remplit ses poches d'écus, empoigna l'autre. Retourner embourber Jeuselou, il ne l'aurait pu.

« Mais si jamais on le retrouvait on penserait qu'il s'était détruit lui-même. »

Il se sauva.

À la deuxième enjambée, le pied lui glissa : sa jambe plongea jusqu'au genou. Il voulut se hisser sur la motte, il la fit basculer. Violents et précipités comme ils l'étaient, ses mouvements accrurent le mal. De partout, une eau noire arrivait en sautelant, gargouillant, soulevée de bouteilles qui crevaient entre les joncs.

Serrant le sac sur son estomac, il essayait de tirer une jambe, puis l'autre, et, à chaque effort, la narse cédait sous lui. La fange mêlée d'eau le prenait jusqu'à la ceinture. Un frisson lui rebroussa le poil. Son crâne tintait comme si la fameuse cloche battait dans sa tête.

Tout à coup, soulevant le sac, il s'efforça de l'envoyer jusqu'au bouleau. Déjà, il était mal libre de ses gestes. Il porta les mains aux poches de sa veste, parmi la boue, les retourna, les vida de leurs écus. Ensuite, contenant sa rage, et y allant retenu, il tâcha de s'accrocher à une touffe de joncs.

Le bourbier tremblota, fléchit, monta en clapotant. Il en avait jusqu'aux aisselles.

Cet argent, serait-ce sa mort ? Les poches de son pantalon, gonflées d'écus, continuaient à le tirer par en bas, comme des boulets. Il aurait juré que le diable même le halait au fond par les cuisses.

Alors, il se prit à crier, mais de telle sorte que le cheval laissé au bord du bois s'enfuit ventre à terre à travers le brouillard.

Jeuselou, tiré de sa pâmoison, souleva les paupières. Il vit une face de damné, des yeux qui semblaient hurler, une bouche qui n'était qu'un cri...

Lorsque le bossu, qui avait tourné la vue sur Jeuselou, comprit qu'il ne pourrait en attendre aucun secours, il l'injuria avec transport :

— Crève, crève ! Et tous tes Grange ! Mais l'Elmire leur fera faire le saut ! Je le lui ai assez mis dans la tête !

Il levait la figure pour bramer. Le bouillon de l'eau noire lui entrait presque dans la gueule. Ses poignes agrippèrent le vide.

Jeuselou ferma les yeux. Il entendit l'eau

tournoyer et le petit bruit des bouteilles qui crevaient au milieu des remous de la bourbe.

Troisième pause

Jeuselou à l'auberge de Balance. – Confession de Gaspard. – Il apprend la vérité sur Elmire.

On ne sauverait pas Jeuselou ; Gaspard savait qu'on ne le sauverait pas. La plaie était affreuse à voir : la charge – du plomb de lièvre – avait fait balle ; des morceaux de toile noircie y étaient pris encore.

M. Meissoux refusait de donner une espérance.

— Il faudrait qu'il voulût furieusement guérir...

Comment y compter, quand on voyait cette tête appuyée en arrière – on avait retiré le chevet pour ne laisser qu'un oreiller tout plat –, ce nez pincé, ce luisant de cire, ces yeux troubles comme sous un gel ?

Il ne prenait haleine que par intervalles. Il semblait loin de tout, déjà, parti pour ailleurs.

C'était cela, aussi, cette chambre d'auberge ; il n'était pas chez lui.

— Laissa me n'a ! Tira me d'ati ! avait-il dit d'abord, sans être bien revenu à soi. Il ne reconnaissait pas cette muraille épaisse, aux gros bossages, où la petite fenêtre fait comme un guichet au bout de l'embrasure. Il aurait voulu qu'on le tirât de là, qu'on le laissât aller.

C'était triste, ce carrefour dans la montagne : la chambre sentait le vieux, la pierre, les feuilles sèches. Une assiette avec la mie de pain de l'extrême-onction était restée sur la fenêtre. Derrière les carreaux, les barreaux, il n'y avait que du gris, peut-être la bande d'ombre d'un bois, parce que tout paraissait pris par le brouillard. Sous sa toiture chargée de pierres brutes, la baraque de granit, tout écrasée, toute sombre, ne donnait pas des idées gaies. Est-ce qu'Anne-Marie n'allait pas arriver avec Valentin ? Jeuselou l'avait bien sauvée, sous l'Arbre-Blanc du bois de Maucher : ne le sauverait-elle pas maintenant ?

La tête de Gaspard avait travaillé : Jeuselou surveillait le bossu ; l'un suivant l'autre, ils auront surpris Gilbert sur l'argent même ; Gilbert et le bossu ont-ils été d'accord pour abattre Jeuselou ?...

Il blêmit. Ses mains, dans ses poches, bougeaient comme des bêtes. Empoigner ces deux hommes, leur enfoncer les pouces dans le gosier jusqu'à ce que les os craquent ! La fureur l'aurait jeté contre les murs.

Il s'efforçait pourtant de donner des soins à Jeuselou et d'y aller alors aussi délicatement qu'une fille. Pansé, bandé, le pauvre avait repris un semblant d'existence. Gaspard lui mouilla les lèvres de fil-en-quatre. Si l'amitié avait pu suffire à rendre le goût de la vie ! Pour la poignée de main, pour faire encore le chemin ensemble.

Il s'assit sur une selle de bois, entre le lit et la fenêtre – on n'aurait pas trouvé une seule chaise dans cette auberge.

Les bras sur les genoux et la tête en avant, il se forçait à parler, d'une voix sans timbre, un peu lourde. Est-ce que Jeuselou se rappelait le retour de l'armée, la colère, les moments noirs ?

— Dans ma vic, j'ai reçu deux fois une poutre sur le crâne : lorsqu'on m'a dit : « Ta cousine s'est mariée », et lorsqu'elle est venue me dire : « Mon mari reviendra aux Escures. » Quand on a tant d'attache pour une personne, qu'il n'y a qu'elle ! et qu'on la voit liée à un autre, comprends-tu ce que c'est, Jeuselou ? Il vaudrait mieux la savoir morte, va ! Tu ne peux pas savoir par où j'ai passé, après mon retour, en 1815...

— Mais tu courais ?... fit Jeuselou, presque sans souffle.

— Ha ! il s'empoigna la nuque. On se sent ! C'est le diable ! Oui, j'ai couru les filles...

Il regardait Jeuselou, longuement, de dessous ses sourcils.

— Vois-tu, enchaîna-t-il, d'un autre ton, il m'arrive de souhaiter que ma cousine soit morte...

— Ne dis pas cela, chuchota Jeuselou, sans même glisser un coup d'œil.

— Si, continuait Gaspard, avec une sorte d'entêtement sauvage. Si ! Notre destin, c'était nous deux ensemble. Et elle ira vivre avec cet homme ; je n'aurai plus le droit d'être rien dans sa vie. Jamais je ne la tiendrai entre mes deux bras jusqu'à la mort. Puisque c'est ça, je préférerais la voir morte. Sais-tu le vrai ? C'est qu'il y a des moments où je tuerais Anne-Marie Grange. La nuit, je me réveille et je lui en veux à mort parce qu'elle s'est laissé marier autrefois, et que, depuis, elle s'est laissé remettre la main dessus. Oui, voilà où j'en suis, Jeuselou. Ça ne fait rien, aller quand même. Tant que nous pourrons aller avec nos compagnons, est-ce que ça ne vaut pas de vivre ?

Il disait ces choses, et tout d'un temps sentait sa naïveté.

Il faut que la peine m'embrouille. Des paroles vont changer le cœur de ce pauvre agonisant, lui redonner le goût à la vie qui ferait le miracle !

Jeuselou, très lentement, avait un peu tourné la tête. Il écoutait d'un air avisé, avec un sourire de sagesse, de malice : comme s'il avait deviné, puis vu, à quoi allait cette confession.

Il parut s'éloigner de nouveau, songer à tout autre chose. Il fit comprendre à Gaspard de s'asseoir là, tout contre, pour qu'il pût lui parler de bouche à oreille.

— Tu veux raconter ? Mais je crois que je vois

à peu près ; je vais te dire. Tu me marqueras si j'y suis par oui ou non, d'un clin d'yeux.

Quand il le fallait, Jeuselou le guidait, d'un mot. Avec de longues pauses, il lui rapporta les propos de Gilbert et du bossu.

Gaspard ne paraissait pas autrement s'émouvoir, soit qu'en ce moment il fût tout à l'état de Jeuselou, soit qu'il eût déjà ses idées sur Elmire Chargnat. Pauline était venue le trouver la veille. À force de discuter avec Valentin, elle avait entrevu la vérité.

— Vous n'avez qu'à parler assez fort ! Lorsqu'elle croira que rien ne vous empêchera de la dénoncer, pas même la crainte de déshonorer l'enfant, qu'elle verra la prison, les assises, elle retrouvera bien, dans quelque fond de tiroir, un peu de poudre blanche !

Pauline secouait ses boucles et leur faisait des yeux furieux, à Valentin et à lui. Mais ce ne serait pas de cette façon-là qu'il faudrait s'y prendre.

Gaspard laissait Jeuselou retrouver un peu d'haleine. Il se levait. Il n'y avait là pour tout meuble qu'un crochet de bois cloué à la cloison, une simple fourche de branche, taillée à la serpe. Il y pendit les habits restés en tas sur le plancher, les braies tachées, la veste coupée par M. Meissoux, que le coup de feu avait enflammée, à moitié brûlée. Il en roula les restes, en fit un brise-bise pour la fenêtre qui fermait mal. Le brouillard passait toujours, avec cette désolation de la montagne.

Il trompait sa fièvre, son besoin de savoir. Puis, il revenait s'asseoir près du chevet.

Jeuselou redemanda un peu d'eau-de-vie. Il voulut, voulut absolument, achever de dire.

Sans même jeter les yeux sur lui, Jeuselou sentait que la fureur emplissait, étouffait Gaspard. Une fureur venue du fond des années, comme ces amas qui se font de dalles de glace, de buissons morts, de branches arrachées, quand la débâcle en tournoiements d'eau jaune soulève les torrents : la masse part, avance de quelques toises, s'arrête dans un étranglement où elle monte, repart, monte et s'enfle encore, jusqu'au moment où, s'abattant dans un craquement de tonnerre, elle dévale en emportant tout.

Ils avaient l'esprit si profondément saisi qu'ils n'entendaient pas heurter à la porte.

Quatrième pause

Interrogatoire de Jeuselou. – Il veut qu'Anne-Marie soit mise au fait. – Départ soudain d'Anne-Marie.

On heurta de nouveau. Anne-Marie entra. D'entrée, elle sentit qu'elle surprenait Gaspard. Elle comprit qu'il se repliait dans son silence, décidait de faire sans en parler ce qu'il avait dans la tête.

Regardant Jeuselou pour lui demander secours, elle fut saisie. Valentin ne lui avait pas laissé prévoir qu'elle le trouverait si mal. Elle dégrafait sa mante, en secouait les bords mouillés par la bruine.

— Je veillerai jusqu'au matin, dit-elle rapidement à Gaspard.

Peu de paroles et peu de gestes ; mais il semblait qu'elle eût réchauffé l'air de cette chambre misérable.

Jeuselou avait à peine marqué qu'il la reconnaissait ; il dormait comme on tombe en faiblesse. Gaspard fit mine d'allonger le menton vers lui. Cela signifiait : « Regarde. Qu'en penses-tu ? »

Sans chercher cependant une réponse sur la figure d'Anne-Marie, il tendait l'oreille. Il alla sans bruit à la fenêtre, puis à la porte.

À ce moment Jeuselou rouvrit les yeux.

— C'est les gendarmes. N'aie même pas l'air de comprendre. Ils ont le temps de revenir.

Deux minutes après, ils furent là. Ils saluèrent, avancèrent jusqu'au lit.

— Est-ce que vous pourriez vous faire entendre pour deux mots de déposition ?

Jeuselou, les yeux clos, ne bougeait point.

Remontant sa moustache, le plus vieux envoya à Gaspard une moue qui disait : « Il n'ira pas loin, j'ai l'habitude... »

Un moment encore, il considéra le blessé ; puis ils se retirèrent, son camarade et lui, sur la pointe de leurs bottes. Gaspard les suivit dans la salle.

... Soudain, Anne-Marie s'aperçut que Jeuselou ouvrait de grands yeux d'angoisse et que son front se couvrait de sueur. Il gémit. Elle lui essuya la figure, lui parla, et se glissa jusqu'à l'escalier, pour appeler.

On crut qu'on ne ferait pas revenir Jeuselou. Anne-Marie lui mit la tête plus bas encore, lui mouilla les tempes de vulnéraire.

— Nous sommes trois de trop ici, dit Gaspard aux gendarmes. Savez-vous, tant qu'il fait encore jour, allez à la narse ; vous comprendrez mieux que moi.

Après un regard au mourant encore, ils se consultèrent d'un œil et sortirent.

On les entendit partir avec Valentin et l'homme de l'auberge. Un busard criait au-dessus des communaux. Le petit soir n'était plus loin. Jeuselou parut remonter du fond d'on ne savait quel étang, pour se voir étranger à ce lieu, à ces personnes. Il regardait Anne-Marie et Gaspard, debout, près du lit, côte à côte. Un reste de jour blanchissait l'embrasure bosselée de la fenêtre. Il les regardait d'une façon sévère : je vous regarde et je vais mourir.

Anne-Marie se détourna et soupira. Elle approcha des carreaux, versa dans une cuiller de bois, au-dessus de l'écuelle, un peu du vulnéraire que M. Meissoux avait envoyé par son domestique.

— Je ne prendrai pas de remèdes, murmura Jeuselou. Marguerite est morte. Nous étions pauvres tous deux, mais nous nous aimions bien.

Il releva les paupières. Ses yeux allèrent autour de lui, dans cette chambre où il n'y avait que ses habits pendus et une image de Notre-Dame du Puy, jaune et bleue dans sa chape. Les planches où elle était collée avaient joué ; on voyait tout du long les barbes de la déchirure. D'un air las, il ramena le regard, changea de visage, comme s'il retrouvait une amitié pour Anne-Marie.

— Il faut lui tout dire.

Il voulait que Gaspard lui répétât tout. De la main, il leur faisait entendre de s'asseoir.

Gaspard racontait d'une certaine voix blanche, en marquant un peu qu'il y allait à regret. Alors Anne-Marie n'était pas sûre que ces histoires ne fussent pas de fièvre et de déraison. Le pauvre Jeuselou les emmenait au pays de son délire, et l'on se prêtait à cela.

Peu à peu elle comprit que c'était vrai, que Gaspard ne parlait pas par complaisance. Elmire avait voulu les empoisonner tous.

Les yeux de Jeuselou s'attachant aux siens lui signifiaient que Gaspard disait bien, qu'il ne la trompait point. Comme il se rappelait tout à coup ce que le bossu lui avait crié, qu'Elmire ferait faire le saut à tous ses Grange, il le rapporta comme il le put.

Quelle horreur, mais quelle horreur ! Qu'Elmire ait tâché de se venger de nous, passe. Mais qu'elle ait eu la malice de vouloir ma mort pour mettre la main sur Gaspard, en faire un assassin et le tenir à sa merci !

La haine revenait, plus serrée que jamais. Anne-Marie, tressaillante, perdue, ne savait plus ce qui aurait pu la satisfaire. Cette hideuse Elmire tortillante, avec ses yeux de grenouille, ses bouclettes, ses rubans, ses écharpes, on la jetterait à terre devant moi, je pourrais lui poser le pied dessus, lui écraser la tête comme à un serpent : je crois que la même colère me tiendrait encore.

Il fait vite sombre par temps gris. Mais la lune montait, une lune qui buvait, au milieu d'un grand anneau fauve et verdâtre. En bas, des portes battirent, dans un bruit de grosses voix. C'étaient les gendarmes et Valentin qui revenaient de la narse.

Gaspard alla voir.

Il reparut au bout d'un quart d'heure, laissant la chandelle sur le palier, de peur de fatiguer les yeux de Jeuselou. La lune donnait et éclairait vaguement la chambre.

— Ils s'en vont. Ils renoncent à leurs questions pour aujourd'hui.

On étendrait un matelas pour Anne-Marie, et Valentin suffirait à veiller, puisqu'il ne fallait pas toucher à la blessure. Alors, Gaspard s'en allait jusqu'au jour.

— Parle-lui, encourage-le. M. Meissoux avait

l'air de dire qu'il pourrait s'en tirer s'il le voulait à toute force... Mais qu'est-ce qu'il y a ?

Ses yeux s'étaient faits à ce peu de clarté. Il s'apercevait qu'Anne-Marie tremblait des pieds à la tête. Il se redressa, reprit souffle brusquement.

— Elmire ? Tu as peur que j'aille la...

Elle faisait non, très fort : il s'agissait d'autre chose.

Gaspard poursuivait d'une voix sourde, pénible :

— Elmire ! ha, ça va, laisse, laisse faire !

Il se contenait, à trois pas du lit, et c'était chose effrayante de le voir ainsi élargir et remuer les épaules, comme dans le moment de foncer.

Anne-Marie ne parlait point. Pouvait-elle raconter ce qu'elle venait de voir ? Ce n'était pas une vision, non. Elle sentait encore ce frémissement glacé sous ses cheveux.

Cependant Jeuselou l'appelait d'un signe. C'était pour lui murmurer de rentrer aux Escures.

Elle réfléchissait, un peu égarée, passant les doigts dans un trou de la vieille couverture grise, un trou de brûlure aux bords jaunis. Valentin, qui était entré, elle le regardait comme elle regardait cette couverture même. Elle se mit à genoux contre le lit, adressa tout bas la parole à Jeuselou. Si bien que les deux hommes, s'écartant, sortirent sur le palier.

— Elle veut le faire prier avec elle ?

— Ou bien convenir de ce qu'il racontera aux gendarmes ? Elle pense à Gilbert et à Robert.

Elle les rappela. Jeuselou avant de lâcher la main qu'il tenait la pressa un peu. Une façon de dire : « Nous sommes d'accord ! »

Ils furent surpris qu'Anne-Marie allât reprendre sa mante. Elle demandait à Valentin qu'il l'emmenât, et elle se hâtait, remettant les explications à plus tard.

— Je reviendrai cette nuit, promit-elle.

Cinquième pause

Le signe. – Anne-Marie et Valentin chez Elmire. – Scène violente.

Mais reviendrait-elle à temps ? Elle savait que Jeuselou allait mourir.

Ils étaient en plein bois, au milieu de la brume. La voiture y roulait plus doux, et elle aurait pu, sans forcer la voix, tout raconter à Valentin. Elle ne raconterait rien, puisqu'elle n'avait pas raconté à Gaspard, dans sa hâte de partir, pour le forcer à demeurer à Balance.

Ç'avait été lorsqu'elle s'était trouvée seule près de Jeuselou. Sans raison, elle était allée à la fenêtre. Il faisait clair de lune. La campagne était vide et comme à l'abandon : les fagotiers, un tronc couché dans les plantes sauvages, et plus rien que les pacages s'éloignant vers une forêt ou quelque chose d'obscur. D'abord, elle avait entendu un léger soupir. Un frisson lui avait passé sur la face. Elle s'était dit : « Il y a une personne là, en bas. » Et elle l'avait vue, sous la lune : une fille, toute blonde, la figure timidement levée, qui attendait. Qui attendait et qui regardait.

Anne-Marie avait reconnu Marguerite. C'était le signe, selon le mot d'ici, l'avertissement donné à ceux qui l'aimaient que Jeuselou allait bientôt mourir.

Notre vie ! Nous calculons, nous tracassons, nous détestons ! et pour un jour nous trouver sur un lit, les mains ouvertes. Les histoires auxquelles nous donnions tant d'importance tombent alors d'un coup. Était-il bien besoin de faire un paquet de haines, puisqu'il nous faut à la fin lâcher tout ce bagage misérable ?

Elle avait senti étrangement cela. Comme si lui apparaissait le monde véritable, mais qu'il ne lui fût pas accoutumé encore, lumineux et faible, et tel que ces vapeurs au clair de lune.

Lorsqu'elle avait compris ensuite que Gàspard partait, et certainement pour courir à quelque ouvrage de sang et de haine, cette pensée, dans laquelle elle se serait complue une heure avant, l'avait fait transir. Elle avait décidé d'agir et s'était confiée à Jeuselou.

Valentin la vit sortir de ses réflexions. Mais il connaissait cette façon qu'elle avait de soupirer, de vous considérer, de sourire pour demander qu'on l'excusât, soit parce qu'elle ne parviendrait pas à s'expliquer, soit parce qu'il ne lui était pas permis de le faire encore. Il attendrait. Il ne l'approuvait pas toujours, mais il avait une admiration pour elle. Les soirs, en fumant sa pipe turque, il prenait son parti contre Pauline.

Au bourg, elle ne voulut pas descendre de la voiture, parlant à sa sœur. Elle avait prié Valentin de prendre la route d'Ambert.

Elle toussait et se renfonçait dans la capote. Du bout du fouet, Valentin excitait sa bête. La gentillesse qu'il mettait dans les deux mots jetés à ce cheval attestait pour Anne-Marie sa bonne volonté : quand vous voudrez, comme vous voudrez, tout à vos ordres. La lanterne entraînait une couronne jaune, comme la lune, là-haut, une couronne rousse. On entrevoyait un bac ruisselant, ou, du côté de la pente, une toiture, un coin de métairie. Au Grand-Tournant, elle se pencha sans apercevoir les lumières de la ville. On filait on ne savait plus vers quoi, dans ce brouillard et dans la nuit de la montagne.

Il était tard lorsqu'ils arrivèrent près de l'église. Ce fut là seulement qu'Anne-Marie dit à son beau-frère de la mener chez Elmire Chargnat.

Elles l'avaient laissé seul dans une grande salle à manger, où l'on avait dû mettre de la liqueur de genièvre en bouteilles. Son parfum se mélangeait d'un relent d'humidité, de cire, de brioche. Les murs étaient peints en camaïeu de cariatides ou de nymphes grises et blanches. À la lueur dansante de la chandelle, on eût dit d'une assemblée de fantômes.

Par moments, venait de la pièce voisine un flot de questions, de protestations, de récriminations. Valentin comprenait qu'Elmire rejetait bien loin ce que le bossu avait rapporté d'elle. Elle niait tout, avec un aplomb renversant, discutant les charges, les retournant contre Robert, gauchissant, enfilant un détour, s'emportant en menaces.

Puis, il fallait bien qu'elle s'arrêtât, et la voix d'Anne-Marie reprenait, égale et calme.

Cela durait. Une horloge avait sonné onze heures. Valentin marchait de la cheminée à la fenêtre. Qu'est-ce qu'Anne-Marie pouvait bien attendre d'une telle entrevue ? Elle ne voulait pourtant pas conclure un traité avec la Machine Infernale ?

Il se demandait ce qui se passait de l'autre côté du mur. La discussion s'éternisait. N'aurait-il pas dû tout brusquer, ouvrir la porte, emmener Anne-Marie ? L'incertitude, l'impatience le taraudaient, la peur aussi de laisser arriver du fâcheux. Des silences s'étendaient où seule une goutte tombait du bord de quelque toit sur les dalles de la cour. Par là, autour, la ville emmarmottée dormait sous ce brouillard de septembre.

Il se jeta sur une chaise. À la fin, les jambes lui rentraient dans le corps.

Elmire repartait, sur son innocence. Gaspard – elle disait Gaspard – saurait dissiper les noirs nuages de calomnie dont on cherchait à offusquer sa réputation. Il distinguerait, lui, les véritables coupables, qu'Anne-Marie Grange ne voulait pas apercevoir, de peur de déshonorer son fils.

Dans la voiture, Anne-Marie avoua ensuite à Valentin qu'elle avait été stupéfaite de voir Elmire tenir tête ainsi. À travers ses propos à moitié délirants avait pourtant fini par percer ce qu'imaginait cette folle : que si elle le voulait, elle, avec ses attraits, ses dons, ses relations, son argent, que si elle le voulait bien, elle retournerait et entraînerait Gaspard. Se pourrait-il qu'il ne fût pas éperdu d'orgueil, à l'aveu de ce qu'une personne telle qu'Elmire Chargnat avait fait pour le conquérir !

Devant cette déraison, Anne-Marie s'était sentie prise de pitié.

Cependant, ayant trouvé un point sur quoi se persuader de sa bonne conscience, Elmire s'était jetée dans sa défense avec plus de véhémence que jamais.

— Rappelez-vous ! Après le feu du moulin, est-ce que je ne suis pas allée vous demander de devenir mon amie ? Je vous ai même parlé d'un petit paquet blanc à vous remettre. Je voulais m'interdire d'en user par la suite. Et vous, vous m'avez reçue avec des manières glacées, distantes...

Alors, elle avait usé du paquet blanc ! Comment peut-on vouloir la mort d'un être ? Marguerite, qui aurait dû demain sortir sur la porte, rentrer, s'occuper dans la maison, cette petite qu'on ne voyait pas sans en avoir le cœur plus doux.

Les yeux d'Anne-Marie prirent une fixité singulière. Si Gaspard avait été là, il aurait réduit cette créature, l'aurait poussée jusqu'au mur où l'acculer, Gaspard avec sa tête en ordre, son idée terrible. Anne-Marie n'était plus elle, mais Gaspard : il lui venait une force qui la faisait sans inquiétude aucune.

— Pourquoi discutez-vous avec moi ? Vous savez bien que je sais. Et mon cousin ? Vous oubliez qu'il vous a vue, et qu'il vous a contrainte de confesser à moitié ce que vous voulez nier à présent ?

Elmire roulait deux yeux d'un éclat animal, comme ceux d'un serpent sous le sabot.

— Il vous a parlé de moi, à vous ?

— Il ne s'agit même plus de cela ! Voyez-vous bien quel homme est mon cousin ? Avez-vous pensé à ce qu'il pourrait faire ?

Elmire lui jeta un coup d'œil à épouvanter. Elle avait pris machinalement un petit bouquet de verre filé sur la console, et le tournait, le retournait, ne respirant plus que par saccades. Tout à coup, elle attaqua Anne-Marie de cris et de reproches.

— Eh bien, c'est vrai, j'ai voulu votre mort ! Mais je ne savais pas que le colporteur essaierait d'empoisonner tout le monde, parce que le bossu lui avait insinué qu'on pourrait piller les Escures. Et votre petite paysanne, je n'y suis pour rien. Je vous ai conseillé de la reprendre pour la sauver du bossu. Vous, c'est vrai, je vous déteste ! Sans vous, votre cousin s'entendait avec nous ! Votre mort, est-ce que je n'ai pas été assez payée pour la vouloir ?

Seulement vous vouliez faire tuer Robert aussi, songeait Anne-Marie, et enfoncer Gaspard dans le meurtre.

De la main elle écarta tout cela.

— Comprenez-vous pourquoi je suis ici ? Je vous le dis, n'affrontez pas mon cousin !

Elle voyait Elmire remuer des choses dans le tiroir de la table à ouvrage, et croyait que cette malheureuse le faisait faute d'être bien à soi, sans remarquer qu'elle en tirait une paire de forts ciseaux pointus.

Elmire se rapprocha. Soit que la rage la tînt d'avoir tout manqué, soit qu'elle fût hors d'elle de sentir Anne-Marie sûre de son cousin, une sorte de convulsion la secouait.

— J'essaierai de lui changer le cœur, disait Anne-Marie, et qu'il pardonne. Mais n'attendez pas ! Partez, partez !

— Qu'il pardonne ! Il n'a pas à me pardonner !

Elle s'était redressée, comme une vipère prête à lancer son coup de pioche.

— Je n'ai rien fait contre lui ; et je n'ai besoin du pardon d'aucun autre.

— Pas même de cet autre qu'on appelle Dieu ?

— Dieu ? Hé, croyez-vous que j'aie à lui savoir

gré de ma vie ? Alors, si moi je considère qu'il aurait lui-même besoin de mon pardon, et si je ne veux pas pourtant le lui donner, et si je ne veux pas non plus qu'il me pardonne ?

Elle se lança sur ce chapitre, déchaînée, démoniaque. Anne-Marie ne pouvait durer auprès d'elle. Si elle n'avait perçu là une part de détraquement, elle aurait été terrifiée. Devinant que toute parole ne ferait qu'exaspérer Elmire, elle prit le chemin de la porte.

L'autre à cette vue, revenant à soi, se ressaisit de ses ciseaux, et voulut se précipiter sur Anne-Marie. La crise la terrassa au même moment. Elle s'affaissa sans couleur de vie, s'allongea, grinçant des dents, frappant de la tête le pied de la table. Elle s'échevelait ; les muscles de son cou saillaient, tandis que les globes flamboyants de ses yeux chaviraient, tournaient au blanc, comme si elle allait rendre l'esprit dans un transport.

...Valentin n'en pouvait venir à bout. Des secousses pareilles à des décharges galvaniques la roidissaient ou la pliaient en arc. Anne-Marie et lui s'agenouillaient, se relevaient. Des mots rapides, trois pas vers un flacon de liqueur, un va-et-vient, des soins.

Elmire, cependant, abandonna un châle qu'elle avait à peu près déchiré entre ses dents, se redressa à demi. Elle marmottait, très vite. Anne-Marie comprit :

— Ça ne fait rien, je suis damnée...

Comme Valentin refermait la porte sur sa

belle-sœur et sur lui, il entendit Elmire leur crier du fond du salon :
— Eh bien, je partirai ! Et je ne partirai pas seule !

Sixième pause

Au petit jour. – Anne-Marie parle à Gaspard. – Le vent de la montagne.

Elle ne voulut jamais que Valentin s'arrêtât aux Escures ou chez lui, même pour panser le cheval. Il fallut qu'il la ramenât à Balance avant le jour.

La montagne était encore noyée de nuit, de brume, de mouillure. Des oiseaux qui paraissaient énormes partaient des genêts, se perdaient au-dessus de ces déserts.

Au premier regard de Gaspard, lorsqu'il vint lui ouvrir, elle comprit que tout était fini. Elle s'appuya de l'épaule contre le chambranle et ne put se tenir de sangloter.

— Allons, viens ; allons, viens, disait Gaspard, à deux pas d'elle. Il est mort doucement.

Elle trempa le rameau dans le verre, aspergea Jeuselou entre les trois cierges. Il souriait d'un air de mystère et de bienveillance, l'air de quelqu'un qui, d'un autre monde, considérerait nos enfantillages. Dans sa fatigue, agenouillée, elle s'appuyait des deux bras au lit. Elle se perdait un peu dans ses idées, ses songes. D'où il est, maintenant, Jeuselou peut voir la vérité. Il voit Elmire et peut-être qu'il ne la juge pas si coupable. Qui sait si à une époque elle n'a pas été vraiment prête à l'amitié, prête à jeter au feu le petit paquet blanc ? Je crois qu'elle a été intéressée, attirée par Gaspard, par moi, par Gaspard et moi ensemble. Une hantise d'imagination. Qui sait ce qu'elle s'est figuré de nous, et comment cela lui a passionné l'esprit ? Oui, peut-être pas si mauvaise. Il suffit de se détacher des intérêts ; on sent alors l'image qu'on se formait des êtres toute grossière, établie pour notre pratique, ne répondant pas vraiment à ce qui se passe en eux. Et c'est avec ces fausses images que nous faisons tout notre compte. Quelle dérision que les choses de cette vie humaine.

— La blessure était trop dangereuse, dit Gaspard. Il y a de ma faute. C'était à moi de me charger de ce Gervais. Je le connaissais, moi.

Voilà ce monde, songeait Anne-Marie. Ève l'a vendu pour une pomme.

— Écoute, est-ce que tu ne sens pas ce que je sens ? Puisque c'est cela : les accidents, les malheurs, tant de mal et de peine, et la mort pour finir... Et nous trouvons encore le moyen de nous en vouloir les uns aux autres. Peut-on ne pas voir ce qu'est cette terre ? Peut-on ne pas avoir pitié des créatures ?

Elle lui parlait d'en bas, à genoux, les yeux

sur les siens, avec une grande passion de le convaincre.

Tout de suite raidi, il la perçait du regard.

— Avoir pitié ? Et alors ! quand on me tire dessus ?

Nous sommes tous pitoyables : mais il y a ceux qui veulent le mal. Il faut voir cela et prendre parti.

Il la surveillait, se demandant où elle voulait en venir et prêt à la bloquer, déjà.

Valentin vint les rejoindre. Gaspard prit place à son côté, devant le corps.

— Il a passé vers minuit... Il murmurait : « Adieu, je m'en vais, adieu, je m'en vais... »

Anne-Marie se demandait si Jeuselou avait parlé de pardon... La peur lui venait en impatientant Gaspard de l'enfoncer en sa colère. Mais elle s'aperçut qu'il n'était plus dans la chambre.

Avant de seller le Grand-Blanc, il avança un peu dans le chemin, vers la blancheur de l'aube. Un bois de bouleaux faisait le bruit d'un gros courant lancé sur les cailloux. Le vent soufflait. Il se posait comme une main sur la masse fourmillante de ces jeunes arbres, la ployait, la laissait se relever, la ployait encore. Et tout le bois allait, s'élançant, se rasseyant, comme une mêlée de gens dans la danse. Des brouillards qui se bousculaient et se déformaient, couraient au bord du ciel.

Le même vent agitait un chiffon à la lucarne

de l'étable, devant ce commencement violet du jour sur le plateau. Le froid piquait. Un moment Gaspard regarda à terre les veines d'eau, les pointes des pierres, les bancs d'une légère vase, brillante de mica, où étaient collés des fétus, derrière l'auberge. Dernière pause avant le long départ. Il s'assit pour deux minutes sur un tronc, contre les fagotiers. C'était ce goût qui l'y forçait, un goût de vent mouillé, de montagne. Il respirait ces bonnes prises, et d'autres matins lui revenaient du fond du temps : des rumeurs de voix et des pas dans les pierres, des dos de bure bleue, un chien qui furette, des luisants de hache ; départs au petit jour, les propos, les visages, et la vielle de Jeuselou. Il est mort maintenant, et mes jours à moi, que valent-ils ?

Un peu de bruit le fit tourner. Anne-Marie inquiète, essoufflée dans sa mante. À sa recherche sûrement, et elle avait eu peur qu'il ne fût en route. L'air et la hâte lui avaient donné un peu de couleurs. Elle souriait avec embarras, attendant pour parler que le cœur ne lui battît plus si fort.

— Tu ne me demandes pas où je suis allée, cette nuit ? Si j'ai quitté Jeuselou, c'est qu'il m'a envoyée à Elmire Chargnat, dire qu'il pardonnait.

— Que celui qui est à la mort pardonne. C'est sa façon de passer au bon Dieu la besogne qui reste à faire... Alors, reprit-il vivement, tu as averti Elmire ? Sais-tu ce que tu es allée chercher ? Sais-tu ce qu'elle peut combiner encore ?

Elle s'assit sur le tronc d'arbre, à côté de lui, lui prit la main, tira dessus pour la garder. Elle se taisait d'abord. Puis elle lui rapporta ce qu'Henri lui avait dit au pré l'avant-veille.

— Et vois ! Je m'inquiétais tant. Ce que nous aurions fait n'aurait peut-être rien pu, tandis que la grâce en un moment peut tout. Est-ce que ce n'est pas surtout à Dieu qu'il faudrait s'en remettre ?

Elle tenait sa main. Oui, se disait-il, l'enfant a changé ; elle l'a changé à force de cœur. Moi, j'essayais de lui apprendre les choses, j'avais plaisir à jouer au maître d'école, je parlais, je tranchais... Quelle bêtise ! C'est autrement beau d'aller comme Anne-Marie, avec une humilité et une confiance. Elle, elle a raison de dire que nous sommes accompagnés : je ne l'ai peut-être jamais regardée sans deviner son ange derrière elle.

Il aurait dû se lever, prendre son cheval par la bride, et en route. Mais il se donnait encore ce répit avant de redescendre. Il faut que cela sorte à la fin, il faut essayer de dire tout ce qui prend trop de force dans le cœur. Pour qu'elle ne croie pas qu'en ce que je vais faire le sang seul m'emporte. Le sang, le goût de la vengeance.

Il y avait pensé souvent : il y a l'honneur. Il faut qu'on puisse s'assurer les uns sur les autres. Les bons ce sont ceux qui tiennent ferme.

— Toi, murmura-t-il, parce qu'un jour tu as dit oui à l'église... Bien sûr, que tu sois faite ainsi, je t'en ai voulu à mort. Mais je comprends, je comprends...

De la main qu'elle lui avait prise, il prenait son autre main, à elle, serrait ses doigts froidis. Elle, pleurant, riant, elle secouait la tête. « Si tu savais ! » Ah ! elle n'était pas celle qu'il se figurait ; et qui allait tout droit, ignorant les marchandages !

Sans les voir – il les revit en idée par la suite –, il voyait une souche, ses nœuds, ses pierres encastrées dans la terre et les racines, un bâton de digitale monté en graines, avec trois cloches à la cime. Il ne savait plus ce qu'il avait voulu expliquer à Anne-Marie. Mais la garder encore une minute ; avoir encore, rien qu'un moment, l'odeur de sa tête, et l'odeur de laine mouillée de son manteau.

Elle se leva, grelottante. Il prit garde alors que le vent de bisant poussait toujours ces brouillards venus des froides montagnes. Un vent qui devait mordre la peau. Mais il ne savait qu'une chose : qu'il était près d'elle.

Elle était là, plus vraie que le bruit furieux de la feuille ou que la poursuite de ces nuages brassés de vent contre l'argent fumeux du matin. Il regardait sa petite bouche, ses yeux de lumière vivante. Un torrent de force et de joie le baignait ; peut-être pas de la joie, un enthousiasme monté du fond de l'être. Que j'aille à ma perte s'il le faut, moi ; mais que je pardonne, non et non.

— Avec toi, tout n'irait qu'à la bonté, dit-il.

— Vois-tu, j'ai repensé à ce mot du petit : « Je me suis expliqué le bon Dieu. » Peut-être que c'est si simple : il suffit de voir que l'âme a été donnée pour aimer. Tout le reste, affaires, soucis, vengeances, quels enfantillages. Seulement ce n'est que dans les peines que l'on apprend cela.

— Va, à la mort, il n'y a que nos bonnes œuvres pour nous suivre.

Eh bien, il pardonnerait, mais après. Sinon, ce serait lâcheté, erreur, et abus.

— Non, pas erreur : personne ne peut se perdre en exerçant la charité.

— Sais-tu quelle bête c'est, un besoin de vengeance ?

Il avait dit cela tranquillement, parce qu'une grande amitié ne le quittait pas. Le vent, le froid du matin étaient bons comme l'haleine même de la montagne. Au bord du chemin, une traînée d'il ne savait quelles herbes faisait penser à un brasier vert. Mais la langue lui avait fourché, quand il avait parlé de vengeance ! Et justement c'était cela qu'il avait à expliquer à Anne-Marie, ce qu'il cherchait tantôt. Il ne s'agissait pas de vengeance : il s'agissait de haïr le mal. La vision de l'injustice, des faibles à qui l'on fait tort ne pouvait-elle pas vous jeter hors de vous ? Non pas se venger, ni punir, ni même faire la justice, mais faire la grande netteté.

Il le disait, bougeant à peine la main. Anne-Marie avait le sentiment d'un bloc de rocher, et qui tout à l'heure prendrait sa pente, s'abattrait en foudre. Ce qui allait se trouver à la traverse serait balayé, comme par une déboulée de granit ou de basalte.

SEPTIÈME VEILLÉE

Première pause

Les heures qui suivirent. – Conseil tenu chez les Verdier. – Nouvelles extraordinaires d'Elmire Chargnat. – Pressentiments d'Anne-Marie.

Toute la matinée il y eut du train autour de l'auberge. Les gendarmes reparurent. Puis le procureur du roi, le juge d'instruction et son greffier arrivèrent, dans la grosse vieille berline que le maître de poste donnait pour ces transports de parquet, et que dans le pays on nommait la Justice. M. Meissoux fut appelé pour ouvrir le corps. Il le fit porter sur une table qu'on monta de pieux et de planches, au bord du communal. Un gros vent froid battait les murailles. Sur le chemin passait une fille assise sur une mule ; ou bien un char de bois, et l'homme courait pour reprendre sa place devant les vaches en apercevant les gendarmes.

Anne-Marie disait le chapelet dans la chambre. Elle vit ces messieurs du parquet, suivis de l'hôte, de Gaspard et de deux ou trois garçons, prendre une sente à travers les pacages pour se rendre à la narse. Le procureur et le juge, un peu en arrière, causaient d'une façon fort animée.

Gaspard et Valentin montèrent trois ou quatre fois pour la tenir au courant de l'enquête. On aurait pu conclure à un accident : Jeuselou amenant son fusil par le canon au travers des sureaux... Seulement il y avait le cheval de Gilbert. Alors que Gaspard l'avait rechassé en plein bois, il était allé se faire arrêter vers N.-D. de Mons par deux bûcherons qui l'avaient remis aux gendarmes. Les gendarmes étaient sur les traces de Gilbert, et ils ne tarderaient pas à s'occuper du bossu : dans le bourg les voisins commençaient à s'inquiéter de lui. Racontars, curiosités, mystères faisaient tout un bourdonnement.

Voir l'attention de la justice attirée sur Gilbert et Robert aurait hier encore tellement tourmenté Anne-Marie. Mais un autre tourment l'occupait trop. Les yeux sur ces pauvres habits de Jeuselou pendus tout sanglants, elle se demandait ce qu'allait faire Gaspard.

Elle sortit sur le palier. De ce côté des arpents de gazon, de genièvre, de brume, allaient se perdre vers les bois. On devinait que derrière ces sombres barres se vallonnaient d'autres pâturages sous un vent de solitude. Une croix de pierre aux bras courts, marquant le lieu de quelque malheur, se faisait voir au bord du ciel, sur un ourlet de terrain. Où pouvaient bien mener ces voies antiques, pareilles à des lits de torrent, qui semblaient à travers les landes gagner là-bas le fond du pays ?

Les gendarmes et la berline repartirent sur les deux heures. Anne-Marie fit avec son cousin un dîner de pain noir, de petit-lait et de fromage. Une ensuaireuse était venue coudre le pauvre Jeuselou. Ils allaient le ramener dans la voiture.

Chez les Valentin, Anne-Marie retint Gaspard, sous couleur d'examiner ce qui serait à faire. Pauline disait très haut son sentiment. La menace du scandale l'effarouchait plus que sa sœur. Elle se redressait dans son spencer de soie bleue, prête à batailler contre la justice. Valentin, les mains sous ses basques, se promenait parmi la salle. Ils espéraient que si Robert n'était pas sûr d'avoir fait peau neuve, il déciderait de disparaître. Il fallait donc vite l'avertir, et, au besoin, lui faciliter les choses.

Anne-Marie suivait la discussion du haut des yeux, tournant la tête tantôt sur son beau-frère, tantôt sur sa sœur, pour pouvoir ensuite envisager Gaspard. Gaspard, dès qu'on les lâcherait, ce soir, dans une heure, il précipiterait tout en un moment. Au point où les choses étaient portées, elle avait le sentiment d'un gouffre et d'une avalanche retentissante devant elle.

Anne-Marie vit cependant que Gaspard aurait assez à faire ce soir : il partit comme le plus brusque des humains, pour aller chercher Benoni, régler l'enterrement, sonner les cloches. Elle, elle voulut retourner à pied aux Escures.

Ils étaient au bois des Fourches, elle et Valentin, lorsqu'ils aperçurent Plampougnis sur un bidet de louage. Il venait pour Jeuselou. À sa femme, par le conducteur de la berline, Anne-Marie avait fait passer un mot demandant avec instances ce que faisait Elmire Chargnat. Eh bien, Lucie avait pu apprendre que Mlle Elmire s'était enfermée pour écrire une lettre ; et qu'elle avait envoyé le domestique en course sur le cheval, une course de trois jours puisqu'elle lui avait remis six francs pour sa dépense. Autrement, rien ne montrait qu'elle fît des préparatifs de voyage. La Poule-Courte savait que M. Adolphe viendrait passer la soirée en sa compagnie.

— Est-ce qu'elle voudrait l'enlever ? Elle m'a crié qu'elle ne partirait pas seule. Mon Dieu, pourvu qu'elle s'en aille avant que Gaspard la rejoigne !...

La bride de son bidet au bras, Plampougnis restait là, embarrassé de voir Anne-Marie si en peine. Le temps changeait. Dans un ciel qui verdissait, paraissaient des queues-de-cheval, en grands brouillis tordus. Un peu de vent chaud se levait par à-coups.

— Le vent du bouillon, fit à mi-voix Plampougnis.

— Savez-vous, dit Valentin, demain, après l'enterrement, j'irai dire à Robert qu'il prenne ses sûretés, je partirai moi-même pour Brioude. De la sorte, Gaspard sera forcé d'aller avec les gendarmes faire sonder la narse. Cela le tiendra bien deux jours.

Au sortir du cimetière, Valentin ne prit que le temps de manger un morceau et sauta à cheval. Gaspard devait prendre ses mesures avec les gendarmes : on charroierait ce soir des planches, des fascines, des cordes, et l'on entreprendrait la fouille. Il s'agissait de poser Gilbert en victime et de boucher ainsi la vue de ceux qui voudraient regarder le passé de trop près. Gaspard le dit en trois paroles et s'en alla, la main sur son chapeau, à cause du vent.

En une nuit le temps s'était fait lourd. Des nuées roulaient ; l'air devenait sombre. Anne Marie ne cessait de songer à Elmire.

— Pourvu qu'elle parte aujourd'hui même !

Avec Henri et Pauline, elle fanait dans le préau. Tourner et retourner ce peu de regain sous les pommiers n'était pas un travail ; et cette promenade d'arbre en arbre, d'andain en andain, lui permettait de suivre ses pensers.

— Plampougnis ne savait rien d'Elmire ce matin. Il m'a promis d'autres nouvelles. Si je n'en ai ce soir, je redescends à Ambert.

Elle retournait ce foin frisé, le soulevait, l'éparpillait, et sous le râteau il chantait déjà le sec.

— Ce vent le mène vite.

Bien qu'il ne prît guère, dans ce coin, parfois d'un coup il en roulait tout un ruban sur quelques pas. En râtelant on trouvait des pommes entamées par la faux, montrant leur tranche couleur de feuille morte. Henri courait les jeter dans un tablier, au coin de la remise.

Il y eut des éclats de voix du côté de la maison. Le père questionnait, s'écriait. On le vit paraître, amenant Lucie.

— Eh bien, je vous annonce du joli ! Devinez ce qu'a fait votre Elmire ?

— La ville est sens dessus dessous, disait Lucie, on ne parle d'autre chose. C'est ma tante qui les a découverts. Dans la matinée je l'avais envoyée au Pontel.

— Mademoiselle ne doit pas encore être descendue...

— Elle trouve un drôle d'air aux servantes ; elle prend à part sa plus affidée, la questionne, lui fait dire que M. Adolphe ne s'est pas retiré, le soir, et que son chapeau est encore dans le corridor. Ces filles n'avaient pas osé aller heurter à la porte de la chambre. Vous connaissez ma tante : elle ne devait plus tenir en place. La voilà qui s'échappe, qui monte, qui écoute, qui redescend. Une heure après, elle remonte, se hasarde à gratter, à entrouvrir. À la fin, du placard-alcôve, elle voit couler sur le plancher un rien de fumée bleue. Dans ce placard, ils étaient déjà refroidis : ils se sont détruits au charbon !

Lucie ajoutait que sa tante en avait eu les sangs tournés : il avait fallu la mettre au lit, lui apprêter de l'eau sucrée...

C'est vrai d'ailleurs que cette aventure la retourna : peu après, quand la Myon Groisne, qui tenait l'école, mourut, elle vint prendre sa place dans le bourg et ne se mêla plus que de régenter les enfants.

— Pour moi, dit le père, votre Elmire avait quelque chose de démonté dans la tête. Il ne faut pas attaquer la mémoire des morts, mais quand je pense qu'au couvent, déjà, elle avait accusé Pauline d'avoir volé sa croix d'or, je me dis que ça devait finir par cette histoire.

— Elle écrivait des lettres, dit Pauline, qui étaient de véritables divagations. Elle s'est même vantée d'avoir composé un roman.

— Et ses caprices d'appétit, dit Lucie. Vous n'avez pas idée ! Je lui ai vu manger du papier brouillard, des tiges-d'oseille...

Anne-Marie écoutait sans rien dire. Une idée l'assombrissait toute : c'est ma faute, c'est arrivé par ma faute. D'autant plus remuée qu'elle sentait là, chez tous, ce plaisir que donne toujours la nouvelle d'un drame...

Un vent tempétueux s'était levé, et montait au visage. On se mit à pousser les andains en un tas, courant après des poignées de ce foin qui partaient en l'air et se collaient aux branches comme des haillons.

Mais tout en se démenant, on ne cessait de parler dans le haut de la voix.

— Quand ses frères n'ont plus été là pour la tenir...

Au moment où l'on avait découvert le scandale, racontait Lucie, il n'y avait eu pour l'étouffer personne de la famille. On ne savait pas si M. le curé consentirait à faire un office de sépulture.

— Vous n'imaginez pas le bruit en ville, tout ce qui se colporte !

Anne-Marie profita d'une accalmie pour retourner seule au préau et râteler le foin resté aux pieds des troncs.

Comment comprendre Elmire ? Elle avait je ne sais quoi d'outré pour Gaspard, et elle va se suicider avec ce M. Adolphe... Elle a bien pu verser du laudanum dans son café. Avant de mourir n'auront-ils pas eu le temps de se reconnaître ? Mais pourquoi a-t-elle entraîné ce jeune homme ? Peut-être lui fallait-il un triomphe à tout prix dans sa rage de honte.

Anne-Marie s'appuyait d'un bras sur son râteau et laissait le vent déranger des mèches autour de sa figure. Toujours ce remuement de branches et toujours ce bruit fou. Des oiseaux emportés sous la nue montaient tout droit là-haut et tourbillonnaient comme des feuilles. Il lui semblait que ses pensers tourbillonnaient comme eux, sans qu'elle sût où les reprendre.

Lorsque je l'ai quittée, Elmire tremblait d'humiliation. J'étais trop sûre que Gaspard est à moi, et qu'elle n'y peut rien ; qu'il l'écraserait, si je ne parlais pas pour elle ; et je le lui ai laissé voir. Elle, si vaniteuse, elle aura tout d'un coup senti cela... J'aurais dû comprendre qu'à mon pardon elle préférerait la mort. Quand nous croyons être bons, voilà ce que nous sommes.

Elle renversa son râteau, se mit à rentrer le foin, brassée par brassée, dans la remise. Elle sentait une telle inquiétude qu'elle ne pouvait durer nulle part. Et pourtant, Pauline venait de le lui dire, après cette mort, elle aurait dû se trouver plus au large. Il n'y avait plus à se demander ce que ferait Gaspard à présent !

L'affaire de la narse, peu importait comment la justice la prendrait. Robert devait se sentir bien couvert. Vis-à-vis de nous, il n'est pas en faute. Nous avons fait notre paix et il a tenu parole. Tout est venu d'Elmire, rien de lui. Rien ne viendra de lui. Il ne songe qu'à vivre en monsieur de campagne.

Mais adossée au montant de la petite porte, elle regardait le bois noir qui montait vers Virennes : ces étages et ces étages de sapins, derrière quoi elle savait les creux de mousse ou de plantes pendantes et les retraites bouchées de fougères. Plus haut commençait le pays qu'elle avait devant soi, de la fenêtre de Balance. Et ce pays se confondait ce soir, dans son idée, avec ses années mêmes, avec son histoire à elle. Une étendue de bois hantés du loup et de la fouine, de longs vallons à fontaines basses, à sentiers perdus, des pâtis, des fourrés de genêts, des sagnes mouillées d'une eau rouge, toute une contrée ouverte et déserte, mais pleine de secrets, de caches. Il y avait Gaspard et lui seul, pour faire face à tout cela. Je ne sais ce que c'est, mais je ne peux pas penser que l'histoire va se défaire ainsi. Ce n'est pas Robert, c'est l'histoire.

Le ciel se bouchait de plus en plus. Une cavalerie de nuages galopait dans le jour tombant, en suivant les crêtes du mauvais temps pour le lendemain. Elle arrangea ses cheveux, et oubliant là le râteau, remonta vers la maison. Le vent la jeta presque dans la salle. Une grosse fumée bouffa de la cheminée, fit tousser et pleurer tout le monde.

Lorsque s'étant remise elle vit là trois lumières et trois femmes – Pauline, Louise, elle-même –, elle ne put s'empêcher de le prendre pour un fort mauvais présage.

Je devrais me confier à Dieu. C'est péché, les superstitions. Pourquoi cependant les pauvres morts ne nous donneraient-ils pas cet avertissement d'être prêts ?

Elle se disait que le vent du midi la fatiguait toujours. Mais jamais elle n'avait eu si fort au cœur une angoisse sans nom ni mesure.

Deuxième pause

La fouille de la narse. – L'assassin reconnu. – Grange ramène un muletier aux Escures. – Le sucre qui parle.

Le lendemain, le vent reprit au lever du soleil. Des rafales à faire tinter les cloches. Les arbres s'emmêlaient, sifflaient, se débattaient derrière les toitures.

Dès qu'il eut mangé la soupe, le père monta à la narse.

À midi, il raconta qu'il y avait du monde là-haut, comme quand on pêche un étang, le mercredi des Cendres. Qu'on avait cru crocher un corps, dans la boue, mais qu'on n'avait ramené qu'un chapeau, qu'on disait être celui du bossu Gervais. Et que Gaspard avait retrouvé dans les joncs un pistolet de cuivre.

Après le dîner il y remonta. Tout le monde s'affairait. On venait de tirer du bourbier un cadavre qu'on inondait de seaux d'eau. Trois tombereaux à grosses roues pleines étaient dételés à bonne distance, près des amas de pierres du Paquet de la Vialle. Les attelages meuglaient, cherchaient à tondre le gazon, ou essayaient, d'un coup de tête, de se dégager du joug. Des garçons armés d'aiguillons ferrés les gardaient, de peur qu'ils n'allassent vers la narse. Il arrivait encore des hommes, des pelotons de trois ou quatre, les mains aux poches.

On voyait même des vieilles que le vent empêchait de tenir leur quenouille, et qui regardaient d'un peu loin, rentrant le cou, comme des poules. Des vieux, à toque de fourrure et grand tablier de cuir, qui ne sonnaient mot ; des jeunes qui parlaient haut, en se donnant de l'importance.

— Une autre fois, tu croiras à mes almanachs !

Grange comprit qu'on rappelait le feu du moulin, et qu'on s'attendait à de l'extraordinaire. Un courtaud tout noueux prédisait des incendies, des événements sinistres.

Comme s'ils attendaient tout de Gaspard, ils le questionnaient et se tournaient vers lui.

Le vent chassait sur leurs épaules leurs cheveux tombants, les leur jetait en paquets par la figure. « De ce vent ! » Mais voyant le cadavre à peu près nettoyé, ceux qui sondaient la narse, tout essoufflés, se rapprochèrent. Se haussant, tendant le cou, ils regardaient, les uns par-dessus les autres. Le terrain criait sous les sabots, et il montait une forte odeur d'herbe écrasée et de vase.

Grange se pencha, se cala sur ses voisins, resta là une bonne minute ; – Gilbert n'était pas trop défiguré, la plaie ne lui ayant ouvert que l'arrière du crâne ; – puis il se dégagea, s'en alla vers le bois, des fourmillements plein la tête.

Dans le bois, partout la mousse était mouillée, et le chiendent, jauni et pourri sous son vert, collé par l'eau en touffes molles. Enfin il trouva un tas de branches mortes où s'asseoir.

À peine y était-il, essayant de lier ses idées, que des cris, une explosion de cris, le ramenèrent à la narse. Les hommes, tout courbés, se pressaient au même lieu. On avait halé au bout d'un croc quelque chose de fort pesant : lorsque le paquet, dégouttant d'eau et de vase, toucha l'herbe, on vit par la déchirée luire des écus. Cela les mit tous en combustion. Pour rien au monde on ne les aurait empêchés de repartir à brasser le bourbier avec leurs perches. Sous la boue, on ne distinguait déjà plus la bure bleue de la bure bise ou brune, la toile de la chemise de la ceinture de cuir, ni même de ces mottes, les grosses mains cordées de veines.

— Il en tombera bien assez pour une lessive tout à l'heure !

Sans se soucier des poussées d'ouragan qui les malmenaient, à peine s'ils levaient le nez vers le ciel qui devenait d'un sombre de plomb. Ils ne prenaient que le temps de rattraper leur chapeau, de le renfoncer jusqu'aux oreilles ; et deux ou trois en imitèrent un qui attacha son mouchoir par-dessus, en rabattant les ailes.

Ils firent tant qu'un quart d'heure après, ils amenèrent le bossu. Du coup, un silence tomba. Ils se cherchaient des yeux, s'entredisaient juste deux paroles devant les gendarmes. La Perrine, qui venait d'arriver, parlait bas, avec des coups de tête, à l'aubergiste de Balance. Par moments elle s'arrêtait, coupait une tranche de pomme à ses chèvres pour les faire demeurer sur la place.

Trois hommes, qu'on ne reconnut pas pour être du pays, avaient paru entre les arbres. On les appela, faisant de grands bras,

— Venez aider ! Il y a de la besogne pour tous ! et ils semblèrent venir ; mais dans le bois, on les perdit de vue. Quelqu'un dit qu'il avait rencontré des mulets sur la vieille route ; et voilà qui eût bien fait pour porter les cadavres. Ces hommes devaient avoir eu peur qu'on ne leur demandât leurs bêtes. Comment descendrait-on les corps ? Tout un tapage, tout un train de gestes et de discours, comme après une bouviérade.

Soudainement, la voix de la Perrine éclata :

— Vois ! vois ! L'autre saigne !

Car il se dit que quand un assassin approche de sa victime, les blessures se rouvrent et le dénoncent. On avait déposé Gilbert sur une petite berge de gazon, râpée comme une étoffe. Il fallut le tirer pour étendre l'autre corps : un peu de rouge, sanie et sang corrompu, s'écoula de la plaie. C'était alors que Perrine s'était mise à crier et à les prendre tous à témoin.

— Dites que ce n'est pas le bossu ! Il a voulu voler l'argent !

Elle montrait les écus que les gendarmes retiraient de ses poches.

Gaspard prenait chaque circonstance et remontait tout haut le crime pièce à pièce, comme une horloge. Déjà le brigadier recommençait l'explication comme si elle venait de lui.

Mal remis, Grange considérait tout de ses gros yeux.

La nue à lourdes outres semblait s'appesantir davantage. Des branches fouettaient l'air, les arbres ployaient, le temps paraissait disposé à une furieuse tempête. La Perrine arracha une poignée de feuilles à un frêne pour appâter ses chèvres, les appela et se sauva.

Grange regardait charger les deux cadavres sur un tombereau garni de genêts. Il regardait surtout l'argent qu'un gendarme emportait dans le chapeau du bossu. Est-ce que cet argent n'était pas sien ? Il toucha Gaspard à l'épaule.

— Petit, passe à la maison, que je puisse te dire un mot.

— Écoutez, demain, pas ce soir.

Après ces journées et ces nuits. Gaspard était exténué à en choir sur les dents. Il repartit avec les gendarmes, et s'assit à l'arrière du dernier tombereau jambes ballantes.

Lorsque Grange reprit la sente, on eût dit que la nuit tombait. L'ouragan menait un vacarme terrible. Des gouttes claquaient sur les pierres, et, d'une minute à l'autre, ces nues couleur de poix allaient crever en gros abats d'eau.

Il se hâtait péniblement, de tournant en tournant, s'abritant derrière les buissons que le vent secouait comme avec une main. Il se trouvait sous le bois de Fanlat, lorsqu'il vit, plus qu'il ne l'entendit, un homme le héler, lui courir après dans un manteau de pluie battant comme des portes. C'était un muletier, qui poussait sur le chemin de Roche-Savine trois mulets à fortes bennes.

Tout hors d'haleine, cet homme lui dit qu'il menait du sucre à des confituriers de Clermont, et qu'il n'arriverait jamais au bourg avant l'orage.

— Montrez-moi vite quelque grange où remiser mes mulets ; en payant, comme s'entend.

Grange, encore en trouble, le comprenait mal.

— Ho bien, si c'est ça, suivez : j'ai des écuries à loger cent chevaux. On a fait les regains : nous allons couper par là, avec vos bêtes.

L'homme expliquait que son chargement était tout de sucre fin des Iles. Il venait de Valence. Il avait pris par le vieux chemin de traverse.

Tous deux ils avançaient le pas.

— Si nous pouvions être à l'abri avant la rincée...

— Ha, mon ami, j'ai trois propriétés : un rhumatisme, la maladie de vessie et la courte haleine : alors ça m'a passé d'être leste.

Mais on n'arrivait pas à s'entendre, dans les rafales hurlantes qui assaillaient ces côtes. Devant eux la moitié d'un vieux sorbier se tordit, se déchira et déroula sur la pente comme un ballot de fourrage.

— Vous mangerez la soupe avec nous ! cria Grange.

Il savait gré à l'homme de l'avoir ramené à ses jeunes années, avant les routes de l'Empereur, alors que lui aussi il menait des mulets à travers la montagne.

Ils débouchèrent derrière les Escures, étourdis, époumonés, piquant les bêtes, comme la pluie arrivait en rideau gris de par-dessus la rampe de sapins.

Grange courut ouvrir les portes de l'entrepôt. Puis, lorsque les mulets furent déchargés, il les conduisit à l'écurie, près du cheval.

La pluie roulait sur les toits en lames balayées et faisait fumée à terre. Une tuile enlevée dégringola, sauta en morceaux sur le parapet, mais son bruit se perdit par la tempête. Le dos rond, s'ébrouant, Grange et le muletier se replièrent dans la salle.

— Chance pour vous que vous m'ayez rencontré là-haut ! Pense, un chargement de sucre, dit-il à Anne-Marie, tout échauffé et de bonne humeur, à l'idée du service rendu. Ça tombe d'un tel appétit qu'il n'y a pas de bâche qui tienne. Je vois le sucre là-dessous !

Le muletier s'assit à table en face du grand-père. C'était un grand blond, le front dégarni, avec un nez un peu camard, et des yeux bleu faïence. Planté à un pas, Henri admirait ses guêtres, sa veste blanche carrée, épaisse comme une galette. Cette arrivée soudaine, ce muletier dans son habillement à lui, ces mulets, leur harnachement tintant et leur lune de cuivre qui portait gravé : *J'aime Marion, j'aime son nom,* tout cela le passionnait comme aurait pu faire le passage d'un régiment.

Le muletier poussa son verre plein contre celui du grand-père :

— À la bonne vôtre !

Il but, s'essuya la bouche.

— Vous êtes bien royal, fit-il.

— Ah ! fit le grand-père. à ce mot, vous, vous devez être du Velay ou du Vivarais ?

L'homme dit d'où il était. De l'enfer de sa veste, il tira un portefeuille de parchemin ridé, détortilla le lien, montra des lettres de roulage.

« Monsieur, lisait le grand-père qui avait chaussé ses lunettes, je vous envoie à la garde de Dieu et aux soins du sieur Missonier, muletier, six ballots de sucre... »

Du sucre en provenance de Marseille qui avait remonté le Rhône. Henri aurait voulu demander si c'était là de ce fameux sucre candi qui ressemble aux chandelles de glace.

— Les morceaux les meilleurs sont ceux où il y a de la ficelle...

Ne pourrait-on pas voir au moins ces ballots qui venaient des navires, de la mer et des Iles ? Mais le muletier ne causait pas beaucoup et n'avait pas l'air commode. Il ressemblait à l'un des prévôts sur le brevet du cousin Baptiste. C'était le grand-père qui parlait de routes, d'auberges, reprenait la bouteille pour remplir de nouveau les verres.

Anne-Marie allait de la cheminée au vaisselier comme une âme en peine. À la fin, son père le remarqua. Il imagina que l'impatience la travaillait de n'avoir pas encore appris ce que donnait la fouille de la narse. Il s'interrompit, changea de ton.

— Petite, je te raconterai. Je te parlerai de ce qu'on a trouvé là-haut. J'avais demandé à ton cousin de venir, mais il ne viendra qu'un autre jour.

Elle n'attendait pas Gaspard. Savoir cependant qu'elle ne le verrait point fit plus grande sa détresse. La Louise trempait la soupe et allait porter son écuelle au Nanne que des douleurs clouaient dans son lit. Tout en se lavant les mains, Anne-Marie prit garde que le petit n'était plus là.

— Je l'ai vu, dit la Louise, il n'y a pas deux minutes.

Anne-Marie décrocha le torchon, alla à la porte en s'essuyant, et tout à coup elle sentit Henri se presser contre elle. Il venait de rentrer par l'escalier, sans doute. Elle se pencha et le vit mal ; mais elle devina qu'il appuyait sur elle de grands yeux fascinés, comme quand il avait peur de son grand-père ou des pointes de feu du médecin.

— Quoi ? qu'est-ce qu'il y a ? Allons ?

Elle se débarrassa du torchon, lui caressa la tête.
— Mais d'où viens-tu ? Tu es tout trempé. Tu as traversé la cour ?
Il se serrait contre elle comme pour lui demander le silence, et, très bas, la regardant plus fort encore :
— Le sucre qui parle...

Troisième pause

Retour de Valentin. – Gaspard et le muletier. – Incendie de l'entrepôt. – Les trois coups de feu.

Gaspard rentra si éreinté qu'il n'avait qu'une idée : manger, manger, et aller trouver son lit. Sa soupe expédiée, il en était aux dernières bouchées du pain et du lard, lorsqu'il entendit sa belle-sœur ; et dans le moment, elle entra avec Valentin.
— Voilà, dit Valentin dès la porte, il n'est plus chez lui, Robert !
Du moulin joignant le petit château où les messieurs vivaient sans domestiques, le Dragon avait cru que tout allait comme à l'habitude. La cheminée fumait ; le soir, une ombre passait et repassait devant les fenêtres. Il commençait seulement à s'ébahir un peu de n'avoir rien su du retour de Gilbert encore.
Finalement, Valentin et lui ne trouvèrent au

château que le Breléqué, toujours dans sa même peau de tremblement et de soumission. Ce n'était pas un mauvais homme ; il avait fait échapper le petit, puis Pauline ; mais devant les messieurs, la fièvre froide le prenait et il était prêt à obéir comme un chien couchant. Robert lui avait donné la consigne d'allumer le feu, la chandelle, de paraître dans les chambres

— Je ne pouvais pas aller te parler, pauvre Dragon. Je le paierais trop cher. C'est le domestique de la demoiselle Chargnat qui s'est présenté ici avec une lettre. Après, le monsieur est venu me chercher : il a fallu le suivre.

Le Dragon et Valentin se mirent en campagne. Une partie de la nuit, ils s'informèrent en ville, au bureau des diligences, à la poste aux lettres et dans les hôtels, s'enquirent aux environs. Autant qu'on pouvait le savoir par le Breléqué, les messieurs n'avaient gardé aucun commerce avec leur gibier d'autrefois.

— Je suis reparti sur le coup de midi. Pour moi, la lettre lui annonçait la mort de son frère. Il a pris peur du bruit et de l'enquête de justice. Il est sur la route d'Espagne à cette heure.

— Elmire le haïssait. Elle ne lui a pas écrit par obligeance.

Valentin s'était laissé tomber sur un tabouret comme un homme à court de forces. Gaspard vit qu'il ne fallait plus rien lui demander ce soir-là.

— Ça va.

Il se versa un verre de vin et se mit sur pied, remontant son pantalon.

Il pleuvait encore à torrents, mais il ne voulut rien savoir. Pour être plus vite aux Escures, il prit un raccourci à travers les terres.

La Louise qui avait couru lui ouvrir le portail, un tablier jeté sur la tête, lui dit qu'il y avait là un muletier de l'Ardèche et ses mules.

— Tu as bien fermé, bouclé partout ?

Ce muletier le faisait un peu tiquer. Mais, lorsqu'il entra dans la salle, venant de ce tumulte de pluie et de vent, il lui sembla qu'il entrait dans la paix même. La lumière, les lueurs que le feu poussait sur les assiettes du râtelier, l'odeur de la fumée de bois, l'odeur meilleure encore de la soupe, c'était le monde tranquille qu'Anne-Marie avait toujours ordonné autour d'elle.

Le muletier attablé en face de Grange se retourna, souleva d'un doigt le bord de son chapeau. Tous deux piochaient dans leur écuelle, écrasant les pommes de terre parmi le pain bis, le petit salé et les côtes de chou.

— Alors, vous êtes en train de bien faire ?

Mais il n'écouta pas la riposte. Il s'était aperçu qu'Anne-Marie avait une singulière mine. Ou plutôt une pâleur sur les traits, quelque chose d'éperdu. Dans le dos de l'homme, redressée, elle faisait le signe de la méfiance, comme si un cri, un geste brusqué pouvait d'un coup abattre les Escures sur eux.

Il y eut un silence bizarre ; le muletier se retourna de nouveau.

Gaspard se mit à rire en étalant son manteau sur une chaise.

— Eh bien, qu'est-ce qui tombe !

— Comme te voilà fait, dit malaisément Anne-Marie. Viens te changer. Ta veste aussi est mouillée.

Il se palpa, la suivit dans le cabinet, tout en haussant l'épaule.

— Enfin, si c'est ton idée à toi...

Le muletier, penché sur la table, avec au poing le couteau dont il taillait son petit salé, les suivait de la vue.

Deux, trois minutes passèrent. Grange, déconcerté, attendait que tout le monde fût installé pour reprendre ses histoires.

Gaspard revint. Il s'essuyait la nuque de son grand mouchoir bleu.

Subitement, cela tomba comme la foudre, de ce mouchoir roulé en corde, il attrapa le muletier par le cou. Soulevé, l'homme suffoquait, Par malheur,

— Tu es fou ! Mais que fais-tu ?

Grange s'accrocha au bras de Gaspard. Une mêlée, une secouée, le banc se renversa, et l'homme, un fort gaillard, put pousser un hurlement avant que Gaspard l'eût jeté à moitié étranglé sur les dalles. Anne-Marie lui tenait encore à deux mains le poing du couteau et parlait au père.

Maintenant il était bâillonné d'un torchon,

ficelé depuis les bras jusqu'aux jambes. Il fallait aller plus vite que le vent. Si les autres, ceux des bennes de sucre, avaient entendu, de l'entrepôt, ils pouvaient à la minute tomber ici.

Ce serait difficile de savoir au juste comment tout arriva. Dans les veillées, cela s'est raconté de bien des façons. On a dit que Gaspard avait forcé sa cousine à se réfugier avec le petit dans la chambre de la tour. Comme elle aurait dû n'en plus bouger, lui obéir !

Il sortit, lui, devant la porte. Ses nerfs étaient tendus à claquer. Il était à la fois la bête blottie qui sent approcher le chien, et le chasseur qui avance, un doigt sur la détente. Le porche de l'entrepôt pouvait s'ouvrir à tout instant.

En deux sauts il ramena Grange et la servante.

— Au char de fagots, et vite ! et vite !

Ils n'arrivaient pas à l'ébranler. Dans la remise, cependant, on commençait d'entendre des bruits, furtifs, mais qui prenaient une importance sinistre. Un grincement de planches entra dans l'estomac de Gaspard comme un coup de pointe. Il donna un effort à se rompre le ventre. Le char roula, plongea dans le caniveau, ressauta, rasa la fenêtre grillée, et vint trois pas plus loin buter contre l'embrasure. Ils l'avaient poussé là de biais, sans pouvoir bloquer tout à fait la grande porte.

Du dedans, les autres s'étaient jetés sur les vantaux. Ils les entrebâillèrent, de façon à y passer l'épaule. Six, ils étaient, et qui avaient sous la main tout plein de madriers, d'échelles : combien leur faudrait-il pour forcer le passage ?

On ne put se rappeler par la suite qui eut l'idée. Grange courut à la salle, revint avec une bûche, flambante. Ils allumèrent les fagots par en dessous ; la pluie n'avait pas encore percé jusque-là. Dans le vent fou qui tournait l'entrepôt, tout le char prit en un moment.

Grange tirait des brandons et essayait de les envoyer entre les barreaux de la fenêtre, parmi les échalas, les claies de parc. Il y avait de quoi fournir au feu : des caisses, des brouettes, un tombereau, des vieilles ruches... Et les autres là-dedans menaient un train d'enfer, déblayant la place, tirant tout au fond, déjà menacés par les flammes du portail.

Avec une pièce de bois ils attaquèrent la grille. Elle bomba, un coin céda, une pierre sauta. Trois coups de bélier tordirent les barreaux, l'arrachèrent. Un homme aussitôt bondit sur la fenêtre, mais se rejeta dans le noir avant que Grange, qui venait de reparaître armé, eût pu le coucher en joue.

Ce qui restait des vantaux, lâchant les gonds et s'abattant dans un nuage, effondrait au brasier la carcasse du char. Sous les langues de feu, l'entrepôt n'était plus que crépitements et craquements ; tout allait s'enflammer, d'une seule bouffée, parmi les tourbillons de cette ombre grouillante.

Comme le poids de sa masse est dans une pierre, Gaspard sentait en lui une espèce de force fatale. L'acharnement et la peur de tantôt, ce resserrement sombre, étaient devenus fureur de justice. Soudain, il ne sut ce qui arrivait dans cette confusion. Cela lui fonçait dessus, hurlant à dix ou vingt voix, montant sur les débris des vantaux et en ruant d'autres au diable. Il s'était saisi, comme en rêve, de la grosse latte du char. Il la ficha de biais dans les rayons d'une roue. Poussant au timon, à la caisse, la bande avait lancé le tombereau pour s'ouvrir un chemin. Mais le tombereau, enrayé, butait, se couchait sur le flanc.

Gaspard vit des êtres, les cheveux grillés, un bras replié devant la face. Ils se jetaient à travers les flammes qui ressautaient et se perdaient en l'air. Ce fut avec un rondin qu'il fondit sur ces fantômes. Il lui semblait qu'on l'aurait tué sans le jeter à bas. Chacun de ceux qui voulurent passer crut l'avoir en face de soi seul.

Grange avait dû tirer sur la troupe ; mais l'amorce était mouillée, le fusil fit long feu. Un grand à la gueule béante plongeait, assommé, et Gaspard se retournait sur un, à bonnet de renard, sur un autre, les joignait, les abattait le nez dans la boue.

À cette seconde même, Grange eut le sentiment que quelqu'un venait de sauter par la fenêtre. Robert qui me file entre les mains. Mon second coup me reste... Comme un somnambule, il fit face à gauche, avança de trois pas, tira. Le fuyard eut un haut-le-corps et tomba raide, à la renverse. L'épine du dos brisée, pensa Grange, qui savait qu'on tombe sur sa blessure quand elle est mortelle.

Le métayer accourait, trottant pesamment. Deux individus, qui s'étaient collés contre la muraille, jetèrent leurs couteaux. L'entrepôt, derrière eux, ronflait. Une première corne de flamme, relevée par le vent, sortit du toit. Des vols de fumée, du noir étoilé d'étincelles, des poussées de rouge tournoyaient. Gaspard se demandait s'il entendait encore des cris de démons ou s'il en avait plein les oreilles. Mais il savait que c'était fini des messieurs, de leur bande et de la vieille histoire.

La cour semblait quelque salle géante éclairée par ce feu. Une énorme lueur tremblante balançait dans la tempête, s'élargissant ou revenant sur soi. Anne-Marie était là, et l'enfant avec elle. Au coup de fusil, elle n'avait pu se tenir de descendre. Elle vit Gaspard, ces hommes couchés dans la boue, dont on liait les mains. Elle vit l'autre, qui hurlait, en se traînant à terre. Et il la vit, lui aussi.

— À boire ! à boire !

Grange lâcha l'homme qu'il garrottait, pivota sur les talons, tout accroupi : il cherchait de l'œil son fusil, ah ! il l'avait appuyé au frêne pleureur. Avec un grondement de dogue, il sauta dessus, l'empoigna par les canons.

Anne-Marie, blêmissante, une écuelle à la

main, avançait, elle entraînait son petit garçon tout contre elle. En hâte elle le poussa vers le moribond de sorte que Grange ne put porter son coup ; regardant le vieil homme, tout bas, fermement, elle dit à l'enfant.

— Tiens, donne à boire à ton père.

Alors, Robert, qui gémissait toujours devant soi : « À boire, à boire... », se tordit lentement vers eux.

On vit à peine comment, il prit dans sa veste un pistolet double. Les deux coups de feu éclatèrent l'un sur l'autre.

Quatrième pause

Incendie des Escures. – Anne-Marie dans le pavillon. – La nuit terrible. – Le viatique.

Elle, on l'avait étendue sur une jonchée de paille, devant le feu. L'enfant était mort.

Des galopades dans la cour, une bousculade, des questions, des lamentations autour de lui, disaient à Gaspard que des gens arrivaient, ceux de Roche-Savine, ceux de La Rousse, tirés de leurs maisons par la rougeur du ciel. Deux femmes se mirent à faire des cris. Gaspard se dressa soudain et ses yeux les atterrèrent.

— Sortez ! Sortez tous ! Allez-vous sortir ?

Le métayer amenait Grange – on l'avait arraché au cadavre du monsieur –, le soutenant par-dessous les bras, et lui parlant comme à quelqu'un qui n'a plus ses idées.

Valentin tenait à la main le portefeuille de Robert ; il venait d'y trouver la lettre écrite par Elmire après l'entrevue avec Anne-Marie.

— Vous n'avez donc pas vu ? Le feu est au galetas !

— Eh bien, laisse, que tout flambe ! Prends ton cheval, va nous chercher M. Meissoux. Et dépêche, dépêche !

Il fallut aviser, pourtant. Des flammèches portées de l'entrepôt avaient allumé les voliges de la charpente. Déjà sous ce vent des morceaux de bois en flammes tombaient du galetas dans les chambres de l'étage. Benoni, le pauvre vieux Barthaut – le bonhomme mourut de la pleurésie qu'il prit cette nuit-là –, eurent juste le temps d'aller chercher de la literie, un peu de linge. Sans vouloir d'aucune aide, Gaspard transporta lui-même Anne-Marie dans le pavillon du jardin.

Ce vacarme la tue. Quand je l'aurai installée à l'abri, elle sera mieux.

De minute en minute s'enflait ce ronflement à cent gorges. Et l'effroyable aurore montait, semblait se soulever, s'ouvrir par à-coups dans l'air sur les têtes rebroussées des arbres. Que tout flambe, que tout parte au vent. Il s'était agenouillé : en attendant M. Meissoux, de son mieux, il rasait les cheveux et dégageait la plaie. Par instants, Anne-Marie se plaignait ;

alors, la regardant avec des yeux de torturé, il s'arrêtait, la main suspendue.

Ensuite il s'aperçut que M. Meissoux était là ; et Fanchon, et Pauline. On le poussa doucement dehors. Il entendit M. Meissoux dire à Valentin, près des marches, quelle était sous le coup d'une hémorragie qui pouvait l'emporter à tout moment.

Lorsqu'il rentra, elle gisait dans un lit garni de draps. Elle débitait des noms, d'affilée ; et il ne comprit pas d'abord que c'étaient ceux des personnes qui lui avaient fait du bien et qu'elle avait mises dans ses prières. Elle bénissait Dieu des grâces reçues, – ses malheurs, elle ne les avait regardés que comme des épreuves. Puis, s'agitant davantage, elle haussait la voix, une voix vive, enjouée, tintante. Elle était à Chenerailles. Elle disait à Gaspard qu'il y aurait des cerises :

Année de cerises rouges
Met le rire sur les bouches.

Et elle voulait qu'il lui fît une petite échelle, pour elle seule, aussi un tabouret de bergère.

— Je le cacherai sous le noisetier, dans le pré du haut !

On la recouchait doucement, on lui prenait les poignets.

M. Meissoux étalait sa trousse sur une chaise.

— Je peux compter sur toi ? Bon. Tu tiendras la tête. Il faudrait plus de lumière.

L'espace pourtant était allumé d'un rougeoiement qui faisait mal.

Des deux mains Gaspard tenait cette tête châtaine. Il appuyait sur la joue du bout des doigts, lorsqu'elle poussait quelque léger cri dans un sursaut de souffrance.

— Anne-Marie, Anne-Marie...

Il lui parlait comme à une petite fille, lui assurant que c'était fini, que M. Meissoux ne la tourmenterait plus.

Il tenait cette tête contre soi, il respirait l'odeur de ce sang. Et il sentait qu'il n'avait pas encore fait le tour de son malheur... M. Meissoux, parfois, soupirait profondément, comme un homme tout empêché à sa besogne. Du dehors venaient de grands bruits confus, la rumeur d'une foule en tumulte. On entendait crier des ordres, et les hennissements des mulets, les meuglements des vaches.

La tempête avait faibli. Mais le vent rudoyait toujours les branchages et faisait tourner un battant ouvert de la fenêtre. Pense à Chenerailles, à sa jeunesse. Serait-ce vrai qu'elle va tout quitter ?

La tête bandée, elle ressemblait à une sœur. Aussi blanche que ses bandages, les traits cavés, les tempes mouillées. N'était-elle pas quasi morte ?

M. Meissoux haussa les sourcils, n'osant répondre autrement au regard de Gaspard. Quelque peu après, rencontrant encore ce regard :

— Peut-être, fit-il, si nous pouvions l'amener jusqu'au matin...

Des gens entraient dans le pavillon. Valentin vint chercher Pauline parce que Grange avait eu une fatigue. Quelqu'un, sans doute Benoni, passait la tête par la fenêtre pour avoir des nouvelles. Une dame apportait un remède qu'elle disait éprouvé...

M. Meissoux, debout au pied du lit, considérait Anne-Marie d'un air mécontent.

— Elle ne passera pas la nuit, avait dit l'abbé Boutarel, se faisant fort de sa longue expérience.

Elle parut pourtant revenir à elle, et arrêtant les yeux sur M. Meissoux, qui avait la tête couverte d'un bonnet de soie noire, elle fit un petit mouvement d'effroi.

— Qui est-ce ?

Gaspard se pencha vers elle.

— C'est M. Meissoux qui te soigne !

Elle ne répondit rien mais parut avoir compris. À un certain air de mystère, il devina qu'elle voulait lui parler.

— Ma mère et mes grands vont venir me chercher, murmura-t-elle. Quand ils seront là, tu fermeras la porte.

À cette parole étrange, ce fut comme s'il la voyait déjà avec les morts. Le cœur lui creva tout d'un coup. Tournant les épaules, à gros sanglots d'homme, il se prit à pleurer.

— Tu pleures, tu pleures, toi ?

Elle s'étonnait, revenant lentement de son délire. Elle se réinstalla sur son lit.

— C'est vrai, il nous a fallu vivre en cachant notre cœur.

Il ne comprenait pas bien ses paroles, mais il se sentait soulevé d'espérance parce qu'elle parlait posément. Tantôt il avait été gêné par son délire : elle toujours si raisonnable !... Là, elle semblait songer, de même que quand elle cousait derrière les carreaux de la salle basse.

— On va me porter Dieu. J'ai entendu qu'on le disait. Et je mourrai au point du jour.

Il fit non, sauvagement, de la tête. Elle lui jeta un coup d'œil, essayant de démêler si c'était assurance ou révolte. Un instant elle se troubla, les prunelles toutes grandes. Elle les tournait vers lui, suppliant qu'on l'assistât, qu'on la protégeât.

Elle se remit peu à peu ; alors, d'une façon malicieuse qui lui rendit soudain seize ans :

— Si j'avais des amis qui sachent leurs prières... Ah ! – sa figure changea de nouveau – tout comme Dieu voudra ; on ne me trompera pas, mon petit garçon est mort. Un moment après elle reprit : Ce n'était pas difficile de pardonner à Elmire : tu la détestais. Mais pardonner à cet homme du fond du cœur...

Quelle nuit, quelle nuit ! De forts battements faisaient seuls sentir à Gaspard qu'il existait. Il se levait, respirait avec effort, retombait sur sa chaise. Sa tête n'était qu'un feu. Ce qui s'était passé lui semblait un rêve pénible dont il n'avait pas encore l'explication.

Et toujours ce bruit de foule en désarroi, ces clameurs, ces effondrements de toits et de murailles. Comme si hors de ce pavillon le monde même s'écroulait.

Tout s'écroulait. La vie a passé, a passé, et voilà que tout roule au gouffre.

Une tache rouge brusquement apparut, s'élargit sur le bandeau du front. La vue subite de ce rouge sur le linge lui avait cloué le cœur comme d'un coup de couteau.

Malgré ce que disait M. Meissoux, il n'osa se rassurer d'un grand moment. Le jour ne viendrait-il jamais ? M. Meissoux a tiré sa montre : on est sur la mi-nuit. Elle sommeille un peu...

Pauline était rentrée en ramenant son père. Il y eut des paroles sans grand sens. Grange disait qu'on pouvait descendre à la cave par la première cour et remonter un petit tonneau. Il fallait donner à boire aux paysans, aux gendarmes, cela se devait !

— Et toi, ma petite, fit-il en approchant du lit, ça va mieux ? Allons, tu verras, allons !

Il rattrapait Pauline, recommençait à parler du tonneau qu'on remonterait bien du côté de la souillarde.

Gaspard sortit. Il marchait, dans une angoisse de mort. Il se trouva dans le préau, devant un dépôt de meubles, de literie, d'ustensiles. Le Nanne le gardait ; il tremblait la fièvre, serré dans une couverture de cheval. Un gendarme ramenait deux femmes qu'il avait prises emportant des bouteilles. C'était comme une foire aux torches avec des ombres gesticulantes, des disputes, des chassés-croisés dans le tapage.

Puis il se retrouva près du parapet, entre Valentin et Pauline. Pauline essayait de lui parler.

— On peut mourir de trois pouces de fer dans le corps, dit-il sombrement, mais le chagrin ne tue pas un homme.

Valentin affirmait qu'Anne-Marie allait reposer, qu'on la soutiendrait par des cordiaux, et qu'au matin tout prendrait meilleure tournure.

Au matin ! quand le matin serait-il là !

À peine si Gaspard écoutait encore. Valentin voulait trop prouver que les blessures à la tête guérissent quand elles ne sont pas tout de suite mortelles.

— Vois-tu bien les choses ? aurait-il mieux valu que l'enfant vécût, fils d'un tel père ? Et elle, comment aurait-elle, de sang-froid, supporté cette mort ? Il fallait peut-être ce bouleversement. Songe, songe. Après, elle sera débarrassée de tout lien, de toute crainte...

— Oui, mais elle est à l'agonie et l'en tirerez-vous ?

À voix basse, Valentin lui lut la lettre d'Elmire. Elle mandait que Gilbert avait été guetté et assassiné par Jeuselou et le bossu, qui s'étaient entre-tués lors du partage. Que dans la nuit même Anne-Marie s'était rendue à Balance ; que là, elle s'était donnée à son cousin, pour le remercier de l'avoir délivrée de Gilbert. Une lettre d'une invention et d'une perfidie telles qu'elle avait dû rallumer chez Robert quelque rage atroce. Pour finir, elle indiquait les noms et les endroits de six particuliers probablement perdus de vue par les messieurs mais que les Chargnat avaient toujours su où prendre.

Ha, qu'importait désormais ! Gaspard ne pouvait raisonner. Il était tombé dans cette somnolence de l'esprit que donne l'extrême fatigue. De ce parapet, il voyait l'incendie tirer de l'ombre les vieux ormeaux d'ampleur et de paix qui de ce côté abritaient les Escures. Le vent n'avait pas cessé de souffler, brassant leurs grands faix de feuillages. Le mouvement de ces paquets de verdure, glissant les uns devant les autres, se rapprochant, s'écartant, faisait penser à celui des hommes qui font la chaîne. Des cardées de fumée allaient se mélanger plus loin à d'autres arbres. Au milieu des noirs nuages qui roulaient en chancelant, s'accablant de leurs molles masses, apparaissait une muraille où donnait l'or rouge des flammes.

Il s'avisa d'un étrange silence. Les gens ne criaient plus. Il en vit qui se rangeaient et qui mettaient un genou en terre. Une clochette tinta. Des falots à verres cramoisis brillèrent dans l'allée.

... Il avait suivi la foule qui escortait le prêtre. Il se tenait près du pavillon, et regardait, son chapeau appuyé contre sa poitrine. « Mon Dieu, si vous le voulez, vous pouvez la guérir. »

Que vous existiez, nous, nous l'oublions un peu. Mais elle, elle l'a toujours su. Quand elle cousait sous le gros cerisier ou près de la fenêtre, elle savait penser à ce mystère de douleurs.

Il la voyait allongée sur le lit. Elle s'était signée. Elle joignait les pieds, et ses yeux, maintenant, étaient pleins de son âme. Elle sentait, elle, que Dieu était là, comme dans les maisons où il entrait pour rompre le pain avec ses amis, en Terre sainte, Dieu présent, la personne du Sauveur présente. Mon Dieu, laissez ma cousine au domaine. Sans elle, nous ne saurions jamais comment penser à vous.

Le prêtre et les gens sont repartis. Lui, il ne sent plus si le temps marche. Il s'assoit, rompu de fatigue, sur les degrés. La porte est restée ouverte. De cette porte, il la regarde ; elle semble en sommeil, comme une morte. Elle bouge, cependant, à peine. M. Meissoux lui prend le pouls, dit un mot à Pauline. Dans le noir, sous le cognassier, quelqu'un s'approche d'une autre personne :

— La nuit l'a mise si bas qu'elle ne parle plus.

Et il y a encore trois heures de nuit, peut-être.

Comment vivre jusqu'à ce que le soleil se lève ?

Cinquième pause

La course de nuit. – Les mauvaises présences. – Les Escures en décombres.

Il sursauta. Il avait devant lui M. Meissoux qui tenait un feuillet plié.

— Il faut que tu ailles à Fournols, chercher un flacon dans mon cabinet de pharmacie.

M. Meissoux n'avait confiance qu'en lui ; il lui disait où prendre ce flacon. Il avait noté les indications, d'ailleurs.

— Oui, j'espérais, mais... Tu vas prendre ma jument. Pars vite.

... Lorsqu'il eut la fiole dans la poche de sa poitrine et qu'il se vit de nouveau en selle, ce fut comme s'il n'avait plus à rester éveillé. La lassitude l'accabla.

Il allait, cependant, il allait. Et le vent noir allait dans les chemins déserts. La feuille des sorbiers cliquetants faisait son bruit de fuite. Sans jamais dévoiler tout à fait une lune de sabbat, courait là-haut la nue confuse.

L'orage traînait encore sur la plaine, du côté d'Ambert, le fameux orage calamiteux qui marqua l'enterrement de l'abbé de Rostaing et fit dire qu'on payait cher la conjuration du feu, au moulin de la place. Ici, sur le dos des montagnes, partout les eaux ruisselaient. Elles clapotaient aux étangs, aux fontaines, roulaient en hoquetant aux sentiers de pierraille, et là où elles se dégorgeaient de haut vers quelque enfonçure, elles sonnaient comme dans une cruche.

Cette nuit avait la froide douceur des premières nuits d'automne. Le plateau s'abaissait, remontait, redescendait, de pinière en pinière, de lieu vague en lieu vague.

Il allait ; il allait ; il donnait du talon dans le ventre du vieux cheval pour lui faire forcer l'allure. À présent il était dans les arbres d'un petit bois, et ces arbres se cabraient, plongeaient, glissaient sur la gauche pour revenir se regrouper à droite. Des idées, dont il n'aurait pu rendre compte aucun, se sauvaient devant lui, à la façon de ces ondes que le vent poursuit et reforme sans cesse sur le foin des pâturages. En cette énorme fatigue, le travaillait le souci d'être à temps aux Escures. Puis le pressentiment que quelque chose allait l'arrêter en route. La chose qui l'attendait, une présence ennemie sûre d'avoir son heure dans ces solitudes.

Mais plus vite, plus vite. Il arriverait, il donnerait la fiole à M. Meissoux.

— Il était temps que je remonte et que j'arrive !

Ses souvenirs horribles, les apparences de la nuit, les pins remuant leurs houppes, ce tournoiement de landes, ces pensers bousculés, ce galop, ces changements d'allure et d'assiette, ces buissons et ces rafales, tout cela le perdait.

Dans sa poitrine s'amassait il ne savait quoi de plus furieux que la douleur.

Il s'était fait autour de lui une étendue sauvage où passaient des lambeaux de brouillard, montés des fonds, et parmi les haleines gelées, des rumeurs étranges. Il savait seulement qu'il était sur les landes de Fournols. Une file de pierres-guides, ces pierres plantées pour marquer la route en temps de neige, lui fit signe. Il n'était que là ! Tant de chemin dans le noir, encore.

Ce noir, qui tuait Anne-Marie.

La nuit, il y a une inquiétude sur ces espaces. Tel bouleau qui penche au coin d'une pâture paraît blanc comme un revenant. Des joues, le frisson remonte aux tempes. Une malveillance vous a pris en charge et de loin vous laisse venir. La chose le guettait, la chose l'attendait. Et lui, il courait droit dessus.

Il fouaillait à toutes brides le vieux cheval. La montagne même ne courait-elle pas avec lui, comme une masse en panique de bruits, de froissements, de fuites ? Sur ces lieues obscures, accompagné de musiques étouffées, s'étendait le piétinement sans fin d'une foule. Les tambours battaient. Suivant le vent, les colonnes chantaient. Comme une fois en Champagne, où avec les éclaireurs, il s'était fourvoyé au milieu des divisions russes. Des taches blanches lui filaient devant les yeux. Le cerveau ébloui, il entrevoyait un peuple ennemi qui marchait par colonnes, mêlé aux vents et aux brumes de l'ombre. Les tambours battaient. Oui, il entendait les chants cadencés des Russes, les tambours qui battaient la marche. Un refrain achevait de se dérouler là-bas, au bout du plateau où remuaient et glissaient les ombres.

C'était la vieille de Roche-Savine qui disait :

— Les morts viennent mordre.

La nuit appartient aux morts. D'entre les pierres et les genêts, leurs esprits se lèvent. L'air fuit, traversé de pluie, et obscurci de montants fantômes qui cherchent le sang. Les eaux dévalent sous les sagnes ; au bout des montées, les bois remués font leur bruit. Une foule invisible est là qui se presse, comme à ces messes que vient dire avant le jour un prêtre défunt depuis des années.

Il s'est publié jusque dans le Bourbonnais, le Berry, la Marche, que cette nuit-là des cavaliers furent entendus à travers la tempête, qui s'arrêtaient aux croisées des chemins et qui criaient :

— Robert est mort !

Le vieux cheval continuait de galoper, mais à peine Gaspard s'apercevait-il de ce qu'il devenait. Un frisson de glace le prenait aux reins.

Il arrivait au bois des Fayes. Il avait le sentiment que la chose était là. Du milieu du noir, elle le voyait. Dans le silence, sous les branches, il crut sentir une sorte de souffle : cela venait il le recevait sur la face.

Le cheval tout à coup piétina, se renversa d'épouvante. Il y avait sur la route à hauteur de son cou une forme comme d'un personnage sombre, sans voix, sans geste. La terreur qui fait dresser les cheveux à la tête... Mais il faut que j'arrive, rien ne m'arrêtera ! Il bourra d'un coup de genou le flanc du cheval qui bondit. Et la forme se défit dans le vide.

Sur l'enfer même il aurait foncé. Ce hérissement, ce n'était plus de la peur. Il se sentait lancé à travers tout. Il suffit d'aller dans sa force : on a puissance alors sur les esprits de l'ombre.

Il coupa par la pente, força la bête à sauter par-dessus les pierres de bordure. Cette odeur, toujours, celle du sang d'Anne-Marie, qu'il avait respirée lorsqu'il tenait sa tête. Il faut que j'en aie sur ma veste... Mais une autre le saisissait, celle, mêlée à un goût de labour, de fleurettes blanches, qu'ont les champs de pommes de terre à l'arrière-saison. Tant de fois respirée dans la vieille campagne. Sur les monts du Forez il cherchait si le côté de matin ne venait pas à blanchir. La fumée le noya. Elle poussait d'entre les arbres ses gros panaches, et le vent, qui pourtant faiblissait, les rabattait dans l'allée des Escures. Il ne pleuvait plus. Des feuillages étaient chargés de suie. Une âcreté vous prenait à la gorge, comme près de la cheminée froide, dans une maison abandonnée.

Il sauta à terre, laissant aller le cheval, la bride sur le cou. Les bâtiments n'étaient plus qu'une ruine. Les murailles du nord et du levant seules avaient tenu bon. Abrité par elles, le bouquet de pruniers se berçait dans du sombre. D'un coup d'œil, il vit tout, et qu'on avait dressé là, avec un coffre et des draps, une sorte de catafalque pour l'enfant. Assise sur ses talons, comme les femmes à l'église, la métayère le veillait. C'était sous la tour, celle où Anne-Marie se réfugiait avec lui.

Autour de ses pierres grises, si loin qu'on peut savoir, le monde est plein de peines. Il faudrait la force et la bonté, pour faire du moins une tour, un refuge !

Dans la cour il ne croisa personne, il tournait après la grille, sous les poiriers du jardin. Le pavillon ! Anne-Marie ! Elle, elle a su tout comprendre, pourquoi la peine, et que l'âme est donnée pour aimer. Elle, elle a eu le don d'aimer, de changer les cœurs. Je ne l'ai vue nulle part qu'elle n'ait mis plus d'amitié dans l'air.

Une idée terrible l'aborda : la destinée d'Anne-Marie arrangée d'en haut pour qu'elle trouve plus de lumière que nous, c'était la peine et la mort. Qu'aurait-elle à faire de la terre, à présent ?

M. Meissoux se montra, sortant de derrière le pavillon. Il avait dû s'avancer sur la terrasse pour surveiller le chemin : et il levait un bras, allons, vite ! – pour dire qu'il attendait le remède.

Anne-Marie vivait donc. Elle vit !

Sixième pause

Les adieux d'Anne-Marie. – Le jour se lève.

M. Meissoux, cependant, prit la fiole sans empressement, avec un petit haussement d'épaules. Il ne relevait pas les yeux, comme s'il ne voulait pas être questionné.

Le bruit d'une cuiller dans un verre... Et l'odeur de ce sang, qui ne me quitte pas. Mais les chuchotements et les piétinements de la nuit ont fait cesse. Est-ce que le ciel ne blanchit pas au bord de la montagne ? Si ce pouvait être le jour.

Il faut lui laisser de l'air, a dit M. Meissoux. Alors, être à guetter d'un peu loin les derniers signes sur sa figure pâle, si douce à voir. Peut-être que les yeux se voilent, les beaux yeux sombres, où l'âme, cette nuit encore, transparaissait. Voici venir la fin. Ha, dieux, comment pourrai-je vivre et faire tête ?

Il s'est levé droit en pied. Ce n'est pas possible d'accepter le sort des hommes. Il faudrait que, si enfoncé fût-on dans le malheur, on pût toujours revoir une espérance. Sentir qu'il est toujours bon qu'on vive, qu'on reparte. Être comme Anne-Marie, savoir que dans la pire misère même, le chemin est encore ouvert. Quand on a mis cela dans son cœur, alors on peut penser que le monde est de Dieu.

Quand !... Seulement, l'espérance, c'est trop haut pour moi.

Le jour sans doute a commencé de poindre. Anne-Marie soupire, tente de parler, se soulève. Pauline s'est penchée pour essuyer sa face où la sueur coule. M. Meissoux a avancé d'un pas, lui a pris le poignet sans rien dire. Elle fait signe d'ouvrir la fenêtre, et dans le premier gris de l'aube, elle regarde lointainement les prés, les cerisiers où l'air s'agite, la montagne.

Les souffles du matin arrivent, des métairies entre leurs meules et leur jardin, des domaines dans leurs allées, leurs pilastres à boules. Et, des sentes vertes, des bouquets de bois à l'écart, des gradins de chaumes et des pâtis tranquilles où l'on mène les vaches.

— Qu'est-ce que j'ai fait, pourtant ?

C'est sa première plainte, si basse.

— Voilà ma vie, et voilà ma mort.

Gaspard s'est tourné vers la muraille.

Elle l'a vu. Elle l'appelle.

— Viens. J'aurais voulu mieux t'aider. Embrasse-moi avant que je meure.

Il est sorti de la chambre. Valentin l'a accompagné sur la terrasse ; Valentin assure que M. Meissoux ne désespère pas...

— Laisse-moi, va. Je sais maintenant ce que c'est que de ne pouvoir se contenir.

Brusquement, il ne sait ce qui arrive, il retire la main. C'est Chopine qui l'a enfin trouvé, et qui le lèche, se poussant entre ses genoux, les yeux sur ses yeux. Comme si se rappelait à lui toute sa vieille amitié de campagne. Mais que lui fait l'amitié, s'il doit voir mourir Anne-Marie ?

Il guette les signes du matin dans le ciel. Il n'y a presque plus de nuages. Les étoiles brillent, grosses, pures, comme des flammes de cierge qui tomberaient à travers l'air. Un coq a chanté le jour dans une ferme. Une branche balance ; on est tout près de reconnaître la couleur verte. Il essaie de compter combien il reste d'étoiles encore.

... Ses épaules, en glissant, frottent contre le mur ; il est allé donner de la tête dans le feuillage de l'espalier.

Effaré, il rouvre les yeux.

L'épuisement l'avait laissé couler au sommeil. Il a dormi, une demi-heure ou davantage.

Le jour se lève.

Il fait clair. Autour des murailles en décombres, la feuille des arbres semble toute neuve, et comme moite. Un peu de fumée se sauve, qui va bleuir un morceau de la pente. Des oiseaux crient. Le ciel nettoyé s'élargit d'une immense aurore, ainsi qu'un autre matin, là-haut, à Pierre-sur-Haute.

— Le jour se lève, le jour se lève...

Il le répète, formant les mots sur sa bouche. Il pose les yeux sur le pavillon, les reporte au loin sur les lisières d'où partent les lièvres, sur les champs mouillés, d'où les alouettes s'élèvent par bonds en chantant furieusement. Il est là comme une créature qui doit sous la menace ne pas faire un geste, ne rien demander, ne rien espérer : attendre, seulement attendre... Il y a beaucoup d'air. Deux nuages et si frais, si neufs, gonflés de blancheur, voyagent au-dessus de ces monts d'un bleu de pensée qui sont vers le nord. Après la nuit affreuse, les cris, les coups, dans le rougeoiement de l'enfer, la course à travers le noir et la folie – c'est le jour. Est-ce donc vrai qu'il faut croire à l'amitié des anges ?

Il n'ose pas bouger, n'ose pas espérer.

Voici le jour sur les grandes terrasses roses de la montagne. Voici cette planche de terre, près de moi, avec, sur son bord, le coin du cerfeuil, et les fleurs brunes, en velours, d'une touffe de giroflées – comme elles sentent bon ! Est-ce qu'il suffit de regarder cela pour que le cœur bondisse ? Ou bien est-ce qu'une voix, dans le secret, parle maintenant d'espérance ? Il y a un escargot brillant de rosée sur le treillage de bois dont le vieux vert s'écaille. Voici la belle lumière : le soleil jaune arrive de biais et peint l'ombre humide d'une branche sur le crépi du pavillon. Et voici Pauline au haut des trois marches, encore en larmes, qui sourit.

FIN

PUISQU'IL EN FUT AINSI .

Ambert, 1918-1931.

Congé

Face au soleil et face au mont doré de rosée par
[l'aurore,
Est l'esplanade à la vue longue où balancent les
[lents bouleaux.
Ils frémissent au fil de l'air parmi les frênes et
[les ormes,
Et de la ruine à l'abandon bruit un chamaillis
[d'oiseaux.
Rien n'est mort. Une rose ici te donne son
[haleine encore :
Et cette rose maintenant, elle sent meilleur
[qu'aucune autre,
Parce qu'elle est redevenue sauvage.

Vous qui vaquez dans le vaste des plaines,
Vendant la toile, achetant le chiffon,
Ou qui peinez de toute votre peine

Sur les chantiers ou dans les Bois-Charbons,
Il vous faut être au dur argent qu'on gagne :
Les soirs, pourtant, regardant devant vous,
Vous retrouvez d'autres soirs et le goût
Du pain de seigle et du vent de montagne.

À la racine de ce mont suivi des piverts et des
[huppes,
Là où les trois étangs carrés étagent leurs dal-
[les d'eau brune
Entre le rang d'aveliniers et la rampe des pins
[obscurs,
Là sont les cours et l'entrepôt, le portail et la
[tour caduque,
Le frêne pleureur et le vent. Là souvent je suis
[revenu
Rebâtir dans l'air un château qui me regardât
[sous la lune
D'un feu de lune à toutes ses fenêtres.

Ce soir, vous qui trimez à tant de lieues
De ce bien-fonds sans limite et sans nom
Où sont les puys couleur de pierres bleues,
Hommes, amis, pays et compagnons,

Rappelez-vous l'histoire à cent histoires
Qui vient de loin sur le vent et qui court
De bourg en bourg, de labour en labour,
Faite d'un souffle et de notre mémoire.

La vieille histoire sans bon sens, et qui n'a ni
[père ni mère,
Se lève de l'ombre et s'emmêle au bavardage
[des veillées.

On a parlé de cinq ou six, aux yeux vifs, aux
[lèvres mouillées,
D'une au grand cœur ; de vingt garçons, d'un
[surtout et ce qu'il valait
Son sang l'a chanté, celui-là ! Ils sont à six
[brasses sous l'herbe,
Mais tant que vous, vous êtes bons pour
[bûcher, rire et faire tête,
Ha ! n'est-ce pas qu'ils ne sont pas si morts ?

Va, maintenant, va vers eux, vieille histoire,
Descends des plombs et des soixante puys,
De ces pays d'air bleu, de pierre noire.
Pays du peuple aux os durs, nos pays !
Va vers ceux-là que l'Auvergne accompagne,
Si loin soient-ils, vole-leur au-devant !
Vieille musique, aussi loin que le vent,
Vole vers ceux qui sont de la montagne.

Il est large notre pays, aussi large que les deux
[bras,
Plus large encore qu'on ne dit, car elle est
[partout, la montagne.
Partout où l'herbe du matin palpite et brille au
[vent sauvage,
Partout où court le conte fol, où passe un
[parfum de campagne,
Où l'homme d'aplomb sur ses pieds travaille
[d'un cœur montagnard,
Et, parce que la feuille est verte et qu'il est
[devant tant d'espace,
Rit à la vie, sous le soleil de Dieu.

Table des matières

TROISIÈME VEILLÉE

QUATRIÈME VEILLÉE

CINQUIÈME VEILLÉE

SIXIÈME VEILLÉE

SEPTIÈME VEILLÉE

Castor Poche

Des livres pour toutes les envies de lire,
envie de rire, de frissonner, envie
de partir loin ou de se pelotonner dans un coin.

Des livres pour ceux qui dévorent.
Des livres pour ceux qui grignotent.
Des livres pour ceux qui croient ne pas aimer lire.
Des livres pour ouvrir l'appétit de lire et de grandir.

Castor Poche rassemble des textes du monde entier ; des récits qui parlent de vous mais aussi d'ailleurs, de pays lointains ou plus proches, de cultures différentes ; des romans, des récits, des témoignages, des documents écrits avec passion par des auteurs qui aiment la vie, qui défendent et respectent les différences. Des livres qui abordent les questions que vous vous posez.

Les auteurs, les illustrateurs, les traducteurs vous invitent à communiquer, à correspondre avec eux.

Castor Poche
Atelier du Père Castor
4, rue Casimir-Delavigne
75006 PARIS

Castor Poche

A chacun ses intérêts, à chacun ses lectures.

9 séries à découvrir :
Aventures
Contes et Fables
Connaissances
Fantastique et Science-fiction
Histoires d'Animaux
Humour
Le monde d'Autrefois
Mystère et Policier
Vivre Aujourd'hui

Castor Poche
Une collection qui s'adresse à tous les enfants
Benjamin : dès 3/4 ans
Cadet : dès 5/6 ans
Junior : dès 7/8 ans
Senior : dès 11/12 ans

Cet
ouvrage,
le cinq cent
trente-troisième
de la collection
CASTOR POCHE,
a été achevé d'imprimer
sur les presses de l'imprimerie
G. Canale & C. S.p.A.
Borgaro T.se - Turin
en janvier
1996

Dépôt légal : février 1996.
N° d'Édition : 4133. Imprimé en Italie.
ISBN : 2-08-164133-X
ISSN : 0763-4544
Loi n° 49-956 du 16 juillet 1949
sur les publications destinées à la jeunesse